いつか仮面を
脱ぐ為に
～嗤う鬼神と夢見る奴隷～

contents

Mechanical Design / Fumihiko Katagai

拠点攻略用大型魔導兵器ブルーダ・ニューブ

ネプツニス帝国の誇る生体／魔導兵器技術を用いて造られた半生物兵器。自体が元々は人工培養された組織で構成されている合成生物《ホムンクルス》であり、これに各種魔導機関を搭載し、装甲や武装を装備させたものである。

高い魔力を有する妖精族を部品として使用する為、常に魔術強化が施されている状態であり、機体維持の為に常に魔力を循環させている。完全に魔力が抜けてしまうと逆に自重で動く事すら出来ない。

武装はその巨体そのものと、背中に備わった数十基の切断鋼糸射出装置、及び頭部の誘導角によって照準・投射される雷撃器である。

壱号機は『部品』単位でウォルトン王国首都トリニティアに送り込まれて現地で組み立てられる様に調整されており、ネプツニス帝国で一度『解体』されている事から、事実上、死体を魔術で動かす為の死霊導術の技術も用いられている。

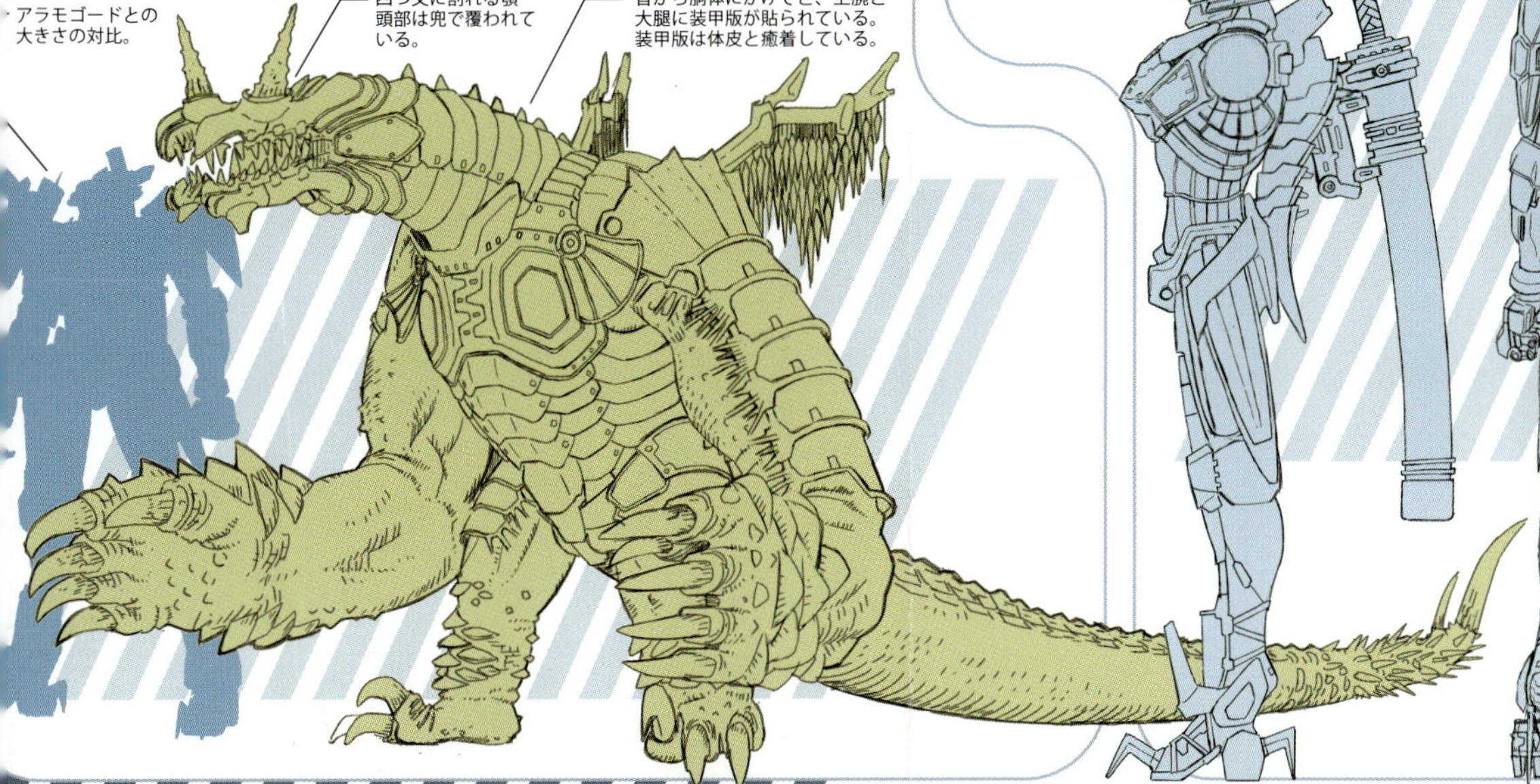

アラモゴードとの
大きさの対比。
四つ叉に割れる顎
頭部は兜で覆われている。
首から胴体にかけてと、上腕と
大腿に装甲版が貼られている。
装甲版は体皮と癒着している。

護国機神アラモゴード

護国鬼神と同じ名を冠された魔力駆動の大型魔導兵器。

王都トリニティア内での邀撃戦闘を想定して製造された為、防御用の反応装甲以外は投射型の兵装を持たず、白兵戦に特化した擬人機関である。

内部構造は意外に構造上の『あそび』、即ち隙間が多くとられているが、これは機体としての柔軟性、運動性を最優先に設計された結果である。護国鬼神の武技の全てをその巨体で再現出来るとされ、人体の十倍にも達する巨体ながら、護国鬼神本人と同等の素早い動きを可能とする為に、見た目以上に総重量は軽い。内部構造には魔術強化された布や木材も多用されている。

巨大ではあるが、あくまで護国鬼神の超大型『鎧』という位置づけである。

基本装備の太刀は『斬壘刀』と呼ばれ、魔術による高速振動と加熱により文字通り堅牢な城塞を一撃で切り裂けるとされているが、王都防衛用の機体である事から、実際に城塞に対して使われた事は無く、一種の諧謔的な銘付けである。

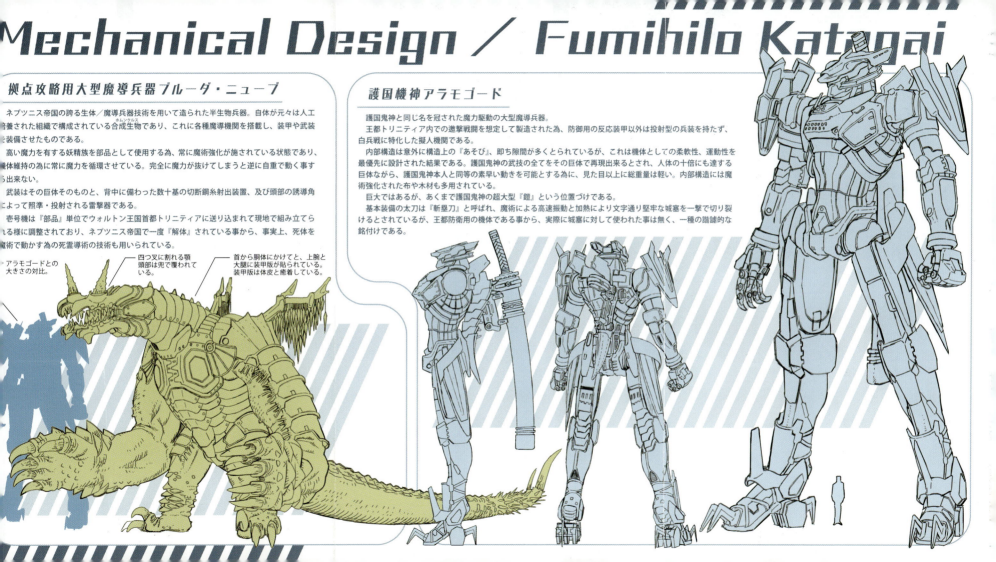

エルピオ・ハイペリオン
マリエル・キュヴィア
ハリエット・ホプキンス
レオ・アラモゴード
フェルミ・エルマンノン

いつか仮面を脱ぐ為に

～嗤う鬼神と夢見る奴隷～

榊 一郎

角川スニーカー文庫

21786

口絵・本文イラスト／茨乃
メカデザイン／片貝文洋
口絵・本文デザイン／伸童舎

いつか仮面を脱ぐ為に
〜嗤う鬼神と夢見る奴隷〜
榊一郎
Ichiro Sakaki
イラスト／茨乃
Shino
メカデザイン／片貝文洋
FumihiloKatagai

第一章　護国鬼神

あるいは、運命であるかの様に。

もしくは、必然であるかの如く。

少年は少女に、一目惚《ひとめぼ》れをした。

勿論《もちろん》、それ自体は誰もに起こり得る平凡な出来事に過ぎなかっただろう。恋は理屈ではないし、資格も、誰かからの承認も要らない。手続きを踏む必要も無い。何時でも何処でも——ただ胸の奥から湧き出てくる感情が、全てだ。

誰もが短くも長い人生の中で、一度は恋をする。

時には二度三度と。人によっては数え切れない程に。

誰かと出会い、魅力を感じたならば、そうした心の動きが胸の内に生じるのは、命あるものとして何ら不思議の無い事だった。

ただ、きっかけさえ在ればいい。それは本当に普通の事なのだから。

だが……

少年は、普通ではなかった。

少女も、普通ではなかった。

即ち、少年は生まれつき最強の鬼神であり。

即ち、少女は生まれつき底辺の奴隷だった。

●

レオ・アラモゴードはサムライである。

「………おお……」

其《そ》は、極東の小国――狂戦士の邦《くに》ジパングより流れ着いたとされる『首狩族《ヘッドハンターズ》』にして魔術戦士。

その剣は一振りすれば鋼をも易々と切り裂き、時に真空の刃《やいば》と化して、離れた場所の敵をも討つという。千年も続いたという戦乱の最中《さなか》、ただひたすらに戦う事に特化して営々と改良を重ねられてきた血統と技能の精髄、その結晶がサムライであり……敵としてその前に立つ事は、即ち、絶対確実な自殺方法だとされていた。

戦う為に生まれ、戦う為に生きて、戦う為に死ぬ。

最強にして最凶。己の存在の全てを敵を討つ為に注ぎ込んで躊躇《ためら》わぬ戦の怪物。

「……おおお…………おお……」

サムライとはそういう生き物だ。

ウォルトン王国においては、老若男女全てにそう広く認識されている…………のだが。

…………………………………………………………………………………………


「……ぬお……お……おおおお……ッ！」

レオ・アラモゴードは吼《ほ》えた。

堪《こら》えきれぬ！　とばかりに声となって迸《ほとばし》る、感情の昂《たか》ぶり。

部屋の中にある諸々《もろもろ》がレオの咆吼《ほうこう》にまるで怯《おび》えるかの様に震えた。

だが……それだけでは足りぬ、全く足りぬ、とばかりにレオはのたうち回った——

「おおおおおおおおおおおおおおおおおおおおおおおッ！」

——というか広めの寝台《ベッド》の上をゴロゴロと右に左に転がった。

転がりまくって、最後に転げ落ちた。

「ぬッはあああッ……先輩ちゃんってば可愛すぎぎっ⁉」

床に転がったまま更にそう喚《わめ》くレオ。

彼が床に落ちても尚《なお》、両手で——顔を覆うかの様な至近距離で保持しているのは、一冊の書籍、それも漫画本である。

「ああ、どうしよう、俺、どうしよう、先輩ちゃんが可愛すぎて生きるのが辛《つら》いっ！」

どうやらレオはその漫画本の中の登場人物の一人に、いたく感銘を受けたらしい。

彼は開いたままの漫画本を一旦《いったん》顔から離し――高鳴る心臓の鼓動を漫画の登場人物に聞かせようとでもいうのか、紙面を胸に押し当てて眼を閉じる。

「次元を越えて先輩ちゃんに届け、俺の胸の高鳴りッ！　嗚呼《ああ》――この俺の荒《すさ》み果てた胸の内に湧き上がる、熱い想いッ！　これを何と表現すれば良いのだろう!?」

床の上でもごろんごろんと転がりながらそう叫ぶレオ。

やがて彼は発条《バネ》仕掛けの様にぴょこんと跳ね起きると、明後日《あさって》の方向に意味も無く手を差し伸べながら朗々と言った。

「おお……未知なるが故に予《あらかじ》め失われた……郷愁にも似た……筆舌に尽くし難い……おお……これは……これは……この止めどなく萌《も》え出《い》ずる熱い想いは……」

「――性欲ですね」

「そう、溢《あふ》れ出る性欲――……うわっ!?」

無遠慮に差し挟まれた一言に、改めて跳び上がるレオ。

彼が慌てて傍らを見遣《みや》ると、そこには――いつの間に入って来たのか――ひっそりと長身痩軀《そうく》の人影が一人静かに佇《たたず》んでいた。

単色《モノクロ》の麗人……とでも言おうか。

その肌は雪の様に白く、きめ細かく。

一方で、うなじの辺りで括《くく》った長い黒髪、襟元の広襟締《アスコットタイ》、そして丈の長い燕尾服《えんびふく》……身に帯びているもののいずれもが、闇が凝《こご》ったかの様に黒く。

鮮やかな対比を描く白と黒。存在の全てを単色《モノクロ》で表現出来てしまいそうな感じというか……何をするでもなくただそこに立っているだけで、その周囲から色が抜け落ちていくかの様な錯覚すら、見る者に与える姿だった。

しかも目鼻立ちが怜悧《れいり》に整ったその顔は、実に美しいのだが、その表情は鋼の仮面の如く冷たく、硬く、およそ柔和さというものが感じられない。今も眼鏡の下の双眸《そうぼう》が、半眼の形でレオに冷たい視線を注いでいた。

「ハリエット⁉ いつの間に⁉ なんで⁉」

漫画本を背後に隠しながらレオはそう問うた。

「これは異な事をおっしゃいますね、若様」

ハリエットと呼ばれた麗人――いかにも執事然としたその人物は、眼鏡に右手を添えて僅《わず》かに位置を直しながら言った。

「この私、ハリエット・ホプキンスはアラモゴード家の執事。即ちそれは、若様の執事たる事と同義。ならば若様のおられる所、たとえ地獄であろうと煉獄《れんごく》であろうと辺獄であろうと監獄であろうと牢獄《ろうごく》であろうと、私が居るのは当然のこと……」

「なんで『獄』限定？」

「若様には相応《ふさわ》しいかと。何となく」

「実はハリエット、俺の事が嫌いだろ？」

「いえ、滅相も無い」

まるで振り子時計の振り子の如く、等速と等角度で首を振るハリエット。

「とにかく、俺の許可も無く勝手に入ってくるな！」

「しかし若様……」

ハリエットは——個室というには若干広めのその部屋を見渡す。

右の壁際には大型の本棚と簡易の文机、中央には寝台、左の壁際には衣装棚と大きめの観葉植物、奥の壁には大小絵画を入れた額が幾つかと大型の水晶板が飾られており……若い男の部屋としては見事な位に整理整頓《せいとん》の行き届いた綺麗《きれい》な佇まいである。理想的と言っても良いだろう。

ただ一点……窓が無い事を除けば。

部屋が広いので、特に圧迫感を感じる様な事は無いだろうが——今が昼か夜かすら、この中に居ては分からない。まるで世界から切り離されているかの様な、時間の流れからすら取り残されているかの様な、奇妙な雰囲気が其処《そこ》には漂っていた。

「放っておけば散らかり放題の若様の部屋を、誰が掃除しているとお思いで？」

「うっ……？」

「寝台の周りに脱ぎっぱなしの服を、誰が回収して洗濯しているとお思いで？」

「毛布や枕といった寝具の交換も、一体誰が、しているとお思いで？」

「ううっ……？」

「うううっ……？」

「十七になってもこの体たらく――」

　ハリエットは無表情のまま、わざとらしく肩を竦《すく》めて溜息《ためいき》をつく。

「事程然様《さよう》にこの私、執事ハリエット・ホプキンスの御奉仕無くしては若様の清潔で快適な生活は立ち行かず、その為には私は何時如何《いか》なる場所であろうと自由自在、如何なる許可も待たずして出入り自由の身である必要が在るのです。そう――」

　きらりと眼鏡を光らせてハリエットは続けた。

「常に若様の傍に寄り添い、若様がこのハリエットに隠れて購入するも片付け忘れた大人用のアレな漫画を片付け……若様が二次元の女の子にヌフゥ、ヌフゥと気色悪い感じで息を荒らげている時は、冷静かつ機智《ウイット》に富んだツッコミを入れ……若様が会話障《コミユ》の引き籠《こ》もりである事を自覚なされていない場合には、心を鬼にして自覚を促す……これこそが真の執事と自負しておりますれば」

「やかましいわ！　お前は俺の母親《おかん》か⁉」

　涙目になりながら寝台の上の枕を摑《つか》んで振り回すレオ。

　ハリエットはやはり無表情に、そんな彼を見つめていた――が。

「…………おや？」

ふと、首を傾げる。アラモゴード家の執事はそのまま、レオではなく、明後日の方向を眺め、その視線を眼鏡越しに空中へと注いでいたが——

「王都が何やら大変な事になっている様です、若様」

●

何の前兆も無く。何の脈絡も無く。

誰に予測される事も、事前に察知される事も無いまま、全くの唐突にソレは現れていた。

多くの大災厄がそうである様に——無様に狼狽《うろた》える人々を嘲笑《ちょうしょう》するかの如く。

「退避、退避イイイッ！　退避だ急げッ！」

何もかもを根刮《ねこそ》ぎ滅ぼさんとして、轟々《ごうごう》と渦を巻く火炎と黒煙。

ただそれだけでも脆弱《ぜいじゃく》な人の身には脅威そのものだが……更に時折、その中を青白い稲妻までが迸る。それがまた新たな何かに火を付けるのか、電光が閃《ひらめ》く度に炎は勢いを増し、煙は膨れあがっていく。

まるで雷雲が地上に降臨して猛威を振るっているかの様な……異様な風景だった。

「三番隊ッ！　臣民の避難はどうなっている⁉」

「ほぼ完了しております！　が――」

大小無数の建物が延々と軒を連ねる広大な街並み。

ウォルトン王国の王都――トリニティア。

人口二百万を誇る国家規模の大都市であり、ウォルトン王国の政治・経済・軍事・文化の中心地である。歴史も永い為、その景観には公館・民家を問わず新旧様々な建物が複雑に入り交じり、独特の風景を作り出している。

歴史と伝統の風格を備えた街が今、火炎と煤煙《ばいえん》と電光によって蹂躙《じゅうりん》されていた。

「くそっ……バケモノめ……！」

「走れ！　巻き込まれるぞ！」

炎と煙と雷の中心にソレは居た。

街並みを睥睨《へいげい》し傲然《ごうぜん》とそびえ立つ、白と赤の巨大な――異形。

そう。異形だ。歪《いびつ》で奇怪な姿を、それはしていた。

既知の存在で比較的近いのは『竜』なのだろう。

長い首、縦長の頭部とそこに備わる一対の角、背中には一対の翼、胴体の後端には太く長い尻尾《しっぽ》が生えており――これが第三の脚として強引に前傾姿勢で二足歩行する巨体を支えている。こうした点を列挙する限りでは既存の竜種とよく似ている様に思える。

だが、周囲の建物の大半を見下ろすその身の丈はおよそ人間の十倍――如何なる竜種よりも遥《はる》かに大きい。体重に至っては優に人間の千倍を超えるだろう。

しかも全身の各部の比率が明らかにおかしい。

背中の翼は羽ばたいてその巨体を浮かせるにはあまりにも小さく、対して胴体の両脇にぶら下がる腕は過剰な程に――それ自体が胴体に匹敵する程に大きい上、肩や胸には鎧《よろい》を思わせる装甲が何枚も施されている。

しかも何より異様なのは、その怪物には『眼』が無い事だった。

代わりという訳ではあるまいが、その頭部は四つに『割れて』おり、竜というよりある種の虫の様な四方に『開く』顎《あご》を備えている。頭部に被《かぶ》せられた装甲のせいで詳細は見えないが、哺乳類《ほにゆうるい》は勿論《もちろん》、爬虫類《はちゆうるい》とも異なる骨格である。

バケモノと呼ばれるのも当然。

生物が必然的に――適者生存の原理の果て、その姿形の上に獲得する、ある種の均衡を、それは棄てている。恐らくは破壊し、殺戮《さつりく》し、恐怖をただ振り撒《ま》く為に。

「ネプツニスの半生体魔導兵器《ハイブリツド・マギアーム》!?」

「拠点攻略兵器級《ベース・ストライカー》――こんな大規模会戦用のデカブツ、どうやって？　何処から――此処《ここ》はトリニティアだぞ!?」

「転移魔術《シフター》は結界で封禁されている筈《はず》――」

逃げ遅れた臣民を避難誘導する為、怪物の周囲を走り回る騎士達。彼等が悲鳴じみた叫びを上げるのも当然だった。

この巨大な異形は、いきなり現れたのだ。この王都に。

不幸中の幸いか――異形が最初に目撃されたのは、王都の外縁部に位置する森林公園の中だった。この為、臣民の避難は王国軍主導で迅速に行われ、未《いま》だ目立った人的被害は出ていない。だがこのままでは、王都そのものが回復不可能な程に破壊されかねなかった。

「――！　来るぞ、伏せろ！」

騎士団の間に恐怖を孕《はら》んだ叫びが走る。

次の瞬間、巨大魔導兵器の角から発せられた青白い稲妻が周辺を蹂躙した。電光はまるで意思あるものの様にあちこちを這《は》い回り、街路樹や可燃物に触れるや否や、これらを次々と燃え上がらせていく。

雷撃の魔術そのものは別に珍しいものではない為、武具や防具には基本的に絶縁塗装と雷霆避《らいていよ》けの祝福処理が施されているが……相手の放つ電光があまりに強力である為、直撃すれば完全武装の騎士達でも危ない。

「退避ィイイ！　退避！　やはり我々の装備では――」

「何の為に武装して出張ってきたんですか、我々は⁉」

「馬鹿、そんなのお前、『仕事してますよ』って強調《アピール》する為に決まってるだろうが！」

「…………」

駄々漏れる騎士団員達の本音を聞いて――避難中の臣民達が顔をしかめた。

練度こそ高いものの、実戦経験には乏しく、その一方で装備は過剰な程に立派……故に、しばしば王国の臣民から『平和惚《ぼ》け』『無駄飯喰《ぐ》らい』などと詰《なじ》られる事も多い王都防衛騎士団。その団員にしてみれば、確かにこういう場面で率先して出動しなければ、立つ瀬が無いのだろう。とはいえ――

「奴め――方向を変えたぞ⁉」

「まずい、あっちには……」

巨大魔導兵器がその頭部を巡らせ――何かを見つけたのか、進む方向を変えた。

ただそれだけで、巨大な尻尾がうねり、新たに数軒の家屋が倒壊し、迸《ほとばし》った稲妻がそこに火を付ける。しかも――

「――ッ⁉」

巨大魔導兵器が、その背中の翼を広げた。

蝙蝠《こうもり》の翼よりも、鳥の羽に近いそれは――しかし、羽毛の代わりに、シャラシャラと鈴の様にさざめく小さな菱形《ひしがた》の金属片が、無数にぶら下がっていた。

拠点攻略兵器には不似合いな、美しく、風雅とさえ言える音が鳴る。

次の瞬間、それらの金属片は――同じく金属の糸を長々と引きながら、巨体の動きに合わせて空に舞った。

巨大魔導兵器は、ただ身を捩《よじ》っただけだ。

だが何十、いや何百本と爆発的に放たれた金属の糸は、先端の重りによって四方八方に放たれて巻き付き——そして更に次の瞬間、強力に巻き取られていた。糸は鋭利な刃物となって、巻き付いた先の建物を、街路樹を、あるいは瓦礫《がれき》を、微塵《みじん》に切り裂いていく。

「うおっ⁉」

「無理に近づくな、ばらばらにされかねん！」

衛生隊の騎士達が、負傷した六番隊の騎士達を回収しながら慌てて後ずさり、他の騎士達も腕を広げて避難中の臣民を背後に庇《かば》った。

彼等は機動甲冑《アクティブメイル》を身に帯びているので、関節部等の弱い部分にさえ巻き付かれなければ、そう易々と糸に斬られる事は無いだろう。

だが——絡み付かれれば、結局は魔導兵器の巨体に振り回される事になる。如何に機動甲冑が頑丈でも、屋根の高さから地面なり瓦礫なりに叩《たた》き付けられた際の衝撃までは、防いでくれない。魔導機関を仕込んだ自慢の装甲も、そのまま人の形をした棺桶《かんおけ》になりかねなかった。

やはり騎士達では相手にならない。

魔導師を十人二十人と連れてきて範囲魔術の重ね掛けで押さえ込むか、こちらも同等の大型魔導兵器を繰り出して攻撃するしかないだろう。

だが王都内に――その封禁結界内に王国軍の大型魔導兵器は配備されていない。本来ならば、障害物の無い、周辺への影響も考慮する必要の無い広大な平野部で使われる――大規模な戦役の際に使われる兵器と戦法であって、都市内部での使用など、誰も想定していなかったのだ。

そして王都外の駐屯地から急行させようにも……封禁結界の為に王都外から転移系の魔術で瞬間移動させる訳にもいかない。

そんな状況下――

「…………ッ！」

右往左往する騎士達の中から一人の騎士が――巨大魔導兵器に向かって飛び出した。

「おいっ⁉　キュヴィア三等騎士⁉　何を――」

一騎当千の膂力《りょりょく》を発揮する機動甲冑をその身に帯び、四脚の代わりに備わる鋼の四輪で如何なる地形も走破する機輪馬《ホイールホース》に乗る王都防衛騎士団の騎士。

非常に強力な、魔力駆動の各種装備を帯びてはいるものの――それでも彼等は、騎兵に過ぎない。彼等はあくまで治安維持がその任務、つまりは対人戦闘の専門家だ。

騎士達はこの様な巨大な魔導兵器を相手にした経験は無い。それが出来る装備も戦術も彼等には無い。その巨体と重量そのものが攻城兵器たり得る怪物を相手にするには、あまりにも騎士達は矮小《わいしょう》に過ぎた。

「…………」

機輪馬を限界速度で走らせながら、広い視界を確保する為に、件《くだん》の騎士は甲冑《かっちゅう》の面頬《マスク》を撥《は》ね上げる。中から現れたのは、すっきりと涼しげな目鼻立ちの――繊細な造作とは裏腹に、何処か凛々《りり》しい雰囲気を帯びた若い娘の白い貌《かお》だった。

マリエル・キュヴィア三等騎士。

先日、騎士の叙勲を受け、王都防衛騎士団三番隊に配されたばかりの女騎士である。

「あちらには……王立中央病院が……！」

眉間《みけん》に縦皺《たてじわ》を刻んでマリエルは唸《うな》る様に呟《つぶや》いた。

王立中央病院――規模が大きく施設や機材も充実している為、市井の医者が経営する治療院と異なり、難病や重病の患者を主に収容する医療施設である。その為、常に絶対安静の患者を一定数抱えている。

元々巨大魔導兵器が向かっていた方向とはずれた位置に在った為、避難は後回しになっていて、恐らく間に合っていない――というより一朝一夕には患者全てを連れ出す事など出来ない筈だった。それに何より、王立中央病院が破壊されれば、そこでしか治療出来ない患者達の未来は握り潰《つぶ》されたも同然である。

「無茶《むちゃ》だ、戻れ、キュヴィア！　あんな――」

先輩の騎士達の叫びが追いすがるが、構わずマリエルは機輪馬を走らせた。

「無茶でも何でも、ここで逃げては何の為の騎士ですかッ！」

未だ新米の――『現場』の身も蓋《ふた》もない『現実』に染まっていない彼女は、騎士としての理想に燃えていた。騎士は王国の国体とそれを支える臣民を守るのが使命。命を使うと書いて使命と読む。故に彼女は命に代えても病院を守る積もりだった。それが無理ならせめて時間稼ぎを――と。

「くっ……」

マリエルはじわじわと後頭部にのしかかってくる恐怖を堪《こら》えながら、巨大魔導兵器の足下を通り過ぎる。

文字通り一歩、いや半歩間違えば踏み潰されかねない危険な間合いである。その巨体が歩く度に跳ね飛んでくる瓦礫が機動甲冑や機輪馬に当たって硬い音を立てるが……幸運にもマリエルを転倒させる程の大きなものは無い。勿論、至近距離で稲妻を撃たれれば危ないが、雷撃にはある種の『溜《た》め』が必要なのか、連発する様子は無かった。

唇を噛《か》み締めて病院と巨大魔導兵器の間に割り込むマリエル。

「せめて一撃……！」

一定距離を確保した後、反転して全力で突撃、交叉応撃《カウンター》気味に重機槍《やり》を相手の爪先《つまさき》に叩き込む。必要ならば何度でもそれを繰り返す。いかに巨大とはいえ、いや、巨大だからこそ、二足歩行である以上、体重の掛かる爪先を破壊されれば、歩行に多少は支障をきたす

筈……そう考えたのだ。

突撃の為の距離を稼ぐべく、巨大魔導兵器を追い抜いて更に走るマリエルの機輪馬。

「⁉　危なっ――」

――その進路上に、ふらりと、無防備な感じの人影がまろび出たのは次の瞬間だった。

咄嗟《とっさ》に急制動をかけたせいで、姿勢を崩すマリエル。

半ば転倒した状態で路面を滑り、激しく甲冑と機輪馬が火花を散らす。装甲を帯びていたお陰で怪我は無いが――路肩の瓦礫に激突して止まったマリエルは、衝撃で一瞬、息が詰まった。

「……そこの……貴方《あなた》……！」

危険です。早く逃げて――そんな簡単な言葉すら、発する事が出来ない。

人影は――後ろ姿の背格好からして、どうやら男の様だった。

何処からどうやって現れたのか。まるで誰かに蹴《け》り出されたかの様に、たたらを踏んで、何とかその場で堪えようとして……しかし堪えきれずにその場で、こける。

状況からすれば、何処か間の抜けた、恐ろしく緊張感を欠いた光景だった。

「は……早く……逃げ……………………え？」

マリエルは息苦しさとは別に、驚愕《きょうがく》から言葉を詰まらせていた。

男は――若干慌てたようにして立ち上がり、服についた埃《ほこり》を叩いて落として、それから肩越しにマリエルを振り返る。

その顔の目許を、仮面が覆っているのが見えた。

黒地に血の様な昏《くら》い紅《あか》で複雑な模様が描かれ、眉《まゆ》の辺りに二本の突起が――『角』がついた異様な仮面だった。他の部分はごく普通の人間の貌であるだけに、そこだけがやけに目立って禍々《まがまが》しい。

「…………」

男は仮面の下で唇の端を左右に引いて――にいいいいっ、と嗤《わら》う。

獰猛《どうもう》とも言える様な、猛々《たけだけ》しい、笑顔。巨大な破壊の権化を目の前にして、異様な程の余裕だった。そう。彼が見ているのはマリエルではなく――

「――性懲りも無い」

（……未だ……若い？）

思いの外その声が高く涼しげな事にふとマリエルは気付いた。

青年――いや少年か。改めて見てみれば、身の丈や肩幅こそ立派な大人のそれだが、未だ成長途上とも言うべき繊細さがその口元や顎《あご》の線には見え隠れしていた。


――だん！　だだん！

少年は長靴に包まれた脚を強く踏み鳴らす。一度。二度。三度。

それが——合図だったのか。彼の背後から、いや、彼の足下から背後に伸びる影の中から、ズズズ——という鈍い、何かの擦《こす》れる音と共に——大きく黒い何かが出現していた。

「…………!?」

息を呑《の》むマリエル。

擦過音は一定以上の強力な魔術が発動し、通常の物理と相克する際に発生する現象であろう。自身の影を媒体として空間転移の魔術を行使し、あの仮面の少年は何かを取り寄せたのだ。だが——何を？

大きく開いた黒い鋼鉄の花。

それは次の瞬間、数枚の花弁を一斉に閉じて仮面の少年を飲み込んでいた。花弁と見えたのは展開状態の装甲であり、花と見えたのは、黒い機動甲冑だった。

「ごっ…………」

呆然《ぼうぜん》とするマリエルの目の前で、少年は文字通りに瞬く間の戦支度を済ませていた。

だが機動甲冑といってもマリエル達の帯びるものとは様式が違う。異なる文化の生み出した印象的な意匠《デザイン》。幾つもの部品から成る複雑な面で構成され、それが動く様は何処か、生物的ですらあった。

仕上げとばかりに彼は、更に影の中から柄《つか》を上にして迫《せ》り出してきた武器を——『刀』

を朱塗りの鞘《さや》ごと引き抜いて見せる。

緩やかに湾曲した片刃の剣。これも王国の騎士達が護身用として、あるいは儀礼用として礼服の腰に佩《は》くものとは様式が違う。

「…………護国……鬼神ッ!?」

此処《ここ》に至って——ようやくマリエルは少年の正体に思い至った。

ウォルトン王国に護国の鬼神あり。

その力は強力無双。その技は精緻《せいち》無比。

そしてそれらを駆するその性《さが》は——冷酷非情。

故に彼《か》の者は『鬼』と呼ばれる。

颶風《ぐふう》の如く戦場を駆け、相手が如何《いか》なる者であろうとも、一切の躊躇《ちゅうちょ》無く、一切の斟《しん》酌《しゃく》無く、確実にして残虐なる死をもたらす——人の姿をした滅び。ウォルトン王国二代目国王との契約により、護国の鬼神として数百年の永きにわたりこの地を守ってきた『サムライ』の裔《えい》。

「カカカ！　カ！　カ！　待ち詫《わ》びたぞこの時を！」

刀を肩に担ぐ様にして少年は——否、護国鬼神は堂々とそう告げた。

「合戦ぞ！　殺仕合ぞ！　刃向かう者には区別無し、老若男女の差別も無し！　等しく素っ首斬り落とし、腹掻っ捌《さば》いて臓物《わた》を出し、骸《むくろ》は刻んで野に撒《ま》かん！　これぞ鬼神の流儀なりッ！　戦場においては問答無用、遠慮無用、いざ存分に――」

――轟音《ごうおん》。

愚直にも問答無用の言葉に応じたか……護国鬼神の頭上から、口上の終わりを待たずして、鉄槌《てっつい》の如く巨大魔導兵器の右足が踏み下ろされた。

「――！」

マリエルが声にならない悲鳴を上げる。

ウォルトン王国の生きた伝説、最凶にして最強の戦士、護国の最終兵器、それが一瞬で――まるで車輪の下で内臓を吐き出して潰れる蛙《かえる》の様に、斃《たお》されてしまったのだから。

「…………え？」

だが――マリエルの口から若干、間の抜けた声が漏れたのは次の瞬間だった。

よく見れば巨大魔導兵器の右足が浮いている。接地していない。それどころか、じりじりと足裏と地面の距離が開いていく。

「アラモゴード……」

マリエルが呆然とその名を呟いた瞬間、巨大魔導兵器の右足を一気にはね除《の》けて、黒い機動甲冑は傲然《ごうぜん》と立ち上がっていた。巨大魔導兵器は、地響きをたてながら二歩三歩と後ずさり、そしてまた建物が幾つか倒壊する。

護国鬼神が踏み潰されなかったのは、機動甲冑の性能故か？

いや。無論それもあろうが――基本的に魔導機関搭載兵器は使用者と繋《つな》がり、そこから供給される魔力の量と質によって著しく性能が上下する。それ故にマリエル達も魔力を高め練り上げる訓練を受けた。つまり――

「護国鬼神……最強の………」

恐らく護国鬼神は、マリエルとは桁《けた》が二つも三つも違う程の、膨大かつ高純度の魔力の持ち主なのだ。最早《もはや》……同じ生き物と呼んで良いのかすら、疑わしい程の。千年続いた戦乱の地において、戦う為に営々と純化されてきたサムライの血統は、その末裔を超人ともいうべき存在にしているというが――

「――〈アラモゴード〉ッ！」

大刀を鞘から抜いて地に突き立てると、腕を組んで護国鬼神が叫ぶ。

同時に――陽も傾いていないというのに彼の影が長大に、不自然な程に伸びたかと思うと、大刀が沈んで消える。次の瞬間、代わりにそこから機動甲冑と同様、何かがせり出してくるのが見えた。

それは巨大な――腕だった。

「これが……!?」

護国鬼神とは――アラモゴードとはサムライの名であると同時に、彼が駆使する最強の大業物、常勝無敗の魔導兵器《マギアーム》に冠された名でもあるという。

滅多な事では呼び出される事も無いその魔導兵器は、人型をしており、その巨体でサムライの戦技の全てを完璧《かんぺき》に――生身のそれと同じ速さと精密さで再現出来るとか。

いわばそれは巨大な鎧《よろい》であり、護国鬼神の化身であり分身でもある――

「カカカ！　カカカカカッ！　礼儀知らずの無法者めが！　そうか、待てぬか、待ちきれぬか！　それは重畳、我も早《はよ》ぅ戦がしとうて焦《じ》れておった故なぁ！」

魔導機神《デウスエクスマギカ》〈アラモゴード〉。

天に向けて掲げられたその掌《てのひら》の上に腕を組んで立ちながら、レオは傲然とそう告げる。

「血を湧かせ、肉躍らせよ、斬って斬られて焼かれて焼いて――後は骸の山となれい！」

巨大な人型魔導兵器が胸部装甲を左右に開いてその内部を曝《さら》け出す。

鎖の筋肉、鋼の骨格、木と布の神経、歯車の関節といった内部機構の間に――その中央に設けられた隙間に護国鬼神は滑り込んだ。

何本もの導管《チューブ》や導索《コード》が護国鬼神に巻き付くと同時に、胸部装甲が閉じる。

異音が響き、火花が散ったのは次の瞬間だった。

身を起こしながら、更にこれを捩《よじ》った大型魔導兵器――その翼から放たれた鋼の糸が襲い掛かったのである。

だが互いに人間の十倍はあるその巨体――魔導機神〈アラモゴード〉はびくともせず、鋼の糸は火花を散らしてその装甲を擦《かす》っただけだ。むしろ〈アラモゴード〉は己の表面を擦って抜けようとする鋼の糸をまとめて握ると、これを手繰り寄せていた。

――ごぉん…………ッ！


巨体と巨体が激突し、割れ鐘の様な音が王都に響いた。

「下がれ――そこの騎士ッ！　邪魔だッ！」

不意に、そんな言葉が降ってくる。ただただ呆然と成り行きを見守っていたマリエルは――それが自分に向けられた言葉なのだと理解するのに、若干の間を要した。

「え？　あ、は、はいっ！」

この状況で護国鬼神が自分の存在を認識していた事に、今更ながら驚きつつ――マリエルは殆《ほとん》ど反射的にそう応じていた。

●

「……ああ、びっくりした、びっくりした!?」

護国鬼神は——自身と同じ名を冠された魔導兵器の中で早口にそう言った。

「いきなり踏んでくるか⁉　口上の途中だぞ⁉」

今——魔導機神〈アラモゴード〉の胸部装甲は閉じている。

〈アラモゴード〉の内は二重の装甲によって気密性と遮音性が確保されている為、外部からは彼の姿を見る事はおろか、声を聞く事も出来ない。何を叫ぼうが何を歌おうが何を愚痴ろうが、それが外に漏れる心配は無いのだった。

勿論《もちろん》——仮面を外しても素顔を見られる恐れは無い。

「相手の側に口上を最後まで聞く義理はありませんので。それより若様。もう少し余裕を持って対処を。護国鬼神の威厳が損なわれます」

と口を挟んできたのは——ハリエットだった。

ただし本人ではない。アラモゴード家執事の姿を模した上で、三頭身程度に縮めた人形である。上下左右に極端に縮んでいるものの、よく本人の特徴を捉《とら》えたそれは、操り人形の如く護国鬼神の左肩の上辺りに何本もの糸でぶら下げられていた。

「準備もそこそこに、いきなり現場に蹴《け》り出したのお前だろ⁉」

とこれに文句を言うのは——仮面を外した状態の護国鬼神、即ち第四九代アラモゴード家当主レオ・アラモゴード、十七歳。

「大急ぎで、と王室よりの要請でしたもので。出陣に手間取る愚図《ぐず》い主《あるじ》の背中を押して差し上げるのも執事の務めかと」

「危うく仮面着け忘れる所だっただろうが!?」

先程から巨大魔導兵器を相手に、大見得を切っていた時とは随分と物言いが違うが……レオは、こちらが素だ。

「しかしこれ……中々手強《てごわ》いな!?」

レオはハリエットと会話しつつも魔導機神〈アラモゴード〉を操って魔導兵器と取っ組み合いを続けている。機動甲冑を介してレオの動きはそのまま魔導機神に伝えられる為、殊更に何か操作をするという訳でもなく、レオは自分自身の身体を動かすのと殆ど変わらない感覚でこの魔導機神を駆っていた。


ごおんっ……！　ごおんっ……！


割れ鐘を打つかの様な轟音が立て続けに響く。

竜型の巨大魔導兵器は、その体格に比して巨大すぎる二本の腕を、鉄槌の如く交互に繰り出してきていた。見た目には技も何もあったものではない、ただの殴打なのだが、打撃の瞬間に魔術式を作用させているのか、その威力は尋常でない。同規模の巨体を備えた魔導機神〈アラモゴード〉が、これを受け止める度に、二重の装甲と防御用に幾重にも重ねられた魔術力場を越えて、衝撃が内部にまで伝わってくる程だった。

しかも相手の魔導兵器は、その殴打の間にも背中の翼を羽ばたかせ、大量の鋼糸《ワイヤー》を巻き付けてくる。

「ぬお、鬱陶《うっとう》しい⁉」

「単機での強襲突撃兵器――それも拠点攻略兵器としては理にかなっていますね」

鋼糸の攻撃をハリエットはそう評した。

「補給が望めぬ以上、矢や礫《つぶて》を撃ち出すにしても限りがありますし。十分な勢いがつけば人は勿論、建物だって撫《な》で切りに出来ましょう。間合いも剣やら槍《やり》やらよりも広く長短自在、厚めの装甲や魔導の防御には効かないでしょうが、都市内で如何に効率良く無辜《むこ》の臣民を殺戮《さつりく》し民家を破壊するか、という事に特化すれば、中々によく出来た代物です」

「敵の仕事に感心してる場合じゃないだろ」

「しかしながら所詮《しょせん》は対人・対一般家屋用の攻撃兵器です」

ハリエット人形はわずかに首を傾げながら言った。

「……まあそうだよな」

レオは魔導機神〈アラモゴード〉の背に装備されていた斬塁刀《ざんるいとう》――人でも馬でもなく塁を、即ち砦《とりで》を斬る為の大剣――を引き抜いて、絡み付いてくる鋼糸を片っ端から叩《たた》き斬っていく。魔導機関を内蔵し、刀身を加熱させつつ高速振動する斬塁刀と、そして何より素の剣で『斬鉄』の技を可能とするレオの力量により、相手の鋼糸はまるで蜘蛛《くも》の糸の様に易々と斬られていった。

「要は攻撃力も防御力も劣る相手を、一方的に殲滅《せんめつ》する為の代物。兵器殺し、即ち格闘前提の戦闘兵器の前では、所詮この程度――」

「何考えてるんだかなぁ。トリニティアに護国鬼神が居る事は、ネプツニスの奴等も知ってるだろうに。なんだってこんなでかくて目立って動きも鈍い奴を単機で……？　いきなり王都に持ち込んだのには驚いたけどな」

と続けて繰り出される相手の打撃を、左腕で弾《はじ》いて逸《そ》らしながらレオは言った。

「案外、何も考えていないのかも。若様が普段、何も考えておられないのと同じく……」

「本当、お前って俺の事が嫌いだよな!?」

半泣きの声で言うレオ。

ハリエットはしかしぴくりとも表情を動かさない。まあ人形なのだから当然だが。

「突然、王都内に現れた事といい、行き当たりばったりな動きといい、相当に不自然な部分が多いですね。ですが魔導兵器である以上は、必ず機関を動かす為の者を必要とします。自我の無い機関だけでは魔術を維持できませんから」

「それは知ってるけども――」

「ですから、アレの中に何者かが乗っているのは間違い有りませんが、しかしその者がアレを操って恣意的《しいてき》に動かしている訳ではないのかもしれません。アレは帰還する事等、当初から考えられていない特攻用の――」

そこでふとハリエット人形は首を傾げた。

「空間電位に変化あり。恐らく高圧の雷撃が来ます、ご注意を」

「ちょっ――待っ⁉」

先程までは散漫に放たれていた魔導兵器の稲妻が、その頭部に集中して猛烈な光を放ち始める。単なる打撃では魔導機神〈アラモゴード〉を斃せないと判断したのか、集束した雷撃を使う積もりの様だった。

「こなくそッ！」

レオは喚《わめ》きながら斬塁刀を――投げた。

無造作に放り出された巨大な刀は、しかし相手に突き刺さる事は無く、魔導機神〈アラモゴード〉と敵の巨大魔導兵器との間の道路に突き立った。

同時に巨大魔導兵器の雷電が解放される。

魔術の力場で強制的に指向性を与えられた稲妻が、横方向に走り――しかし、魔導機神〈アラモゴード〉に達する前に、斬塁刀に絡み付いていた。

避雷針。雷は導電性の高い場所や物質――流れやすい所を流れる性質がある。レオは自らの得物を――巨大な鋼の塊を、雷避《よ》けとして使ったのである。

「お見事。しかし若様、刀はサムライの魂といいます。それを投げるなど……先代が御覧になれば、何とおっしゃるか。嘆かわしい」

「やかましいわ！　脇で見てるだけの奴は気楽でいいよな⁉」

魔導機神〈アラモゴード〉は自らが投げた斬塁刀に向かって走る。

対して竜型の巨大魔導兵器の方は、集束雷電攻撃の直後で身動きがとれないのか、殆ど動きらしい動きを見せていなかった。

「まあ、なんであれ……」

ふと――レオは仮面を改めて目許《めもと》に装着しながら言った。

「相手の事情や都合など知った事ではない」

仮面を被《かぶ》る事が自ら決めた『切り替え』の合図なのか――声音はさして変わらず、しかし冷え冷えとしたその物言いは、まさしく護国鬼神のそれだ。

敵たる者には容赦無用、温情無用。冷酷非情の殺戮者。

「奴は敵。故に殺す。これぞ護国鬼神の務め。老若男女の区別無し、問答無用に素っ首落とし、臓物掻《か》き出し野に晒《さら》す――それこそがアラモゴードの、流儀」

「若様……」

ふと――ハリエット人形の声に、何かを悼むかの様な揺らぎが過ぎる。

それに気付いているのかいないのか、レオは改めて自分の声が外部に伝わる様、拡声用の魔術式を起動させながら言った。

『カカカカ！　もう仕舞いか⁉　その大仰な姿は虚仮威《こけおど》しか⁉　我を満足させるには程遠い――嗚呼《ああ》、物足りぬ！　せめて貴様の断末魔を以《もっ》て、溜飲《りゅういん》を下げるとしようか！』

まるで習い覚えた歌を暗唱するかの様に――滔々《とうとう》と。

『楽に死ねるとは努々《ゆめゆめ》思わぬ事だ――覚悟！』

そんな宣言と共に魔導機神〈アラモゴード〉は巨大な斬塁刀を構えた。

●

『カカカカ！　もう仕舞いか⁉　その大仰な姿は虚仮威しか⁉　我を満足させるには程遠い――嗚呼、物足りぬ！　せめて貴様の断末魔を以て、溜飲を下げるとしようか！』

傲然《ごうぜん》と鳴り響く、魔導機神〈アラモゴード〉の処刑宣言。

護国鬼神の前に立つ、ありとあらゆるものは滅ぼされる運命だ。例外は無い。殺すと言えば必ず殺す。文字通りに必殺の守護者であるからこその護国『鬼』神である。

『楽に死ねるとは努々思わぬ事だ――覚悟！』

魔導機神〈アラモゴード〉は手にした斬塁刀を『突き』の形で放っていた。

――ドォンッ！

ただそれだけの動作ながらも、轟音《ごうおん》が響いたのは、切っ先が音速を超えたからか。

そればかりか、超高速移動する刀身周辺で生じた減圧による温度低下の為、水蒸気が一時的に凝結して漏斗状の『雲』が生じ、衝撃による圧力波面の屈曲現象――波紋の様なものが、斬塁刀を中心として空中に生じるのも見えた。

ただの刺突ですら、護国鬼神のそれは風景を歪《ゆが》め、雲を呼ぶ。

「やった……！」

マリエルに追い付いてきた仲間の騎士達が、呻《うめ》く様に呟《つぶや》くのが聞こえた。

竜の形をした魔導兵器の首に突き込まれた斬塁刀は、見事にその背中にまで抜けている。

音よりも速い護国鬼神の刺突は、分厚い鋼鉄の壁すら紙の様に貫くのだ。

『カカ！　カ！　さあ――まずは皮剝《かわはぎ》といこうか！』

魔導機神〈アラモゴード〉は斬塁刀を引き抜くと、姿勢を崩した竜型の魔導兵器を蹴り倒し――その巨体を踏み付ける。

ぶぉんと空気を裂く音と共に斬塁刀が半回転。

逆手持ちにした巨大な凶器を、魔導機神〈アラモゴード〉は倒れた魔導兵器に改めて真上から突き立てると、これを強引に捻《ひね》りながら傷口を開き、皮を――否、装甲を剝《は》ぎ始めた。内側の生体組織と癒着している部分を強引に引き剥がす為、装甲を一枚剝ぐ度に膨大な量の血が——正確には血の組成によく似た魔力循環用の霊液《エリクサー》なのだが——飛び散り、流れ出る。

『カカカ！　カ！　カカ！　カ！』

護国の鬼の哄笑《こうしょう》が辺りに響き、魔導兵器から噴き出した血が、驟雨《しゅうう》の様に辺り一面に降り注ぐ。魔導機神〈アラモゴード〉は途中からまるで面倒臭くなったかの様に、斬塁刀を傍らの地面に突き立てると、その両腕を相手の体内に突っ込んで弄《いじ》くり回し始めた。

魔導機神〈アラモゴード〉の腕が動く度に、竜の形をした半生体魔導兵器は、痙攣《けいれん》し、肉片を、血潮を、そして鋼片を、撒《ま》き散らしていく。

「うおっ……」

騎士の一人が口元を押さえて呻く。

なまじ生体部品の割合が多い魔導兵器であるからか、これを護国鬼神が解体してゆく様は酸鼻極まる残忍な場面にも見える。

巨大ではあるが、人の形をした存在が、生き物の形をした存在を、嗤《わら》いながらばらばらに引き裂いていく様子は、残虐以外の感想を持つ事を見る者に許さない。黒い護国鬼神の——魔導機神の巨体は、相手の噴き出した『血』に濡《ぬ》れ光り、まさしく『鬼』そのものの様相を呈していた。

「な……なにもあそこまで……せずとも……」

と別の騎士が眉《まゆ》を顰《ひそ》めて呟く。

恐らく他の騎士達も――そして離れた場所で見ている避難中の臣民達の多くも、似た様な感想を抱いている事だろう。既に勝敗は決したのは誰の目にも明らかだ。なのにその相手を護国鬼神は更に嬲《なぶ》っている。笑い声を上げながら。

「頼もしい、頼もしいが……もしアレが敵であったらと思うと……」

『此処《ここ》か――此処かあっ⁉　カカカッ！』

魔導機神は一際深く両手を魔導兵器の傷口に差し込む。中に乗っているであろう敵兵を引きずり出して、これも手ずから晒し首にする積もりか。

そして――

●

『此処か――此処かあっ⁉　カカカッ！』

などと愉《たの》しげな笑い声を上げながら――しかし〈アラモゴード〉内部のレオは仮面の下でしかめ面を浮かべていた。笑い声は護国鬼神としてのいわば演技であって……作業中のレオにそれを愉しむ余裕は無い。実は。

「こっからがまた面倒臭いんだよな……」

面倒臭げに仮面を外してレオはそうこぼす。繊細な作業なので——仮面をしていると視界が制限されるというか、ふとした拍子に手元が狂いそうなのである。

「若様は何度繰り返しても苦手ですね」

とハリエットの人形が言う。

「苦手っていうか……ああもう、本当、面倒臭いんだよ！」

前述の通り〈アラモゴード〉はレオの身体の延長として動く。なので基本的にレオは自身の身体を操るのと同じ感覚で〈アラモゴード〉を駆る事が出来る訳だが、それは逆に言えば生身で等身大のレオが苦手な事は、〈アラモゴード〉を扱っている際にもやはり苦手という事になる。

レオは元々、針に糸を通す様な細かい作業が苦手だ。

傍目《はため》には好き放題、護国鬼神が敗者を嬲っている様にしか見えまいが——

「自爆兵器とか頭沸いてんのかと思うな、いつもながら——あ、あった、コレか」

「命が安い国もございますれば」

そう。この種の特攻兵器には、ほぼ例外なく自爆用の魔導機関が搭載されている。

護国鬼神や他の軍事力に阻まれて敵国の攻略が予定通りに出来なくなった場合、最後に自爆して可能な限り敵国に被害を及ぼす——それがこの種の兵器の常だ。いや。この種の大型兵器でなくとも、腹の中にそうした自爆用の超小型魔導機関を埋め込んだ、自爆特攻兵というものも居る。

そして大抵の場合、その種の自爆機構は、兵の絶命と同時に作動する。兵が死ぬ際の断末魔を以て魔導機関を暴走させ、内包する魔力を全て熱と衝撃に変換するのだ。

だからこそ、護国鬼神は敵をただ斬り殺す、突き殺すだけではないのだ。丁寧に生かしたまま解体し、その内部から作動前の魔導機関を引きずり出して、無効化せねばならない。

相手が巨大兵器であろうと、生身の人間であろうと、それは変わらない。

「――よし」

レオが眼を細めて言った。

「こいつが御者の座か。えっらい奥に埋め込みやがって。後は――中の兵士か。ハリエット、〈アラモゴード〉の関節を固定、俺が出て仕上げる」

「御意。お気をつけを」

人形のハリエットが頷《うなず》くのを確認すると、レオは再び仮面を着けて〈アラモゴード〉の胸部装甲を展開――抜き身の刀を手に、とん、と軽い仕草で跳躍した。

相手の魔導兵器を押さえつけたまま関節固定された〈アラモゴード〉の腕を伝う様にして、赤い生体部品の間から見えている白い球体に向けて疾駆する。

その中に敵兵がいる筈《はず》――なのだが。

「……観念したか？」

ふと仮面の下で眉を顰めて呟くレオ。

魔導兵器側は特に動きを見せない。レオが中の兵士にとどめを刺す為に文字通り『乗り込んで』来ているのは分かって居るであろうに。

「ならば殊勝な事よ。さて――」

肉と鋼の奥から掘り出された白い球体に、レオは刀を突き立てた。

護国鬼神の振るう太刀の一撃は、基本的に全て魔術含み――機動甲冑を帯びぬ生身のそれでも鋼鉄を切り裂き、巨岩を砕く。白い球体も一撃でその表面に亀裂を走らせ、次の瞬間には、その殆《ほとん》どが破片となって四方八方に弾《はじ》け飛んでいた。

「――ん？」

何かの防御用の魔導機関なのか、羽虫の唸《うな》りの様な音を立てて、魔術式の回路を刻んだ祈禱車《マニ》が回転しているのが見えた。

「動作不良か？」

一瞬、身構えたレオだったが、しかし既に術式が壊れていたのか、特に何らかの魔術が発動する様子は見えない。攻撃的な――特に物理的な効果を及ぼす魔術であれば、レオのサムライとしての、魔術戦士としての感覚は、迅速にこれを察知してのける筈だった。

少し拍子抜けしながら、レオは視線を白い球体の残骸《ざんがい》へと戻し――

「――!?」

そこで、凍り付いた。

全く予想外のものをそこに見たからだ。

「なっ……？」

驚きに歪むレオの顔から仮面がずれ落ちる。慌てて手で押さえつつも、仮面は大きくずれていて、レオの双眸《そうぼう》は球体の中に居た者を仮面の孔《あな》を通してではなく、自分の瞳《ひとみ》で直《じか》に見つめていた。

自爆特攻兵も、そうでない者も含め……今までネプツニス帝国の送り込んだ兵士は何人も見てきた。ネプツニス帝国の為、ウォルトン王国を侵略する事こそ正義、一人でも多くウォルトン王国の臣民を殺す事こそが正義、と信じて自らの命をも投げ出す連中だ。

彼等は眼を血走らせ、面と向かってはレオを罵倒《ばとう》し、唾《つば》を吐き、最後にせめて一撃、と何らかの攻撃を仕掛けてきた。例外は無い。少なくともレオは経験が無い。だからこそレオは油断無く身構えていた――のだが。

「…………」

円《つぶ》らな琥珀色《こはくいろ》の眼が瞬《まばた》きをする。ゆっくりと二度。まるで今の今まで眠っていたかの様な、ひどく静かで気怠《けだる》い眼差《まなざ》しが、戸惑う様に揺らぎながらレオを見つめていた。

「これ……は……」

レオの目の前で、胸の辺りまで生体部品に埋まった状態でいるその人物は、祖国万歳を叫んで剣を振り回すでもなければ、眼を血走らせてレオに罵声を浴びせるでもなく——ただぼんやりと、自分にとどめを刺しに来た護国鬼神に緩んだ視線を送っている。

瞳の次に印象に残ったのは——雪の様に白い肌と黄金の髪だ。

顎《あご》に、頰に、唇に……あちらこちらに幼い柔らかさを残しながらも、よく整った顔立ちの少女だった。両の眼は円らで大きく、鼻筋は真っ直ぐで涼しげ、唇は薄く、柔らかそうな頰はわずかに赤みを帯びていて、実に愛らしい。

しかも——

「妖精族《エルフ》……」

その金髪の間から覗《のぞ》く、尖《とが》り耳——それは妖精《エルフ》と呼ばれる種族の証《あかし》だった。

肉体的には脆弱《ぜいじゃく》だが、内在する魔力は質が高く量も多いという。彼等は魔導師としての素質に恵まれた種族として知られていた。

そして少女の首や耳元……あちらこちらに魔導機関に接続する為の、導管《チューブ》だの導索《コード》だのが絡み付いているのが見える。

（ハリエットの読み通りか……！）

道理で複雑な動きも、反応もしなかった筈だ。

この巨大魔導兵器は、予《あらかじ》め設定された動きを自動的に行っていたか、さもなくば何ら

かの方法で遠隔操作されていたのだ。いわば傀儡《くぐつ》である。

そしてこの妖精族の少女は、あくまで術式の『芯《しん》』として魔導機関を稼働させ、制御用の術式に魔力を供給する為の——その為だけの存在であろう。御者や操者などといった立派なものではない。兵士ですらない。ただの部品だ。

「……あっ……」

少女が瞬きを繰り返す——今この瞬間に初めてレオの存在を認識したかの様に。

（……使い捨ての……特攻兵器……その為の……恐らくは奴隷……）

レオは少女の円らな瞳のそのすぐ下……眼の下に隈《くま》の様なものが生じているのに気がついた。改めて見てみれば、首は細く、鎖骨もくっきりと浮き出ていて、明らかに痩《や》せている印象が在る。それでも美しい少女ではあるのだが、今レオの眼に映るそれは、生命の瑞々《みずみず》しさをほぼ失った枯れ花の——乾燥花《ドライフラワー》の美しさだった。

枯れる前の——この花の本来の姿を見てみたい。

ふとそんな事を脳裏の片隅で考えるレオ。何の脈絡も無い突発的な思いつきだ。正直に言えばどうして自分がそんな風に考えたのかすら、レオには分からない。

「………………」

一方、少女は束の間、その円らな双眸でレオを見つめていたが——やがて何かを悟ったかの様に、いや諦《あきら》めたかの様に、瞼《まぶた》を閉じる。そしてレオに対し、のど笛を差し出すかの如くわずかに上を向いた。

（こいつ……）

既に死の覚悟をしているのだ。恐らくこの兵器に乗せられた――いや繋《つな》がれた時から。生きては帰れぬ片道切符の特攻兵器。最後は自爆か、それとも護国鬼神に首を獲《と》られるか。いずれにせよ穏やかな死は期待するも無駄、生き延びるなど万に一つもあり得ない。

「その首、刈り取る前に名を聞いておこうか」

仮面を着け直しながら……ふと、そんな酔狂をレオは口にしていた。

墓碑を造ってやるでもなし、敵たる者は解体《バラ》して刻んで鳥の餌、というのが護国鬼神の流儀である。実際に今までレオは斃《たお》した敵兵をそう扱ってきた。老若男女の区別無く、特に疑問も無く躊躇《ちゅうちょ》も無く。

「………」

対する少女は――無言。

押し黙っているというより、レオの言葉が理解出来ていない様な態《てい》だった。

「名を名乗れ、ネプツニスの雑魚。貴様の名だ。首と胴がまだ繋がっている内にな。それとも口がきけんのか？」

「……………あ」

やや強められた語気に、少女は震えて――それから乾いた唇を戦慄《わなな》かせながら辛うじて言葉を絞り出した。

「……フェルミ……です………………」

……それ以上は待っても特に何も出てこない。

フェルミというのは恐らく個人名だろう。家族名は言えないのか。忘れたのか。

あるいはそもそも――無いのか。家畜にそんなものが与えられないのと同じく。

「フェルミ……か」

レオは小さく頷いてその名を繰り返した。

●

護国鬼神は残虐。護国鬼神は冷酷。護国鬼神は非情。

敵としてその前に立ちはだかる者には、例外の無い死をもたらすという。

それは人の姿をしてはいても事実上の怪物だ。命乞《いのちご》いは無駄、抵抗も無駄、初太刀で首を刎《は》ねられればそれはむしろ幸運と喜ぶべき……拠点攻略用大型魔導兵器〈ブルーダ・ニューブ〉に載せられる際、フェルミは名も知らぬ『偉い人』から、そう教えられた。

「お前など、出会った途端に頭から喰《く》われるだろうよ」

相手が怪物ならば、そういう事もあるのだろう、とフェルミは納得した。

勿論《もちろん》、フェルミは死にたくなかった。それはきっと、とても痛くて苦しいだろうから。

痛いのは嫌いだ。苦しいのも嫌いだ。

だが彼女には拒む事そのものが許されていなかった。奴隷として生まれて以来……フェルミに許されていたのは、ただ従う事だけだった。

逆らえば殴られる。蹴《け》られる。食事を抜かれる。特に食事抜きは辛《つら》かった。殴られるのも蹴られるのも一瞬の事で、耐えて待っていれば自然と痛みは小さくなっていくが、飢えはじわじわと身体に食い込んで消えない。むしろ耐えても耐えても大きくなるばかりだ。

だから——自分から何かを望むなどと言う事は、早々に忘れた。

叶《かな》えられる事の無い願いなど抱いていても、重いだけだ。路傍の草の様に、石の様に、何も考えず、そこに在るだけのものになろうとした。そう在る方がきっと楽だから。

だから二度と帰れぬ特攻兵として——特攻兵器の部品として送り出された際にも、あまり心は動かなかった。

自分は、その護国鬼神と呼ばれる怪物に会って死ぬ。

首を刈られるか、頭から喰われるかは相手の気分次第。いずれにせよ助からない。繰り返し教えられたせいか、そんなぼんやりとした確信、いや諦めにも似た気持ちだけが胸の内に有った…………………………………………のだが。

「その首、刈り取る前に名を聞いておこうか」

出会えば問答無用で殺される筈が——何故か、名を聞かれた。

もう随分と長い間、自分から名を名乗るなどという事も無かったので、最初は何を問われているのかすら分からなかった。番号で呼ばれる事の方が多かったから。

「名を名乗れ、ネプツニスの雑魚。貴様の名だ。首と胴がまだ繫がっている内にな。それとも口がきけんのか？」

不思議だった。この鬼は、どうしてこんな事を訊《き》いてくるのだろう？

今から喰らう相手の名前が、気になるのだろうか。今までフェルミは出されるものをただ必死に食べるばかりで、自分が口にしているものの名前など考えた事も無かった。そんな余裕など無かった。昨日食べたものが今日食べたものと同じかどうかなんて、気にした事も無かった。そんな贅沢《ぜいたく》など許されなかった。

名前。自分の名前。顔も思い出せない親がつけてくれたであろう、名前。自分を自分として他と区切る為の言葉。奴隷少女にとって唯一の——自分だけの持ち物。

「フェルミ……か」


護国鬼神がフェルミの名を口にする。

今から自分を殺そうという相手なのに、何故かそれがフェルミには嬉《うれ》しかった。

護国鬼神は強い。護国鬼神は怖い。

魔導兵器〈ブルーダ・ニューブ〉の中に、回路の一部として載せられているだけのフェルミにも、彼《か》の者が戦う姿はぼんやりと見えていたし声も聞こえていた。ただ唯々諾々と虐げられるだけのフェルミからすれば、その堂々たる姿は——あまりにも眩《まぶ》しかった。


（……ああ………）


凄《すご》い。もの凄い。ただそう思った。

その殺意が自分に向けられているのだと知りつつも——それでも尚《なお》、フェルミはその強さに感動めいた想いを抱いた。自分を今から殺す者に、あるいは喰らうであろう相手に、フェルミは憧《あこが》れの様な気持ちすら覚えていた。

まるで己に向けて牙《きば》を剝《む》く餓狼《がろう》に恋い焦がれる子兎の如く、それは傍《はた》から見ればひどく滑稽《こっけい》な事であったろう。

（……あとは血となれ……肉となれ……）

食べられたものは、食べたものの血となり肉となるという。

ならばフェルミは今からこの人の姿をした怪物の一部になるのだ。

自分は美味《おい》しいのだろうか。美味しかったら——自分の事を後々まで覚えていてくれるだろうか。フェルミという名と共に。

護国鬼神の一部として、その肉の内に、心の内に、残る事が出来たなら。

自分の様な、弱くて脆《もろ》くて卑しい奴隷が、この強大な怪物と一つになる事が出来るのならば、それは——ひょっとしたら素敵な事なのかもしれない。

痛いのは嫌だけれど。苦しいのも怖いのだけれど。

勿論、食べられる事も無く、ただ首を斬られるだけで……骸《むくろ》は塵屑《ごみくず》の様に、そこらに打ち捨てられる事も、充分に有り得るのだけれど。多くの奴隷がそうである様に。

でも——どうせなら、食べられたい。

この人の姿をした鬼神に。この強くて恐ろしい怪物と一つになりたい。

それは、物心ついた頃から奴隷として生きてきて、何もかもを諦めきって久しかったフェルミが……殆《ほとん》ど自覚する事も無いままに抱いた、痛切な願いだった。

奇妙な静寂が、護国鬼神と奴隷少女の間に横たわっていた。

変わらず周囲では火炎と煤煙《ばいえん》が轟々《ごうごう》と音を立てて渦を巻いている。だがまるで二人の間に割り込むのを躊躇《ためら》うかの様に、ありとあらゆる雑音が――膜を一枚隔てたかの様に曖昧《あいまい》で遠い。奇妙な緊張感がそこには有った。

「……………あ……あの……」

動かぬレオをどう思ったのか……奴隷の少女フェルミは掠《かす》れた声でこう訴えてきた。

「……じっとしてますから……出来れば……痛くしないで……くださ……い……」

「――なに？」

仮面の下で眼を瞬かせるレオ。この奴隷娘、何を言い出すのかと思えば――

「……後は……どうして貰《もら》っても……いいですから……どうか……」

それは首を刎ねて晒《さら》そうが、屍《しかばね》を犯そうが構わないという事か。

死後の、人としての尊厳などというものを、望む事も――いや考える事さえ出来ない環境でこの少女は育ってきたのだろう。人間というよりも単なるモノとして扱われて。

「………………」

レオは、しかし少女の訴えには答えず、少女をくわえ込んでいる生体部品に刀を突き立てると、これを切り裂き——少女の首を摑《つか》んで引きずり出した。身体に巻き付いている導管や導索も刀で斬り、魔導兵器から少女を完全に分離する。

これで魔導兵器の機関は完全に沈黙した。自爆ももう出来ない。

だが少女自身がまた自爆特攻兵である可能性も未《ま》だ有る。その体内に自爆用の超小型魔導機関を埋め込んでいる——埋め込まれている可能性だ。

見れば少女は白い衣装を——裾《すそ》こそ長いが、拘束帯《ベルト》であちこちが絞られ、身体の線がそのまま浮き出る様な服を着ていた。

レオが強引に引っ張り出したからか、それ以前からなのか、少女の服はあちこちが破けていて、戦装束というにはあまりに脆弱《ぜいじゃく》な印象だ。この少女が戦えるとは、送り込んだ連中も考えてはいないのだろう。拘束服の様な仕立てからすれば、むしろこの衣装は少女をこの兵器に繫《つな》いでおく為のものか。

レオは素肌に触れている部分から軽く『気』を当てて探ってみるが、少女の身体の『気』の巡りに、不自然な様子は無かった。何かが埋め込まれていたりすれば、何処かに必ず何か歪《ゆが》みの様なものが出るのだが。

「うっ……」

レオに首を摑《つ》まれて吊り下げられながら少女が呻《うめ》く。震える彼女の痩《や》せた肢体、その細い首筋に改めて太刀の刃《やいば》を当てながら――レオは呟《つぶや》く様に言った。

「我は護国鬼神。刃向かう者には死を――」

「…………」

はい。知ってます。そう言わんばかりに。

首を摑んでぶら下げられたまま、首肯の代わりに僅《わず》かに身じろぎする少女。

「――そうか」

レオはただ静かに頷《うなず》いた。

●

固唾《かたず》を呑《の》んで騎士達が見上げる中――護国鬼神は魔導兵器の御者らしき者を引きずり出した。距離が有るのと煙のせいで子細は見えないが……

「あれは……少女か？」

「ネプツニスの奴等、あんな子供を特攻兵に……？」

ざわめきが騎士達の間に広がっていく。

マリエルも、てっきりあの魔導兵器の中に居るのは熱狂的な――狂気にも等しい愛国心を抱いたネプツニスの兵士なのだと思っていた。今までウォルトン王国の者が接触したネプッニスの兵は、男女問わず概《おおむ》ねそうした連中であったし、そうでなければ二度と帰れぬ特攻兵器の御者になど、なる筈《はず》が無いと皆が理解していた。

「子供の兵であれば、こちらも躊躇《ちゅうちょ》せざるを得ない……が」

「ネプッニスはそんな事まで考えて？」

騎士達も生身の人間だ。当然ながら家族が居る。妻帯者も多いし、子供が居る者も少なくない。年若い——幼いとも言える兵士は、彼等の戦意を挫《くじ》くには有効な手段だろう。

「いや、だとしたらお生憎《あいにく》様だ——我々ならともかく、相手は護国鬼神だぞ」

敵に対しては、女だろうが子供だろうが、容赦を思い出す様な存在ではない。

それでこその神、それでこその鬼、それでこそのサムライだ。

程無くしてあの少女は護国鬼神に首を刎ねられるだろう。

「…………」

これ以上は見ていられない——マリエルは唇を噛《か》んで眼を伏せた。

●

投げ捨てる様に魔導機神〈アラモゴード〉の中に、フェルミを放り込む。

幾重にも——網の如く張り巡らされた大量の導管や導索が少女を柔らかく受け止める。

だがそれでも衝撃の全てを吸収は出来なかったのか、フェルミは短く呻き声を漏らした。

強引に魔導兵器との接続を切ったからか、それとも元々衰弱が激しかったのか……意識も朦朧《もうろう》としている様で、瞳《ひとみ》の焦点が合っていない。

「胸部装甲を閉じろ」

そう命じながらレオも仮面を外して導管と導索の間に身を沈める。

「若様？」

レオの頭のすぐ脇で、糸で吊り下げられているハリエット人形が首を傾げた。

「何をなさっておいでです？」

「何って――ええと」

レオの表情が戸惑いで曖昧に緩む。

何をしているのか？　むしろ自分が訊きたい位だった。

「敵たる者に対しては残虐無比の鬼神たれ――それが護国の約定」

ハリエット人形はその短い腕を組んで見せながら言った。腕が短いので組むというより両腕で『×』印を出している様にも見えるが、それはさておき。

「まあそうなんだが……な」

レオはどうにも煮え切らぬ様子で隣に横たわっているフェルミを見る。

妖精族の少女は――乾いた唇で譫言《うわごと》の様に『ごめんなさい』と繰り返していた。誰に対して謝っているのかはまるで分からないが。

「自爆特攻兵である可能性も」

「いや。軽く気を当てて探ってみたが、魔導機関が埋め込まれている感じは無いよ。こいつ自身は自爆特攻兵じゃない。その心配は無い」

「…………」

ハリエット人形は尚も首を傾げたままレオの方を眺めていたが。

「王室の方からも、専用の魔導伝信で問い合わせが」

「うあ…………まあ、そうなるか」

常であれば、とっくに首を刎《は》ねて晒している筈だ。

それが今回に限ってどうして——と王室が疑問に思うのも無理は無い。

「でもこの子、明らかに自分の意志でアレに乗ってた訳じゃない。ハリエット、お前の言う様に部品として組み込まれていただけで」

レオと眼を合わせたときも、『どうぞ刎ねてください』とばかりに首を——喉《のど》を差し出す様な仕草を見せた。レオを、そしてウォルトン王国を害そうという気概は全く感じられず、ある種の諦観《ていかん》ばかりが目立っていた。

こんな者まで、護国鬼神は殺さねばならないのか。

そんな疑問がレオの脳裏を過《よ》ぎったのだ——それは両親亡き後、護国鬼神の四九代目となって以来、初めての事だった。

「如何《いか》なる事情があろうとも、敵を何もせずに赦《ゆる》したとあっては護国鬼神の名折れ」

ハリエット人形は、その寸詰まりの可愛い姿に似合わぬ冷たい声でそう言った。

「斬首《ざんしゅ》でなければ、腹をかっさばいて内臓を撒《ま》くなり、四肢を落として晒すなり――」

「お前、自分でしないから気軽に――」

最強にして最凶。敵たる者には情け容赦ない殺戮者《さつりく》であるべし。

それがウォルトン王国の護国鬼神たるアラモゴード家の家訓。

サムライの兵法は何も刀を振るだけが全てではない。武器を持ち出す前から無駄な争いを可能な限り避ける事もまた兵法なのだ。勿論《もちろん》――これは平和主義などという考えからではない。サムライの風評に怯《おび》える程度の相手を、いちいち相手にして体力や時間を浪費するのを避ける為だ。

アラモゴードの名は、情け無用の狂戦士として知られていた方が、都合が良い。

レオの大仰な言動も、仮面も、全てはこの護国鬼神の『神話』を守る為のものだ。

ならば――やはりフェルミは殺されねばならない。それも出来るだけ惨《むご》い方法で。

「……ま、まさか、若様⁉」

ふと――ハリエット人形が声の調子を変える。

あからさまな狼狽《ろうばい》がそこには滲《にじ》んでいた。あからさますぎて不自然な程に。

更にハリエット人形は、何故か大仰に、『うわ、びっくりした!?』とでも言うかの様にばたばたと手足を振り回しながら——こう続ける。

「そうですか、そういう事でしたか、ハリエット・ホプキンス一生の不覚でございます」

「……え？　なに？」

何が『そういう事』なのか。

ハリエット人形はフェルミの方を眺めながら——

「この娘、改めて見ればちょっと可愛らしゅうございますね？」

「え？　あ、ああ、そうだな。ちょっとやつれてるけど、すごく可愛い——」

と言いかけて、レオは慌てて首を振った。

「いやそうじゃなくてな？」

「なるほど、若様のお好みはこの様な娘でしたか」

ハリエット人形は、何処からか取り出した小さな帳面《ノート》に、同じく何処からか取り出した筆記具《ペン》で『記録《メモ》、記録』などと言いながら何か書き込む仕草をする。

「いや、だから好みとか好みでないとかじゃなくてな？」

「皆までおっしゃらずとも結構、このアラモゴード家執事ハリエット・ホプキンス、若様の一番の理解者を自称しておりますれば」

「……あ？　どの口がそんなたわけた——」

「つまり、ただ殺すだけではつまらんと、若様はおっしゃるのですね」

ハリエット人形は帳面と筆記具を放り出し、手足をばたばたさせながら言った。

「……え？　え？」

「敢《あ》えて生かしたまま捕虜として連れ帰り、首輪を着け、鎖に繋《つな》ぎ、奴隷として若様に御奉仕を――若様の、とめどなく溢《あふ》れ出る肉欲獣欲の限りを受け止めるだけの、地獄の如き生を送らせたいと、そうおっしゃるのですね⁉」

「言ってない、言ってないよ⁉」

と慌ててレオは首を振るのだが、ハリエットは構わず歌う様に朗々と言った。

「確かに、若様の滾《たぎ》る変態性欲の限りを尽くして嬲《なぶ》られれば、それは死すらも生ぬるく感じる程の、惨めで苦痛に満ちた一生になる事でしょう……」

「誰が変態だ誰が――」

「いっそ殺してと哀願するこの娘に更に陵辱の限りを尽くして見せる事で、護国鬼神に刃向かった者への戒めとして、長く周りに示そうと……なるほど、殺してしまえば一瞬、されど生かさず殺さずであれば長持ちすると。何という節約精神、なんという深謀遠慮、このハリエット・ホプキンス、感服いたしました」

「いや、だから、あの」

「いや、私としましても最近少々倦怠気味《マンネリ》というか、ただドバドバ血が出ておれば残虐、残虐――とお手軽に認定する様な世間の風潮には少々呆《あき》れ気味で。そんな安易な世間に若様自ら活を入れようと……」

「いや、だから待て、ハリエット!? お前、何言って――」

「若様にそこまでのお考えがあるとは……見抜けなかった事、このハリエット・ホプキンス、一生の不覚でございます、アラモゴード家の執事としてひたすら恥じ入る次第」

糸でぶら下げられたハリエット人形は器用に空中で土下座した。

「王室の方にも『護国鬼神は、此度《こたび》は少々趣を変えて、捕らえた敵の女兵士を肉奴隷とし、筆舌に尽くしがたき陵辱の限りを尽くし、ありとあらゆる場所を、なんか口にするのも憚《はばか》られる様な汁まみれにして、身の程を思い知らせてやるのだ、と申しております』と連絡をいたしましょう」

「ま、待て、申してないよ!? ――っていうか、汁？ 汁って？ いや、そうじゃなくて――俺ってどんな変態なの!? 王室にまでそんな風に思われるの!?」

「おお、若様、早速、王室の方からも返事が」

「早っ!? というか言ってる傍からもう連絡したんかい!?」

「『護国鬼神の肉奴隷ともなれば、死すら生ぬるい地獄の日々を送る事、想像に難くなし。了承した、件《くだん》の虜囚、肉奴隷として遠慮無く存分に嬲られよ』と」

「ぬあああああああ!?」

　レオは頭を抱えて吼《ほ》えた。

「ただでさえ色々言われて危ねえ奴だと想われて――それは今更だからいいけど、この上、敵兵が女だったら成人向け漫画真っ青のアレな事とかコレな事とかする変態とか想われるのか!?　それなんか残虐の方向性が違――ってか肉奴隷？　え？　肉？　喰《く》うの？」

「良かったですね若様」

「良くねえよっ！」

　などと全力で喚《わめ》いてから……………………ふと。

「……というかハリエット？」

　眼を細めてハリエット人形を眺めながらレオは言った。

「ひょっとしてお前――わざとなのか？」

　敵たる者には容赦しない、残虐無比な護国鬼神。

　その評判を維持したままで、この少女を生かしたければ……助けようと思えば『死をも生ぬるいと思う様な状態に叩《たた》き込む』事を大義名分にするしか無かったのではないか。

「奴隷って建て前でこの子を――」

「御安心を。このハリエット、若様が、こういう幸薄そうな感じが『クる』のだという事は理解いたしました」

　言ってハリエット人形は帳面を掲げて見せながら一礼した。

「趣味嗜好《しこう》は人それぞれ。今更、如何に偏っていようと如何に歪《いびつ》であろうと、若様の御趣味にケチを付ける様な真似はいたしません。屋敷に連れ帰った後は、このハリエット・ホプキンス、アラモゴード家の執事としてちくちく小言を言いまくり、奴隷娘を虐《いじ》めて虐めて虐め抜き、より完璧《かんぺき》に若様の好みに仕立て上げて見せましょう」

そしてハリエット人形は得意げに胸を張って見せながら言った。

「どうか期待にハァハァしながらお待ちください」

「やかましいわ――っ！」

レオはハリエット人形の首を絞めながらそう喚いた。

第二章　奴隷少女と女性騎士

目が覚めると見慣れない場所に居る自分に気付いた。

「…………」

此処《ここ》は何処だろうか。自分の脚で歩いてきた場所でないのは確かだった。

いや。そもそも自分の脚で——意志で何処かに行った事など生まれてこの方、一度も無い。何処に行け、其処《そこ》に行け、誰かに言われて——ついでに殴られて、あるいは蹴《け》られて、場所を変える。その事の繰り返しだった。

「……………私……」

ぼんやりと気を失う以前の記憶が蘇《よみがえ》ってくる。

禍々《まがまが》しい黒仮面の男。ウォルトン王国の護国鬼神。

敵として出会えば逃れる術《すべ》は無く、相手は生きたまま頭から喰われると——

「…………？」

自分はどうなったのだろうか。

護国鬼神に喰われるのだと思った。食べられたいと痛切に願った。

数多《あまた》の奴隷と同様に、『偉い人』達に言われるがままに右往左往して生きて、死んで、最後には塵《ゴミ》の様に打ち捨てられる……そんな命の使われ方をする位なら、あの目眩《めまい》がする程に強い存在に喰われて、その一部になる方が良かった。自分という存在の命には意味があったのだと——自分が生まれてきたのは、あの素晴《すば》らしく強大で無慈悲な怪物に出会い、喰われてその命の一部になる為であったのだと、思いたかった。

なのに自分は、何故か生きている。

それとも自分はもう死んでいて、今居るのは死後の世界というものか。

分からない。死んだ事が無いから、今自分が、生きているのか死んでいるのかすら分からない。だが迂闊《うかつ》に誰かに何かを尋ねると、それだけで殴られたから、分からなくても分からないなりに受け入れる癖がついていた。

「——目が覚めましたか」

不意にそんな言葉が投げかけられて、思わず身体が震えた。

殴られる。そう思ったのだ。

自分以外に誰かが部屋にいる事に気がつかなかった。奴隷以外の誰かが自分の居る場所にやって来たら、何をしていても、まずは手を止めて頭《こうべ》を垂れなければならない。それが礼儀であり道理であり——忘れると殴られる。

「……ごめんなさい」

そう言って、相手が殴りやすい様に、わずかに顔を上に向けて、歯を食いしばる。

殊勝な態度をとっていれば、痣《あざ》になるほどに強く叩かれる事は無い。殴られる側には殴られる側のコツというものがあり、殴る側には殴る側の都合というものがある。殴る者達はその辺をよく心得ていて、『痛いだけで跡が残らない』方法を幾つも知っていた。

「何を謝っているのです？」

だが相手は殴る事も無く、不思議そうにそう尋ねてきた。

「何かの儀式ですか、それは。奴隷であろうと信教の自由や主義信条は尊重しますが、今はその手の儀式をしている場合ではありません。こちらを向いて私を見なさい」

「…………」

何だかよく分からない事を言われたが、とりあえず命じられた事をしておいた方が良いのだろう。眼を瞬《しばたた》かせながら、声のした方を見る。

するとそこには……眼鏡を掛けた、綺麗《きれい》な顔の人物が立っていた。

すらりとした細身に黒い衣装を身に着けて、そこに立っている。

「まずは自己紹介でしょうね。私はハリエット・ホプキンス。アラモゴード家の執事です。今日から貴女《あなた》の上司、という事になります」

「しつじ……じょうし……？　御主人様……？」

とりあえず知っている言葉の中で、それらしいものを当てはめてみる。

尋ねた訳ではない。尋ねれば殴られる。だが相手はそうは受け取らなかった様で――

「御主人様、と貴女が呼ぶべき方は別におられます」

と言ってハリエットという『しつじ』は首を振った。

「私より先に会っているでしょう。レオ・アラモゴード様……って何をしていますか？」

「え？　あ、あの。殴らない……んですか？」

怖々そう尋ねてみる。

「殴りません。躾《しつけ》で叩く事はありますが、基本的には尻《しり》です。アラモゴード家の執事たるもの、如何《いか》に奴隷といえど、女子の顔を殴る様な下品な真似はしません」

「あ……ありがとうございます……？」

「何の礼を言われているのやら」

とハリエットは溜息《ためいき》をついてそう言うと、改めて眼鏡に触れながら言った。

「私は名乗りました。貴女は？」

「あ。えと、フェルミ、です。フェルミ…………あ、それと、九四五番……」

「後半のは――名前なのですか？」

「えっと、あの、呼ばれるときは九四五番、の方が多くて」

その番号はフェルミの首筋――うなじに刺青《いれずみ》されている、らしい。自分では確認出来ないのだが、他の子供にも、うなじに同様の数字が刻まれていたのは覚えている。

「……それは恐らく、管理用の番号であって名前ではありません」

ハリエットはわずかに眼を細めながらそう言った。

「まあそのうち適当な姓を見繕いましょう。よろしく、フェルミ」

「え……あ、あの……？」

よく分からない。奴隷だの主人だのという言葉が出てきている以上、フェルミの立場は以前と別に変わっていない様だ。主人が――所有者が替わっただけだろう。

「あの……私……ネプツニスの……」

此処は敵国で。ハリエットも敵国民の筈《はず》で。

ならば当然にフェルミは虜囚として奴隷よりも過酷な目に遭わされる――そう聞かされていたのだが。三日三晩不眠不休で拷問されるとか。

「ええ。貴女は大型魔導兵器に乗ってこのウォルトン王国の王都に甚大なる被害を出した敵の兵士です。ですから今の貴女の立場は捕虜であり、王国側の手続きが全て完了すれば、アラモゴード家の戦利品、即ち戦争奴隷という事になります。規模の大小にかかわらずネプツニスとの武力衝突は全て合戦であり会戦として扱われますから」

「…………」

よく分からないが奴隷である事は変わらないらしい。むしろその事にフェルミは安堵《あんど》した。奴隷ならばどう振る舞えば良いのか分かっている。生まれてこの方、年中無休でずっと奴隷をやってきたのだから。

「……よろしくお願いします……」

とりあえずそう言って頭を下げてから——フェルミは自分が寝かされていた寝台から降りる。これがいわゆる寝台というやつなのだろう。多分。奴隷は誰しも藁《わら》を敷いた上に布を被《かぶ》せたものの上に眠るのが常で、寝台に横たわるのも初めての経験だった。

「立てますか。それは良かった」

「……え？」

「二日以上も眼を覚まさなかったのですよ、貴女は。衰弱していた様なので、治癒回復用の魔術を施した上、栄養剤を昨日まで継続して点滴していたのですが。その分では思いの外、効いた様です。血色も悪くない」

「…………？」

魔術はともかく、栄養剤だの点滴だのという言葉をフェルミは知らなかったが、どうやらこのハリエットという人が眠っている間に何かしてくれたらしい。

「ありがとう……ございます……？」

「どういたしまして。まずは——裸のままというのも何ですから、こちらを着なさい」

言ってハリエットは、何処から取り出したのか、何やら複雑で布地の多い服を差し出してきた。受け取れ、という事らしい。間の抜けた話だが——この時になってようやくフェルミは自分が裸であるという事に気がついた。

「家政婦服《メイド》です」

ハリエットは両手でその服を広げて見せながら言った。

「私の――ああいえ、とにかく、少し旧《ふる》いものですが、貴女の身の丈に合わせて少しばかり仕立て直してあるので、問題は無い筈です。試着を」

「あ……あの……」

「……なんですか。そんな顔をしても駄目ですよ。燕尾服《えんびふく》は執事たる私だけの」

「あの、これ、どうやって……着れば……？」

こんな複雑な作りの服なんて着た事が無い。

あの大きな兵器に載せられた際には、白い、身体にぴったりと沿う様な衣装を着せられていたが……あれも自分で着た訳ではない。

いつも袋に頭と腕を通す穴を開けただけのものを着ていた。

「……そこからですか。先が思いやられます」

ハリエットは溜息をつくと、フェルミを手招きし、その腕をとって、その複雑な服を――

――手ずから着せてくれた。

一緒に住んでいれば、ついうっかり――予想もしない場所で出会《でくわ》す事もある。

例えば風呂場《ふろば》の脱衣所とか。

「ちょっ……な、なんで!?」

「うわ、み、見てない、見てないから！」

慌てて少年は目許《めもと》を両手で覆って更に明後日《あさって》の方向を向くものの、先に扉を開けた瞬間、全裸の少女をばっちり見てしまったのは、傍目《はため》にもあきらかで。

「み、見たでしょ、見たでしょ、君!?」

「見てない、見てないよ、全然見てない！」

「嘘、絶対見て――」

「下も金髪なんだとか全然思ってな――」

「～～～～～～死ねッ！　変態ッ！　ちょっといい奴かもと思った私が間違ってた！」

などと揉《も》めている所に。

「お兄ちゃん、お風呂入ろっ！」

などと火に油を注ぐ感じで、少年の妹が――ただし当然の如くに義理で血が繋《つな》がっていない――何処で脱いできたのか、既に素っ裸の状態で飛び込んできて。

「ちょっ、待って、待って、今大変な――」

「何々？　どうしたのお兄ちゃん？」

「ちょっと君、まさか普段から妹と一緒に風呂入ってるの⁉」

「いや、それは――」

「眠れない夜は一緒に寝てくれるんだよっ！」

どうだ、とばかりに薄めの胸を張る妹。

対して金髪の少女は眉《まゆ》をつり上げて――

「変態っ！　大変な変態がっ……！」

「お兄ちゃんは変態じゃないよぅ！　妹が好き好き大好きなだけだもん、ね？」

……………などという、感じで。

「……おお…………おおおお…………」

部屋の奥の壁に設けられた大型の水晶板に映し出される、動画劇《アニメ》を見ながらウォルトン王国の最強にして最凶戦士、護国の鬼神と名高いレオ・アラモゴードは感極まった溜息をついた。

「尊い……尊みが溢《あふ》れ出す……ツンデレちゃんも妹ちゃんも、可愛すぎ……！」

脚をジタバタさせながらレオはそんな感想を漏らす。

彼女居ない歴がそのまま年齢になるレオにしてみれば、夢にまで見たドキドキイチャイチャな日々《ライフ》がそこに在った。

しかも制作者の趣味なのか、やたらお色気の場面が多い。

脱衣所でばったり、などという定番は勿論《もちろん》、何かにつけて登場する少女達の服が脱げるわ破れるわ。この動画劇、あまりの露出度にウォルトン王国臣民の『良識派』を自称する人々から文句が出ているといい、実際、今も画面の中では二人の少女がほぼ全裸で——

「——若様」

「うひゃほう⁉」

動画劇を見るのに没頭していたレオは、唐突に掛けられた声に思わずその場で跳び上がっていた。跳び上がりながらも咄嗟《とっさ》に身を捻《ひね》って着地、腰に手を走らせるのはさすがに護国鬼神、立派なのだが……別に今は戦闘中でも何でもないので、愛用の太刀は勿論、そこには無い。

「は、ハリエット⁉」

「なんですか、若様。また深夜系動画劇ですか。好きですね」

すたすたと遠慮無く部屋に入ってきたハリエットは、水晶板を一瞥《いちべつ》してそう言った。

「それも『転生したらモテモテだけどどうしよう？』の二期ですか。一期であまりに登場人物の露出度が高い上に、登場人物の年齢も若いから性風俗に悪影響が出ると、王国議会で青少年保護育成法推進派のやり玉に挙げられた作品ですね」

「ち、違う、違うんだ、これは」

「確か四話目から、昔助けた子猫が人型になって恩返しに来るんでしたか？　全裸で」

「そうなの⁉　これまだ三話――いやちょっと待て⁉　なんで知ってる⁉」

「若様がこのハリエットに隠れて、一期をこそこそ御覧になっている様だったので、二期の制作が決まったと知った際、制作会社から脚本を取り寄せて中身を確認しました」

「何やってんの、お前は⁉」

と怒鳴るレオ。どう考えても護国鬼神の執事、という立場を乱用して、王室越しにどこぞへ無理を言ったに決まっている。

「勿論、若様にネタばらしをして悔しがる御顔を見――いえ、若様のただでさえ歪《いびつ》な性的嗜好《しこう》に悪影響があってはいけないと、このハリエット、心配になりまして」

「お前、本当にいじめっ子気質だな⁉」

とレオは喚《わめ》いてから――

「……って、ハリエット⁉　俺の眼の錯覚か？　お前の後ろに誰か居る――」

「御安心ください、若様。若様の眼は健常です」

言ってハリエットが自分の背後に手を回し、そこに隠れていた人物を前に押し出した。

「…………」

何処か昏《くら》い眼をした小柄な少女。

白く滑らかな肌と、尖《とが》った耳が、先《ま》ず印象に残る。髪は金、瞳《ひとみ》は琥珀《こはく》の色で——きちんと正面を見て見開けば、大きく円《つぶ》らで、きっと愛らしいであろうその双眸《そうぼう》は、まるで何かに耐えるかの様に、伏せがちだった。

「おまっ……えええ⁉　つ、連れてきたのか⁉　というか目が覚めてたのか⁉」

あのネプツニスのものらしき大型魔導兵器に乗っていた——部品として組み込まれていた妖精族の少女。レオが大型魔導兵器から引きずり出した時には、全裸だったが、今は何処から引っ張り出してきたのか、家政婦服を着ている。

（これって昔の——）

その——特徴的な家政婦服に、レオは見覚えが有った。

恐らく、保管されていたものをハリエットが再利用したのだろう。

一応、フェルミの身体に合わせて仕立て直されてはいる様で、木の葉を幾重にも繋ぎ合わせたかの様な——あるいは鳥の羽根を想わせる、複雑な布の構成にも、破綻《はたん》は無い。

頸部《けいぶ》には奴隷の証《あかし》とも言うべき朱《あか》い『鎖』の意匠を組み込んだ首飾《チョーカー》りが巻かれ、長い金髪を引き立てる為にか、若草色の飾り布《リボン》が頭の左右に一対結ばれているのも見えた。

（うわ、可愛——いや、そうではなくて）

あの大型魔導兵器をレオが制圧した日から、既に三日が経過している。

レオが虜囚として――というか奴隷の名目で連れ帰ったフェルミは、しかし相当に憔《しょう》悴《すい》していたのか、眠ったまま眼を二日以上も覚まさなかった。

そしてその間、レオがフェルミの眠る部屋に近づく事を、ハリエットは許さなかった。

戦場での応急手当てならばともかく、正式な介護や医療の術式も知識もろくに持ち合わせていないレオが、周りをうろちょろしては邪魔だというのがその理由だったのだが……

「先程、目が覚めたので着替えさせて連れてきました」

ハリエットはきらりと眼鏡を煌《きら》めかせながら言った。

「そ……それは御苦労、だけどいきなり俺の部屋に連れてくるか⁉」

「若様の為人《ひととなり》を理解させるのに一番手っ取り早いかと」

「そりゃそうかもしれないけど‼」

殆《ほと》ど泣きそうな声でレオは言った。

家に引き籠《こ》もって殆ど――護国鬼神としての出陣を除けば、ほぼ皆無――外に出ないレオでも、本だの水晶板で見る番組等で、自分の『趣味』が世間でどう見られているのか、位は知っている。かなり無茶《むちゃ》を押し通して助けたフェルミに、開口一番、『キモっ！』とか言われて引かれた日には多分、レオは攻撃魔術の直撃を喰《く》らうよりも甚大な損傷《ダメージ》を受けるだろう。

だが――

「フェルミ。言ったでしょう。若様――いえ、御主人様に御挨拶《ごあいさつ》をなさい」

「あ……ごめんなさい」

挨拶もせずに突っ立っていたのを叱られたと思ったのか、眼を閉じて『はい、どうぞ殴ってください』と言わんばかりに少し顔を上げる少女。

「私も若様も殴りません。謝らなくていいので、挨拶を」

「あ、は、はい、フェルミ――です。九四五番――いえ、それは違ってて、えっと」

と小さく震える様に首を振る少女。

「番号じゃない方の、フェルミじゃない名前は、未《ま》だ、無いです。ごめんなさい」

そんな風に自己紹介をしてくる少女――フェルミ。

「若様も挨拶を。最初が肝心ですので、ばしっと護国鬼神として威厳のある、主人に相応《ふさわ》しいものをお願いします」

「お前、今ここでそんな無茶振りを――」

と言いつつ、フェルミの方を見るレオ。

フェルミは、また俯《うつむ》き加減《かげん》に戻っていて……その表情は窺《うかが》いにくいが、先のレオが見ていた動画劇について、呆《あき》れるとか、蔑《さげす》むとかいう感じは無さそうだった。

(どうすりゃいいんだ、どうすりゃ⁉ 仮面無しで女の子と喋《しゃべ》るとか――っていうかハリエット以外と喋るの、何年ぶりだよおい⁉)

今更ながらそんな事に思い至って――密《ひそ》かに狼狽《ろうばい》する引き籠もりの護国鬼神。

実の所、生身の女の子と、どう接して良いのか分からない。

勿論、付き合いが長いハリエットとは、随分と気楽に喋れるが、だからといってハリエットに対しているかの様な喋り方ではまずいだろう。それこそフェルミに第二のハリエットみたいになられた日には目も当てられない訳で。

だからここは威厳のある態度で接するべき――なのだが。

（どうすりゃいい？　どうすれば？　第一印象？　第一印象って――ああ、そっか）

そこでふと――すとんとレオは納得した。

「――ふむ」

レオは軽く咳払《せきばら》いしてから手元に在った仮面を手に、フェルミの前へと立つ。

びくりと彼女が身を震わせるのを見下ろしながら――頭の中で『ごこくきしん』と三回唱えてから、レオは黒い仮面を自分の顔に着けた。

「改めて名乗ってやろう。我が名はレオ・アラモゴード。古《いにしえ》の約定により、ウォルトン王国を守り、この国の敵たる者を一切の例外なく討ち滅ぼす、護国の鬼神である」

「……はい」

と素直に頷《うなず》くフェルミ。対してレオは――

（ええええええええええええええええ!?）

仮面の下で、激しく狼狽していた。

とりあえず威厳を保つために、と護国鬼神としての見得を切った感じだが——これはいわゆる一種の『お芝居』であり、護国鬼神という役の『台詞《せりふ》』である。先の動画劇を鑑賞してフンスフンスと息を荒らげていたレオを見ていれば、その落差に思わず突っ込みの一つも出るだろう。そこをきっかけに——

『カカ、恐れを知らぬ奴め。気に入ったぞ、フェルミ』

『ありがとうございます、御主人様』

——みたいな感じで、こう、親睦《しんぼく》を深めるというか、ちょっとじっくりめな感じで距離が縮まればいい、とレオなりに考えたのだが。

(こうも真正面から突っ込みも無しに反応されるとは……)

ハリエットとのやりとりに慣れすぎていて、他人とは隙あらば突っ込みを入れてくるものだと無意識に思い込んでいたというか——そもそも如何《いか》にアレな動画劇を見てようと、護国鬼神に鋭い突っ込みを躊躇《ちゅうちょ》無く入れられる怖いもの知らずの者など、恐らく世界中でハリエットただ一人だという事を、理解していないレオであった。

そんなレオの内心を知ってか知らずにか……

「あの……御主人様」

しばらく俯いていたフェルミが、ふと何かを思い出したかの様に、顔を上げて言った。

「……私は……いつ……死ぬのでしょうか……？」

「……は？　え？」

「護国鬼神の前に敵として立った者は例外なく死ぬと……」

（誰がそんな――あ、俺か）

それこそ事ある毎に自ら喧伝《けんでん》しまくっている訳で。

「………ああ、いや」

どうやら、既に第一印象としての『護国鬼神』が強く強くフェルミの中にはすり込まれているので、そうでない『素』のレオの言動は、どうも印象に残りにくいらしい。

となると――護国鬼神としての物言いでこの少女には接した方が手っ取り早いかもしれない。何か余計な誤解を重ね塗りさせてしまいそうな気もするが。

「うつけた事を。護国鬼神は生殺与奪、敵として我が前に立った愚か者を生かすも殺すも自由自在、煮て喰おうが焼いて喰おうがこちらの胸一つよ。たまの気まぐれに、しばらく生かしておくのも良いと思ったたまで」

「それは――」

顔を上げるフェルミ。琥珀色《こはくいろ》の円らな瞳が何度も何度も瞬《まばた》きをしている。表情らしい表情は浮かんでいないが、驚きにきょとんと緩んだその顔は、愛嬌《あいきょう》が有った。

（あ、やっぱり可愛い………けど、あれ？）

何故か、その顔にじわじわと嬉《うれ》しそうな表情が滲《にじ》んできた様に見えたのは——レオの気のせいか。笑顔という程ではないのだが、何かこう……ほんのりと喜色が……

「いつかは私を食べる……お食べになる……という事でしょうか……？」

「誰がそんな——」

とレオは言いかけて。

（ってそれも俺か！）

「いや、違う、違うのだ、フェルミ、言葉の綾《あや》——」

「……ごめんなさい」

また『はいどうぞ』という感じで眼を瞑《つぶ》って歯を食いしばり顔を上げてくるフェルミにレオは、途方に暮れた感じで溜息《ためいき》をつく。迂闊《うかつ》に護国鬼神として接すると益々《ますます》誤解が積み重なっていく様なのだが、かといって『素』のままのレオは、女の子とどう接して良いのか全く分からない訳で。

「………？」

フェルミはフェルミでレオの言動の意味が分からないのか、不安そうな表情を浮かべながら細い首を傾げている。

まずい。どう接するのが正解なのか分からない。レオはフェルミをその場に残してハリエットの所に駆け寄ると、仮面を外して顔を寄せ、声も潜めて問うた。

「な、なあ、ハリエット、どうしたら――」

「では若様。あとは若いお二人でごゆっくり」

「ちょっと待て、待って、ハリエット!?」

出て行こうとする執事の袖《そで》を咄嗟《とっさ》に摑《つか》んでレオは言った。

「なんですか、若様。情けないですよ。護国鬼神の名が泣きますよ。ぶひぶひって」

「それ護国鬼神の泣き声違う!」

「どうやら来客のようなので、私はこれにて」

と言うと――鮮やかな動きで逆関節をとって、自分の服の袖を摑むレオの手を外し、ハリエットは出て行ってしまった。

後には途方に暮れたレオと、フェルミだけが残される。奴隷の少女はやはり状況が良く分かっていないのか、首を竦《すく》める様にして――畏縮《いしゅく》した状態でその場に立ったままだ。

(……本当、どうしたもんだよ、この状況)

そんな風に思って溜息をつくレオだったが。


んぐうううううう……

唐突に、低い唸《うな》り声の様な音がふと響いた。

「――え？　なに？」

と思わずレオは周囲を見回して。

「あー…………フェルミ？」

「……はい、御主人様」

フェルミは眼を伏せてそう応じる。

空腹で腹が鳴ったのを恥ずかしがっている――というより、何かを恐れているかの様な仕草だった。若干青ざめている様にすら見える。

（また怒られるとか殴られるとか思ってるのか？）

ひょっとして……以前、空腹で腹を鳴らしてしまった事を、笑われるでも嘲《あざけ》られるでもなく、強く叱られた様な経験がフェルミには有るのだろうか。どうも此処《ここ》に来る以前は相当に酷《ひど》い――というか理不尽極まりない扱いを受けていた様なので、あり得ない話でもないだろう。しかし、だとすれば普通に『お腹すいてるの？』と尋ねたところで、フェルミは正直に答えたりはすまい。

「腹が減ったな。飯を食う。来い、フェルミ」

レオは自分の鳩尾《みぞおち》の辺りに右手を置いてそんな風に言ってみる。

「……え？　あ、は、はい！」

何やら慌てた様にフェルミはぶんぶんと首を縦に振った。

門から見上げるその『城』は、ひどく威圧的だった。

騎士として王城に登城する事もよくあるので、城というものをマリエルは見慣れている積もりだったが……目の前のこの『城』はあまりに異様で、彼女がよく知るものとはまるで違っていた。

「これが護国鬼神の――」

「そう。アラモゴード城。通称『逆城』――だそうだ」

同行した王都防衛騎士団団長の声にも、畏怖《いふ》の響きが滲んでいた。

ウォルトン王国王都トリニティア。

その地下――ウォルトン王城の直下。

そこには王城がそっくりそのまま、どころか二つ三つ入るほどの空洞が在り、更にその下には膨大な量の地下水が溜《た》まった地底湖が在る。

そこに、まるで鏡映しの存在の様に……王城とはまるで逆、湖面を目指してそびえるかの様に、天井から『生えている』巨大な『城』が在った。

いや。これは本当に城なのか。

輪郭は確かに王城のそれと似ているが、窓の類《たぐい》は殆《ほとん》ど見当たらず、敷地をぐるりと取り囲み、城そのものを防備する城壁が無い。その事が尚更《なおさら》に、この地下建造物を、装飾品の一切を剝《は》ぎ取った実用品に——作業用の刃物の様に見せていた。上に向かって広がるその愛想の無い巨大構造物は、見上げるだけでひどく圧迫感を覚える代物だった。

此処に護国鬼神は住んでいるという。

勿論《もちろん》このアラモゴード城は存在そのものが王国の最重要機密であり、城門に至る為の通路の入り口が何処にあるのかを知っている者は、ウォルトンの王族と、王国の安全保障を担う各騎士団の長《おさ》のみ——だという話だ。当然、滅多《めった》に使われる事そのものが無い。

「ここで待っていれば、護国鬼神が現れるのですか？」

「本人ではなく、従者が先《ま》ず現れるとの事だが——」

のしかかる様な逆城を見上げながら団長が言う。

城門に至る道は——マリエル達が歩いてきた空中回廊は、地下空洞の天井に吊《つ》り下げられており、逆城の最上階に繋《つな》がっている状態だ。もっとも、そもそも逆さ状態なのでただ城を見ているだけでも上下の感覚がねじくれておかしくなってくる様な気がする。

しかも……あちこちで煌々《こうこう》と焚《た》かれている篝火《かがりび》のお陰で暗くは無いのだが、全体的に薄暗い雰囲気が在るのはやはり否めず、陰々滅々とした空気が漂っている。

よく護国鬼神は、こんな所に住んでいるものだ。

そんな事をマリエルが考えていると——

「マリエル・キュヴィア三等騎士」

改まって団長から声を掛けられて、マリエルは姿勢を正した。

「今更なのだが、君には——何というか、非常に過酷な任務を押しつける事になり、何というか……申し訳無く思っている、だがこれも王室の……」

懐から取り出した手布《ハンカチ》で額の汗を拭《ふ》きながら団長は言った。

「……どうかお気になさらず、団長」

深呼吸を一つしてマリエルはそう答えた。

「私は志願して此処に居るのですから」

自分は騎士だ。騎士として身も心も王国の安寧を守る為に捧《ささ》げると誓った。

そして王国を守る為の戦いとは、必ずしも剣や槍《やり》を振るうだけではないのだという事を、マリエルはやはり王国の騎士だった両親から教えられてきた。

そもそも王国は騎士だけに守られている訳ではない。農民は畑を耕し作物を作る事で国を守るし、商人は経済を回す事でやはり国を守る。『殺す』事だけが戦いではないのだ。

だから——不安が無いと言えば嘘になるが、此処に来た事を、マリエルは後悔していない。出陣すればその都度、死を——全てを喪失する覚悟をするのが騎士であり、これもまた通常と形は違うが出陣なのだから。

そんな事を彼女が考えていると――

「――ようこそアラモゴードの『逆城』へ」

何処からかそんな声が響いたかと思うと、音も無く巨大な鉄の門扉が開き、中から燕尾《えんび》服《ふく》に身を包んだ長身の人物が姿を現した。

眼鏡を掛けた無表情な――しかし怜悧《れいり》に整った顔立ち。

美しい。それは間違いない。ただ……

（男？　いや――）

咄嗟に相手の姿を値踏みして――マリエルは眉《まゆ》を顰《ひそ》めた。

呼吸。姿勢。仕草。そういったもので相手の素性や為人《ひととなり》をある程度までは推し量る事が出来る。騎士は騎士の立ち方をするし、工匠は工匠の立ち方をする。男と女では骨格も違うし、老人と若者でもやはりちょっとした動作に違いが出る。だがこの相手は――

「お初にお目に掛かります。私、アラモゴード家の執事ハリエット・ホプキンスにございます。多忙の主人に成り代わり、お二方をお出迎えする役目を仰せつかりました」

そう言って優雅に一礼する執事――ハリエット。

「ホプキンス、殿、その、鬼神殿は……お忙しいのであらせられるか？」

と団長が気圧《けお》されながらもそう問うた。

今回、マリエルと団長がここまで来たのは、勿論、逆城を見物する為でもなければ、執事と世間話をする為でもない。護国鬼神と直接会わねば意味が無い。特にマリエルは。

「いえ。少々――先の戦の後始末を。どうか中でお待ちを。すぐに御挨拶《ごあいさつ》に参ります」

「先の、おお、それはそれは……」

と団長が頷《うなず》く。勿論、先の戦とはあの竜型の魔導兵器を護国鬼神が止めた一件だ。

巨大魔導兵器のその残骸《ざんがい》は王国の宮廷魔導師や工房の職人達が総出で調査しているが、乗っていた敵兵だけはレオが捕虜――いや戦争奴隷として連れて行ってしまった。

（つまり、今は奴隷としての躾《しつけ》の……真っ最中、という事……？）

マリエルは生唾《なまつば》を飲み込んだ。

護国鬼神が、かつての敵であり、今は自分の奴隷となった者に対してどんな調教をするのか。想像するだけで恐ろしい気がして、マリエルは敢《あ》えて深くは考えないようにした。

それを知ってか知らずにか――

「ご案内いたします。こちらへ」

やはり優雅に右手を城の奥へと差し伸べながら、ハリエットが言った。

●

レオの住む屋敷――正式にはアラモゴード城と呼ばれる奇妙な地底の逆さ城。

当たり前と言えば当たり前だが、中身まで逆さまになっている訳では勿論、ない。

ごく普通に、寝室、執務室、便所、浴室から、物置、書庫、食料庫、遊戯室、その他諸々《もろもろ》……普通の屋敷にあるものは一通り、ごく普通の造りとしてそこに在る。

当然、食堂と厨房《ちゅうぼう》もだ。

逆城の外見上の異様さとは裏腹に、ごくごく普通の……流し台が在り、焜炉《こんろ》が在り、汎用《はんよう》魔導機関で動く冷蔵庫も在る。たった二人の住人の食事事情を賄うには、多分に大きすぎる印象のある、立派な代物だったが。

（……飯を食うといってもな……）

厨房に脚を踏み入れてはみたものの――レオは途方に暮れていた。

食事の用意は基本的にハリエットの仕事だ。

あの澄ました顔の執事は恐ろしく有能――というより殆ど万能なので、掃除洗濯は勿論、炊事もそつなく、どころか『いつやってるんだ？』とレオが首を傾げざるを得ない位に、こっそり済ませてしまう。『執事はいつも平然とそこに立っているものです。エプロンつけて鍋《なべ》や薬缶《やかん》をいじくり回している姿など、主《あるじ》に見せるものではありません』などと言ってのけるのがハリエットである。だから基本的にレオは厨房が使われている場面というのを見た事が無い。いつも調理が終わって配膳《はいぜん》された料理を見るだけなのだ。

そういう訳で、いざフェルミを連れて厨房に来ても、何が出来る訳でもない。調理器具の使い方一つ分からない体たらくである。護国鬼神の技能に、料理は入っていないのだ。

（まあ冷蔵庫の中身を温める位なら……ここはやっぱ……消化に良いものだよな？）

別に飢餓状態を思わせる様な、病的な痩《や》せ細り方をしてはいないが――小柄で華奢《きゃしゃ》なフェルミを見ていると、何となく肉の類をいきなり焼いて出すのも躊躇《ためら》われた。

冷蔵庫を開いて見ていると、何やら鍋が在る。

中を検《あらた》めると昨日の晩に食べた、鶏肉《とりにく》と根野菜の凝乳汁《クリームシチュー》が入っていた。余りものだろう。これならとりあえず鍋ごと温めてやればなんとかなるかもしれない。

そんな事を考えながら、レオが鍋を手にフェルミの方を振り返り――

「すぐに温めるから少し待っ……………ぬおっ⁉」

思わずレオは鍋を落としそうになった。

全裸だったからだ。フェルミが。

厨房に入るや否やその場で服を脱いだらしい。脱いだ服を綺麗《きれい》に畳む、という事は知らない様だが――行儀悪く脱ぎ散らかす様な事も無い様で、家政婦服は彼女の脇にまとめて置かれていた。

白い――きめ細かな肌が、緩やかな曲面で以《もっ》て少女の微妙な裸体を描き出している。

胸も腰もそれなりの凹凸はあるものの、豊満というには足りず、かといって貧相という程に平坦《へいたん》ではなく。強いて言えば、その身体は成熟前、膨らみかけの――しかしこの時点でも既にある種の均整がとれた裸体だった。

美しく、そして何より――愛らしい。

（おおおおおっぱ…………って違うッ！）

束の間ながら見とれてしまったレオだったが、すぐに我に返った。

「な、何やってんの⁉」

思わず素で問うてしまったレオだが、これは一応、通じたらしい。

「『皮』は剝《む》いておかないといけないかと……思って……」

「は？　皮？　え？」

「野菜とか、獣肉とか、魚肉とか……一番外側の『皮』は剝いで食べるって……」

と言うフェルミは、やはり不安げではあるが、恥ずかしがっている様子は無い。

「いや、それは確かにそうかもしれんが、それとお前が服を脱ぐ事に何の関係が⁉」

「御主人様は――ひょっとして、皮ごと、服ごと、お食べになるのですか？」

「え？　な、何を？」

とレオが問うと、フェルミは若干、恥ずかしそうに――全裸を晒《さら》しても、腹が鳴るのを聞かれても恥ずかしがる様子の無かったフェルミがだ――視線を脇に逸《そ》らしながら言った。

「わ……私を……」

「喰《く》わねえよ⁉　――もとい、喰わん！」

思わず悲鳴じみた声でレオは叫んでいた。

「そう……なのですか？」

と首を傾げるフェルミ。無垢《むく》な小鳥の様な仕草でひどく愛らしく、レオは胸の高鳴りを覚えるのだが――若干、フェルミが残念そうにも見えるのは何故なのか。

（なんで俺がこいつを食べるなんて話に……って、何？　性的な話？　違うよな？）

まあ表向き性的奴隷としてフェルミを引き取った形になっているので、食べるというとむしろそっち系の隠語的表現かとも思ったのだが。服脱いでるし。

「……確かに……私では食いでがあまり無い……でしょうか……？」

と自分の身体を見下ろしながら、そんな事を言うフェルミ。

「そういう意味でもなくて……」

確かに、のど笛に噛《か》み付く、だの血を啜《すす》る、だの護国鬼神として言う事はあるが、あれはあくまで口上――挨拶みたいなものであって、実際にレオに人間を喰いたいなどという欲求がある訳でもなし。むしろ食肉用の家畜として品種改良を長い歳月をかけて行われてきた牛だの豚だの羊だの（以下略）が居るというのに、何が哀しくて人間なんかを食べないといけないのか。

この奴隷少女に対して、一体どう言えば正しく理解してくれるのか――などとレオが仮面の下でこっそり懊悩《おうのう》していると。

――んぐぅぅぅうううう。

再びフェルミの腹が鳴いた。

「あー……いいからもう少しだけ待て」

「はい」

素直に頷いてその場で待機するフェルミ。

直立不動の体勢で――服は脇に置いたまま。

「いや、その前に服を着ろ」

裸のまま突っ立っていられては非常に落ち着かない。

「…………あの……この服……どうやって着れば……？」

フェルミは眼を伏せて言った。

「そこからか⁉　というかどうやって着たんだよ⁉」

「執事様が……」

どうやら家政婦服は最初にハリエットが着るのを手伝った――というか、殆《ほとん》ど一方的に着せたらしい。聞けばフェルミはこういう複雑な構造の服を着た事が無いという。基本的に服と言えば、ずだ袋に手足を通す穴を開けただけの様な、貫頭衣だったとか。

（あー……囚人衣でもそういうのが多いな。自殺したり武器にしたり出来ない様に、硬い部品や長い紐《ひも》を使って服を仕立てないとか……）

恐らくは奴隷も同じ考え方で管理されているのだろう。少なくともネプツニスでは。

納得はいったが、しかしフェルミに裸のまま、食事をさせる訳にもいかず。

（女の服とか、何がどうなってるか知らんぞ⁉ 特に下着とか⁉）

レオがフェルミに着方を教える……というのにも無理がある。手取り足取りならば何とかなるかもしれないが、その場合、レオが裸のフェルミに密着する様な状態になる訳で。

「そもそもどうやって脱いだ？」

「え？　あ……えっと」

と言ってフェルミが家政婦服をつまみ上げると、ものの見事に家政婦服の釦《ぼたん》やら何やらが外れていた。構造も知らないまま、とりあえず脱ごうとして、悪あがきした結果、色々ととれてしまったらしい。元々旧《ふる》い服だから——さすがにフェルミの為に新調している時間は無かった筈《はず》だ——単にあちこち傷んでいただけかもしれないが。

「…………こう……でしょうか……？」

とフェルミが所々、止まったり悩んだりしながら何とか服の袖《そで》に腕を通してゆく。しかし胸元を鳩尾《みぞおち》辺りからぎゅっと引き締める為の朱《あか》い飾り布は外れたままで、再びこれを服に通すとなると、実に面倒そうだった。

なので――結果としてフェルミは、服を着直した、というより中途半端に羽織っただけというか、身体に『引っかけた』だけの様な格好になってしまった。元々鎖骨から胸の谷間は丸見えの意匠《デザイン》だが、今は胸元も絞られていないので、その乳房が殆ど丸見えで、当然ながらその真ん中の（以下略）

「…………」

温まった凝乳汁の匂いが鼻腔《びこう》を刺激したのだろう。

ぐうう、とまたフェルミの腹が切なげに鳴く。

色々諦《あきら》めてレオが深めの皿にすくってフェルミの方に差し出すと――彼女の琥珀色《こはくいろ》の瞳《ひとみ》は、器の中の凝乳汁に釘付《くぎづ》けになっていた。

「……とりあえず、それで良い」

言ってレオは厨房の端にあった作業用の机に自分の分の皿を置く。特に腹が減っている訳ではなかったのだが、何となくフェルミは自分が食べて見せてやらないと、出されたものに手を付ける事さえ躊躇う様な気がしたのだ。

レオはこれも厨房の隅にあった三脚椅子を二つ引っ張ってきて、机を挟んで向かい合う様に置く。自分が片方に座って見せながら、自分の分の凝乳汁に手を付けた。

銀の匙《さじ》を使ってこれを一口食べて見せたのは、フェルミの警戒を解くためだ。毒ではない、これは食べ物だ、と分からせる為の。

「……どうした？　喰わんのか？」

だがフェルミはといえば、まるで暴漢に乱暴された乙女の様な格好で突っ立ったまま、一歩も動こうとしない。もう一つ在る椅子に座る様子も無い。

「え？　あの……食べて良いのですか？」

しかもその表情は──不安げに揺れていて、何やら混乱している様子。

「何の為に食器が二つあると思っている？」

「………『食べて良し』と言われませんでしたから……その……」

と言い訳の様にぼそぼそと言うフェルミ。

（……おいおいおいおい……犬の躾《しつけ》でもあるまいし……）

「それに……御主人様と同じ机で……同じものを……食べるのですか？」

奴隷としての生活が長すぎて──色々と酷《ひど》い扱いを受けすぎて、妙な遠慮というか、不文律の様なものが彼女の中には出来上がっている様だった。哀れに思う反面、これを一つ一つ今から否定していく手間を考えると正直、レオは目眩《めまい》がしそうだったが。

「いいから食べろ。命令だ」

「……はい」

小さく頷《うなず》き椅子に座ると、フェルミはたっぷりと具の入った凝乳汁の皿の縁を、両手で持って固定し、顔をその中へ──

「待て待て待て!?」

「…………？」

とフェルミは眼を瞬《しばたた》かせながら動きを止め、顔を上げる。

既に皿に顔を付けて少し飲んでいたのか、鼻先や頬や顎《あご》、それに前髪に凝乳汁がついており、こぼれ落ちた一部が彼女の鎖骨や――胸の谷間についていた。

「匙があるだろう、匙が!?」

小振りの皿ならともかく、置いたままの皿に口を付けて直接――など、家畜や愛玩《あいがん》動物の食べ方だ。レオも奴隷として育った少女に、食事の作法がどうのと細かい事を言う積もりは無かったが……それ以前の問題である。

「……？」

上目遣いにレオを見ながら、匙ってなんですか、と言わんばかりに首を傾げるフェルミ。

（あー、そりゃ、そうだよな!?　自殺や反抗を恐れて紐や釦の無い服与える位だから、金属食器なんかもってのほかだよな!?）

別に此処《ここ》は公共の食堂でもなし、他人の眼が在るわけでもないから、フェルミに好きに食わせれば良い――という考え方もあるのだが。

彼女を『そのまま』で放置してはいけない、とレオは強く思った。

「御主人様……」

哀しげにフェルミが訴え掛けてくるのは、食事を途中で止められたからか。彼女の腹もまたぐうぐうとその可憐《かれん》な容姿に似合わぬ音を立てている。

「あー、だから、こう……真似ろ」

とレオは右手で匙を持って、食べる仕草をして見せる。

だがフェルミは、あろう事かわざわざ左手で匙を持って食べようとするので——上手《うま》く行かない。勿論《もちろん》、フェルミは見た限り右利きだ。左手を使ったのは『真似ろ』とレオに言われたので、鏡映しの様に同じ動作をしようとしただけだろう。

下手をするとフェルミは右手左手の区別すら明確にはついていないかもしれない——幼児がそうであるように。この少女はこんな簡単な事も分からない、というより、真っ当な教育を受けてこなかったのだ。

「そっちじゃない。こちらだ」

と言ってレオは机ごしに身を乗り出すと、匙をフェルミの右手に持たせる。

「貴様から見れば反対に見えるかもしれんが、それで良い。これを使って——」

レオは匙を持つフェルミの右手首を握って、これを皿の中に下ろす。凝乳汁を具ごとすくって彼女の口元に持っていこうとするが、こんな作業、レオも経験が無いので力加減が分からず……フェルミの胸元にまた半分近くこぼしてしまう。なんだかんだとやっている内に冷めてきたか、フェルミは熱がる様子も無かったが。

「とにかくこうやって食べろ。命令だ」

「……あ、はい」

こくんと頷くフェルミ。

食事の作法を知らない、位はまあ想定内だった。

だがまさかこちらが手ずから食べさせてやらねばならない、とまでは思わなかった。奴隷なのか家政婦なのかはさておき、自分に仕えさせる名目で連れてきた少女に、レオが甲斐甲斐《かいがい》しく食事を食べさせるとか――おかしな状況になってしまった。

「頑張って……御主人様の食べ応《ごた》えのある身体になります……」

「だから喰《く》わね――もとい、喰わん！」

思わずレオはそう怒鳴っていた。

●

「駐屯任務……ですか？」

その言葉を口にして――ハリエットは形の良い眉《まゆ》を顰《ひそ》めた。

マリエルと王都防衛騎士団団長が通された、アラモゴード城の応接間での事である。

「はい。『駐屯』の語の響きが良くないのであれば『駐留』でも『居候』でも他にお好きな言葉を填《は》めて貰《もら》って結構ですが……」

と言うのは団長だ。基本的にハリエットとの会話は彼が行っている。

だがその最中《さなか》も彼は、ちらりちらりとマリエルの方を気遣う様に視線を送ってくる。

マリエルの事を気にしてくれているのだ。だが彼がそんな態度に出る方がマリエルとしては辛《つら》い。確かに今回の任務は他人からすれば相当無茶《むちゃ》なものに思えるだろう。だがマリエルは家名を楯《たて》に拒否する事も出来たのに、そうする事無く、引き受けた。だからこれはマリエルの決断であって、これからの事も全て覚悟の上だ。

(サムライの国の言葉では『縁《エニシ》』というのだったか……)

ふと、マリエルは自分の方を振り返った、あの仮面の魔術戦士の事を思い出す。

彼にその気が有ったかどうかは疑問だが、結果としてマリエルは彼に助けられた。

護国鬼神が出てこなければ、転倒したマリエルはあの大型魔導兵器に機動甲冑や機輪馬ごと踏み潰《つぶ》されていた可能性が高い。彼がいなければ失っていた命、ならばどう使おうと悔いはない——筈だ。まあそもそも彼があんな場所にいきなり出てこなければ、マリエルは転倒していなかっただろうが、それはさておき。

「王室の方では、その、鬼神殿が今回の敵兵を戦争奴隷として、自分の手元に置かれる事について……何といいますか、困惑しておりまして」

「王室の許可はいただきましたよ？　それを今更、困惑と？」

とハリエットは涼しげな口調で言う。

「や、何分、危急の時だったので、王室としても咄嗟《とっさ》に承認してしまったとの事ですが」

団長は更に額の汗を手布で拭《ふ》きながら言った。

「まあ、その、何といいますか……鬼神殿が女の敵兵を、その、わざわざ奴隷としてご所望になったのには、驚いたといいますか……今まであまりに、鬼神殿とのおつきあいを蔑《ないがし》ろにしすぎたのではないのかと……そういう意見がですね」

ウォルトン王国は――王室関係者は、護国鬼神の力に頼りはするが、普段は触らぬ神に祟《たた》り無しとばかりに、距離を置いていた。とある事情から第四九代――レオ・アラモゴードの代になってからは、その傾向が更に顕著となった。

非常時の連絡用として魔導伝信の専用経路は確保されているが、本当にそれは非常時、つまりは護国鬼神に出陣を依頼する際にしか使われない。そしてそれで充分だったのだ。

極端な事を言えば……護国鬼神とは人の形をした魔導兵器であって、王国側としては、そこに一人の人間としての、人格を認めていなかった様なものである。

そもそも護国鬼神と親睦《しんぼく》を図る……などという発想が無かった。

だから唐突に『いつもと違う』事を言い出した護国鬼神を目の当たりにして、自分達が如何《いか》にこれを理解するのを怠っていたのかに、気付いたらしい。

やはり人を遣わして多少はやりとりをした方が良いのではないか？

王室関係者はそういう結論になったのだ。

「要するに」

ハリエットは――その口元に微笑を浮かべた。

ただ単に唇の両端を左右に引いた、それだけの動きなのだが、マリエルは一瞬、怖気《おぞけ》の様なものを感じた。この美しい執事は怒っているのだ。今更の様に、差し出がましい提案をしてきた王室に……

「お年頃で性欲を持てあましているであろう我が主《あるじ》に、改めて女を宛《あて》がってやるので、素性の怪しい野良猫は棄てろと？」

「あ、いいえ、決してその様な。しかしまあ、その――」

と団長は言葉を色々と弄《いじ》り回しながらも、ハリエットの言葉を完全には否定しない。言葉は悪いが概《おおむ》ねハリエットの言う通りであるからだ。

（ホプキンス殿が怒るのも無理は無い――が）

いきなり妙な我が侭《まま》を言い出した護国鬼神を扱いかねて、王室の方も困惑しているのだろう。連絡役にレオ・アラモゴードと同世代の女騎士を置く、というのはあからさますぎて――馬鹿にされていると受け取られても不思議は無い。

「ホプキンス殿」

マリエルは団長の言葉が途切れた瞬間を見計らって言った。

「実は――私は先日の戦で護国鬼神殿に命を救われました」

「……ほう？」

「また護国鬼神殿は、私のみならず、王立中央病院も救ってくださった。その一事を以《もっ》て、私は当代の護国鬼神レオ・アラモゴード殿とお近づきになりたいと――自ら直《じか》に御礼を申し上げたいと、今回の一件に志願したのです。連絡役であれ何であれ、護国鬼神殿のお側に侍《はべ》っておれば、言葉のみならず、何らかの行為にて御礼をする機会もありましょう。命を救われた御恩、こちらとしても納得出来る形でお返ししたく」

「……なるほど？」

とハリエットが眼鏡の奥で眼を細めて言った。

値踏みする視線だ。恐らくマリエルの言葉も信じてはいないだろう。今の話はまるっきりの嘘ではないが、美辞麗句でもっともらしく装っているのもまた事実である。

「……そうまでおっしゃるのなら、従者たる私が何かを断じる訳にも参りますまい」

とハリエットは肩を竦《すく》めて言った。

「全ては我が主のお心次第。まずは当代護国鬼神レオ・アラモゴード様にお引き合わせいたしましょう」

「感謝いたします！」

マリエルは席から立ち上がってその身を折って一礼する。

そんな彼女を――やはり、若干、引き吊《つ》り気味の笑顔で団長が見つめていた。

●

護国鬼神レオ・アラモゴードは疲弊していた。

ぶっちゃけ、先日の戦いよりも遥《はる》かに疲れ果てていた。

（あー………）

正直なところ、フェルミという少女の『常識』がここまで自分とずれているとは思ってもみなかったのである。

良い喩《たと》えではないが、子猫や子犬を拾ったら想像以上に世話が大変だった――といった感じだ。まあレオは猫も犬も飼った事が無いので、漫画だの動画劇だので見た知識で『そんな感じ』と思っているだけだが。

凝乳汁を一皿食べさせるだけでも一苦労である。

「ほれ、とりあえずこうだ、こう」

とレオは自分の匙《さじ》で凝乳汁をすくって、フェルミの肩に手を回すようにして、後ろから彼女の口元に匙を持っていく。おずおずとフェルミが匙をくわえ――ようやくまともにレオはフェルミに匙を使って凝乳汁を食べさせる事が出来た。

「……これ……」

フェルミは何か驚いた様に眼を瞬《しばたた》かせている。

「なんだ？　どうした？」

「……美味《おい》しい……です……？」

「――は？」

美味しいというのははまあ分からないではない。ハリエットの用意する食事は、飽きる程に食べ慣れているレオですら、しばしば感嘆する程に美味だ。

だが何故、最後に疑問の様な形で語尾を上げるのか。

「……こんなの……初めて……」

震えながらフェルミはそう呟《つぶや》いた。

（……要するに、美味しい食事という事そのものが、初体験なのか……）

レオは呻《うめ》き声が漏れそうになるのを堪《こら》えながら考える。

初めての感覚に戸惑っているというか……自分の今感じているものが『美味しい』という言葉で言い表すのが正しいのかどうか、それすらこの少女は知らないのだ。

「そうか。美味《うま》いか。ならもっと喰え」

「はい……………あ」

頷《うなず》きながらもフェルミは困った様に凝乳汁の皿とレオが持っている匙の間で視線を往復

させている。そうだった。匙の使い方もこの少女は知らないのだ。だから喰えと言われれば困ってしまう。皿に直接顔をつけて食べるのは先にレオに止められたから、してはいけない事だと理解はしている様だが——だからこそ、もっと喰えと言われてもどうして良いのか分からないのである。

「…………」

レオは改めて匙で凝乳汁をフェルミの口元に持っていく。

何度か鼻でその匂いを嗅《か》いでから、匙をくわえて凝乳汁を飲む奴隷の少女。何やら懸命な雰囲気が伝わってくる。この食事はフェルミにとって革命的な体験であったらしい。

(本当に餌付《えづ》けしてるみたいだな……)

などと考えてから——気がついた。

先程までこれはレオ自身が使っていた匙で。それを今はフェルミの唇がくわえている訳で。つまりこれは、あの漫画本等で何度も何度も見た、いわゆる一つの、間接——

「ぬふううううう!?」

「……ご……御主人様？」

思わず仰《の》け反っているレオを、不思議そうに見上げるフェルミ。

「なんでもない。しゃっくりだ」

「……はい。ごめんなさい」

とフェルミは眼を伏せる。

(ああくそ、そもそもなんで俺は――)

この少女を助けようなどと思ったのか。

憐《あわ》れみを覚えた？　勿論《もちろん》それはその通りなのだろう。

だがそれならば今までレオが敵として殺してきた連中に対しては何故、そんな気持ちにならなかったのか？　単にフェルミが若い娘だからか。ハリエットが言う様にフェルミがレオの『趣味』に合致したからか。単に自分は欲望のはけ口としてこの少女を性的に蹂《じゅう》躙《りん》したいだけなのか。別にそうであったとしても、誰からも責められる事など無いだろう。

レオは、そもそも残虐で知られた護国鬼神なのだから。

(なんなんだろうな……これ)

理由は無い。思い当たらない。説明できない。

性欲があるのは否定しないが、何かそれだけではない様な気がする。その性欲以外の何かが何なのか……レオが自分の事ながら分からずに、こっそり苦悩していると。

「――若様、この様な場所におられたのですか。お客様が若様に……」

と言ってハリエットが厨房《ちゅうぼう》に顔を出した。

まあこれはいい。想定内だ。別に問題は無い。問題は――

「――!?」

ハリエットがその『お客様』を一緒に連れてきた事だった。

見覚えがある。先日の大型魔導兵器を迎撃した際に、近くに居た女騎士である。

目鼻立ちが涼しく色白の、凛《りん》とした雰囲気の女性だ。

実に美しい。

あの時は機動甲冑に身を包んでいたため、よく分からなかったが——今改めて見れば、すらりとした細身ながらも、胸は大きく、腰は絞られ、白と蒼《あお》を基調とした礼服の上からでも、その優美な肢体の曲線美がよく分かる。立ち方には芯《しん》が一本通っており、眼差《まなざ》しにも強い意志が感じられるからか、フェルミと比べて大人びて見えるが……各所に幼い丸みが残っている事から察するに、恐らく未《ま》だ二十歳前後。

「…………」

「…………」

瞬《まばた》きをしてレオとフェルミを見るハリエット。

同じく凍り付いた様に動きを止めて二人を見る女騎士。

ハリエットはいつもの様に無表情のままなのだが——何をどう思ったのか、女騎士の表情がみるみる内に引き攣《つ》るのが見えた。

「き……鬼神殿ッ……」

喘《あえ》ぐ様な口調で女騎士が言う。

「た、確かに、鬼神殿はその娘を奴隷として……いや、しかし、ちゅ……厨房で……食事を用意する為の場所で、及ぶ行為では……」

「……え？」

とレオは眼を瞬かせてから、自分とフェルミを改めて見直す。

半裸というか、乳房やら何やらが殆《ほとん》ど見えている——まるで無理矢理《むりやり》、家政婦服を剝《は》がされる寸前の様にも見えるフェルミ。しかもその顔やら鎖骨やら胸やらには白い粘性のある液体があちこち付着していて。

（これじゃまるで飯喰《く》ってる最中のフェルミを俺が襲ったみたいだよな⁉）

「おやおや若様……」

きらりと銀縁眼鏡の端を光らせてハリエットは言った。

「そんなに待ちきれなかったのですか？」

「ち、違、違う、誤解だ、誤解だ、俺は、俺はやってない⁉」

「やってないとは何を？」

「この白いのも違うのだ……！」

「違うとは何と？」

「だから——」

と言いかけて、レオはこれがハリエットの罠《わな》だと気付いた。

このままでは品性下劣なあれやこれやの単語や表現を、殆ど初対面と言っても良い様な女騎士の前で口にする事になる。●●とか■■とか▲▲とか。

そんな男を——この女騎士はきっと心底蔑《さげす》んだ眼で見る事だろう。罵倒《ばとう》もされるかもしれない。成人向けの漫画本を見る限り、若い女性に蔑まれたり罵《ののし》られたりするのを喜ぶ嗜好《しこう》もあるらしいが、レオには今ひとつ分からない感性である。面と向かって『キモい』とか『最低』とか言われたら、フェルミでなくてもやっぱりきつい。

「ハリエット」

執事の肩に手を回して部屋の隅に引っ張っていくと、レオは仮面をずらして顔をしかめながら、こう囁《ささや》いた。

「いつまでもお前の誘導に引っかかる俺ではないぞ」

「なんと。成長なさいましたね若様。やはり男子たるもの『経験』すると、大人の階段を上っていくのですね……あの若様が……寝台の下に、通販で買った大人向けの、女性の前では口にするのも躊躇《ためら》われる様な扇情的かつ変態的な本を、何冊も何冊も溜《た》め込んでひたすら妄想と股間《こかん》をたくましくしていた若様が、遂《つい》に……遂に。この執事ハリエット・ホプキンス、感動で涙が止まりません」

言葉面と裏腹に微塵《みじん》も揺るがぬ無表情でハリエットは言った。

「だから何もしてねえよ……！」

とフェルミにも女騎士にも聞こえない様に声を潜めつつ言うレオ。

「というと、若様は未だ――」

「童貞だよ、俺の●●●は未使用新品だよ何もしてねえよ、悪かったな⁉」

大声で喚《わめ》き散らしそうになるのを堪えてレオはそう言った。

●

――まあ、そんなこんなで。


「……失礼した」

咳払《せきばら》いを一つして先《ま》ずそう告げる。

護国鬼神の仮面を着けたレオは、改めて応接間で訪問してきた女騎士マリエル・キュヴィアと向かい合っていた。

ちなみに応接間の入り口、分厚い両開きの扉の左右にはハリエットと、そしてフェルミが立っている。フェルミは一応、予備の家政婦服をもう一度ハリエットに手伝って貰《もら》って身に着けているので、若干服に『着られている』感はあるものの、家政婦に見えなくもない姿になっていた。たまに俯《うつむ》きがちになるので、するすると滑る様に音も無く近づいたハリエットに襟首を摑《つか》まれて、背筋を伸ばされているのが見えたが。

「で……マリエル・キュヴィアとおっしゃったか」

「……はい」

とりあえず落ち着いたか、正面から真っ直ぐレオを見つめながら女騎士は頷いた。

マリエル・キュヴィア。二十歳。

女性騎士の白と蒼の礼服にその身を包み、椅子に座ってレオと向かい合っている。ただそれだけの姿にも何か一本、芯が通っているかの様な印象が有った。未だ少女と呼んでも差し支《つか》えの無い年齢だが、彼女の容姿を褒め称《たた》える場合、『可愛い』という言葉は違和感が残るだろう。『美しい《い》』いや『凛々《りり》しい』という言葉の方が相応《ふさわ》しい。そんな娘だった。

ハリエットが淹れた茶を飲む仕草も洗練されている以上に、きびきびとメリハリが利いていて、貴族という以前に武人、といった印象が強い。

(見るからに堅物! 私、融通利きません! って感じなんだが……)

胸の内でこっそり溜息《ためいき》をつくレオ。

正直、一番苦手な類《たぐい》だ。レオの場合は女性は皆《みんな》、苦手なのだが。

(まあ、護国鬼神状態《モード》で会話してりゃいいんだろうけど)

威圧感のある喋《しゃべ》り方で、殺伐とした言葉を選んで使っていれば、まあ怖がられる事はあっても蔑まれたり、呆《あき》れられたりはすまい。そんな風にレオは思った。

「本日はお願いがあって参りました」

茶の小碗《カップ》を置いて僅《わず》かに身を乗り出し――決闘でも申し込むかの様な、気迫を漲《みなぎ》らせてマリエルは言った。

「表向きの用件としては、王室と護国鬼神殿の間の連絡役として、この城に常駐する事をお許しいただく――という事になっておりますが。それはあくまで表向き」

「ほう。ぶっちゃけたな。正直なのは良い事だ。それで？」

鷹揚《おうよう》に腕を組んで上から目線の発言をするレオ。

そんな彼を真っ直ぐ見つめながら――

「不肖、このマリエル・キュヴィアを当代護国鬼神殿の婚約者にしていただきたく、不《ぶ》躾《しつけ》を承知で参じた次第です！」

「ほう。婚約者、婚約者とな。それは実に――こんにゃっ⁉」

舌《か》噛んだ。

「護国鬼神殿？」

「あ、いや、なんでもない」

慌てて首を振りながら――仮面がずり落ちそうになったのを片手で押さえるレオ。

「ええ。なんでもありません、キュヴィア殿。いつもの若様の発作です」

「黙れハリエット。ええと――つまり、婚約というと、キュヴィア殿」

レオは努めて厳《いか》めしい声と態度を取り繕いながら言った。

「異国の言語で書かれた本を読めるように、とこちらの言葉に書き換える――」

「それは翻訳です若様」

「どうしても欲しい品があるが手持ちが無いので他には売らないでくれと――」

「それは売約です若様」

「この件に関しては俺の方が――」

「先約とも違います若様」

「………………」

何か追い詰められた様な気持ちになって黙り込むレオ。

見た目通り生真面目なのか、マリエルはハリエットの様にレオの苦し紛れのボケにツッコミを入れたりする事も無く、真っ直ぐレオを見つめて彼の言葉を待っている。

「……キュヴィア殿。正……もとい。本気か？」

「そうおっしゃるのも無理からぬ事と理解はしております。王室の望みは元々、連絡役云々《うんぬん》よりも、出来るだけ早急に護国鬼神殿に身を固めていただきたい、その為に若い娘をお側仕えとして送り込みたいというものでした」

「……ほ……ほう」

引き続きあっさり暴露話をしてくるマリエルに多少気圧《けお》されながらも、護国鬼神としての体裁を取り繕い、鷹揚に頷《うなず》いて見せるレオ。

「勿論《もちろん》、ウォルトン王国の守護神、常勝無敗の最強戦士、アラモゴード家の当代当主であらせられる貴方様《あなたさま》に、新米騎士の私が、しかも貴族として末席であるキュヴィア家の娘が釣り合う、などと自惚《うぬぼ》れる積もりはございません」

「……いやそういう事ではなくて」

レオとしては会ったばかりの相手、性格も何もよく知らない様な相手の——いや、むしろ冷酷無残、残虐非道で知られた護国鬼神の嫁に、自分からなろうなどと、真っ当な考えの持ち主ならあり得ないと思った訳だが。

「しかし——先日、私を助けていただいた御恩に報いる為にも！」

勢い込んでマリエルは言った。

「されどこの身では出来る事等たかが知れております！　ならば我が人生そのものを貴方様に捧《ささ》げてこそ、報恩に全力を尽くしたと言えるのではないでしょうか!?」

「……重い重い、重すぎだろそれは」

「え……？」

何かおっしゃいましたか？　と眼を瞬《しばたた》かせるマリエル。

「何でもない。騎士マリエル・キュヴィア。其方《そなた》、騎士たるその身のみならず女として、人としての全てをこの俺に捧げるというのか？」

とりあえずレオは、獲物を前に舌舐《したな》めずりする獣の如き獰猛《どうもう》な笑みを浮かべて見せる。

「まるで生け贄《にえ》であるな。もしくは人柱か。だが我に抱かれる位なら、いっそ千尋の谷底にその身を投げて死んだ方がマシかもしれんぞ。いざ初夜になって『いっそ殺せ』と喚いたところで、手遅れかもしれんなあ？」

殊更にきつい言い方を——それこそ変態的な行為を強いられる可能性を匂わせる事で、この女騎士を思いとどまらせる事が出来るのではないか、とレオは思ったのだが。

「護国鬼神殿」

ふとマリエルは口の端に笑みを浮かべて言った。

「房中のあれやこれやについても私は若輩、その、何と申しますか、未経験者故、細かい事は存じ上げません。ですが……その様な、口にするのも憚《はばか》られる様な事を嫁に、妻に嬉々《きき》として強いる方ならば、そもそも、相手を思いとどまらせようとする様な言葉を掛けられたりなさりますまい？」

「いえ。若様は後から変態とか罵られるのも嫌だから予防線張っておられるだけで」

「——黙れハリエット」

唸《うな》る様な声で執事を窘《たしな》めるレオ。

「聞けば貴殿はまだ二十歳、行く末を決めるのには未《ま》だ早——」

「私の妹は十六ですが、既に嫁いでおります」

「……え？」

「護国鬼神殿はウォルトンの貴族の婚姻事情は御存知ないかもしれませんが、平均的なウォルトン貴族や王族の娘の初婚年齢は、十六ですから、特に早い訳でもありません。私には兄もおりますが、兄は一昨年《おととし》、自身が二十七の時に十五の嫁を貰っておりますし」

「……そ、そうか」

何ソレ羨《うらや》ましい――という言葉が出そうになるのを飲み込んでレオは頷いた。

「むしろ親には『このまま長女のお前が行き遅れになってしまっては、妹の立つ瀬が無い。誰ぞ気になる相手はおらんのか？』と、急《せ》かされる始末で」

「そ、それは大変ですね、もとい、大変であるな」

そういえば貴族社会は伝統的に政略結婚が当たり前なので、割と十歳の婚約者だの、生まれた時からの許嫁《いいなずけ》だのというのが珍しくないのだ、という話はハリエットから聞いた事が有ったが。レオの基本的な価値観は、漫画本だの動画劇だので得た知識を基にしており、それらは貴族ではなく平民の社会を描く事が多い為、結婚適齢期の認識にも色々とズレが生じてくるのだろう。

「それに――単なる嫁というだけならば、他の娘でも務まりましょうが」

ふと口元の笑みを消してマリエルは言った。

彼女の瞳《ひとみ》は――壁際に立つフェルミの方を向いている。

「連絡役云々は建て前だけのものでもないのです。そして騎士団員である私が護国鬼神殿の御許《おんもと》に嫁げば、連絡役のみならず、危急の折には武人としてお力になる事も可能かと」

「……なるほど」

さすがにマリエルの言葉の裏に潜んでいる意味はレオにも分かった。

マリエルは——というより王室は、フェルミを疑っているのだ。

元々先代の護国鬼神……レオの母親は、伴侶《はんりょ》共々に暗殺されて亡くなった。

そして暗殺したのはウォルトンの臣民だが——そうなるように仕掛けたのは敵国ネプツニスの密偵である。フェルミもまたそうした密偵や暗殺者の可能性が有るのではないか、という懸念が王室にはあるらしい。まあ抱いて当然の疑いだ。

「私は、ですからそんな王室の思惑に、私の望みを相乗りさせた様なものです。護国鬼神殿が気を遣っていただく必要は、有りません」

「…………」

きっぱりとしたマリエルの物言いに、口をつぐむしか無いレオ。

ただの融通が利かないだけの堅物、命令に何の考えもなく従うだけの浅慮な娘かとも思ったが、言葉通りなら中々どうして、この娘はしたたかである。

「ですから、婚約者云々はお試しといいますか、連絡役としての出来不出来を確かめる意味でも、本日からこちらの城に駐在武官として滞在させていただければと」

（それって同棲《どうせい》するって事か!?）

同棲。それはつまり先程見ていた動画劇の様に同じ家に住んで、同じ釜《かま》の飯を食べて、同じ風呂場《ふろば》や便所を使って、ついうっかりばったりと（以下略）

「若様……ハリエットは感動しております」

と無表情に壁際のハリエットが言って寄越す。

「家に引き籠《こ》もって滅多《めった》に外に出ず、趣味と言えば漫画を読む事と動画劇を眺める事位の、彼女居ない歴がそのまま年齢という『駄目男』の典型、『彼氏にしたくない男第一位』の条件をそのまんま具現化させたかの様な若様に……いきなり婚約者が出来るどころか、同棲まで……！　これがモテ期という奴なのでしょうか、若様」

「だから黙れ、ハリエット！」

わざとらしく白い手袋に包まれた右手で、微塵《みじん》も濡《ぬ》れていない目許を拭《ぬぐ》ってみせる仕草をする執事にそう叫んでから、咳払《せきばら》いを一つ。

「しかし……」

レオはふと視界の端にフェルミを捉《とら》えて見るが、壁際で彼女はただぼんやりとした様子で立っているだけだ。表情が不安に曇っている様にも見えるが、これは最初からずっとである。自分がある日突然、『本性』を露《あら》わにして、油断したレオを暗殺しに掛かると疑われている――という事そのものが、分かっていないのだろう。

つまりはその無理解っぷりそのものが、フェルミが暗殺者などではないという証拠だろうとレオは思うのだが……

「如何《いかが》でしょうか、レオ・アラモゴード殿」

「…………」

女騎士マリエル・キュヴィアの一言が奇妙にレオの中に響いた。

というか――理解するのに一瞬だが間を要した。

(……あ。俺の事か)

面と向かってレオ・アラモゴードの名を呼ばれたのは何年ぶりだろうか。

ハリエットですら若様としかレオの事を呼ばない。

最後にそう呼ばれたのは多分、今は亡き――

(そうか……結婚ってのは……新しく『家族になる』って意味でもある訳だよな……)

家族。レオにとってその言葉は遠い遠い異国の言葉の様だった。

意味は分かっても実感が伴わない。他人事《ひとごと》であって自分には関係ない――筈《はず》だったが。

「まずは試しに私をお側においていただけませんでしょうか？」

「…………」

仮面の下で懊悩《おうのう》する事――しばし。

結局、レオはマリエル・キュヴィアの提案を拒否する言葉を、口に出来なかった。

第三章　同棲事始

レオ・アラモゴードはウォルトン王国を守る護国鬼神である。

彼は文字通りに一騎当千、事実上、ウォルトン王国における最強の魔術戦士……である訳だが、だからといって弱点が無い訳ではないし、苦手なものが無い訳でもない。

「うっ…………」

こみ上げてくる嘔吐《おうと》感を強引に腹腔《ふくこう》に押し戻して、何度か深呼吸。

更に、瞼《まぶた》を閉じて頭の中で、物心ついて以来ハリエットから受けてきた数々の仕打ちや小言――というか何というか――を数えて気持ちを落ち着かせてから、ようやくレオ・アラモゴードは眼を開く。あれらよりはマシな筈だ。多分。

「…………ううっ」

それでも苦手なものは苦手だった。

胃の辺りから今にも迸《ほとばし》りそうになる諸々《もろもろ》を意志の力で何とかレオが抑え込んでいると、隣に居た奴隷少女のフェルミが不思議そうに眼を瞬かせながら彼の顔を覗《のぞ》き込んできた。

「御主人様……？」

「なんでもない」

不敵な笑みを苦労して取り繕いながらレオはそう言う。フェルミの反対側ではやはり女性騎士マリエルも怪訝《けげん》そうな面持ちでレオを見つめているのだが――

「護……いえ。レオ様。どうなさいましたか？」

「なんでもないったらなんでもない」

とレオは唸る様に答える。

本当の事など答えられる筈が無い。家から殆《ほとん》ど出た事の無い幼児でもあるまいし。

（人混みが苦手――だなんて言えるかっ！）

今……レオとフェルミ、それにマリエルはやたらに人の往来の多い通りを歩いていた。

実の所、人混み、という程に賑《にぎ》わっている訳でもないのだが、レオの感覚ではもう『一人二人三人たくさん』なのである。五人以上となると大群衆扱いだ。

そう。護国鬼神は人見知りだった。

この若き護国鬼神は、物心ついて以来の筋金入りの引き籠もりで外出経験に乏しい。

護国鬼神としての出陣要請が出ている際には、まあ仮面を被《かぶ》っている事もあり、気持ちの切り替えが出来ているのだが――今、レオは素顔を晒《さら》したまま外に出ている。恐らく二年ぶりか三年ぶり位に。何十人、どころか何百人何千人の人々を前にするなど、それこそ一体何年ぶりかレオにも分からない。

つまりはレオ・アラモゴードという引き籠もりの少年が、今、直に俗世間に触れている訳で。

（……休日の繁華街とか……何処の地獄の別名だよ……）

レオ達は今――買い物中だった。

更に正確に言えば、レオはフェルミを連れて、そしてマリエルに連れられて、諸々のものを買いに出てきたのである。フェルミとマリエルという同棲――もとい同居人が増えた事によって何かと改めて調達せねばならない様なものも出てくる。

例えばフェルミの――下着とか。

レオは通販による購入を主張したが、『衣服というものはやはり身に付けてみて初めて最善のものを選ぶ事が出来る』というハリエットの主張に押し負けて仕方なく外出する事になったのである。

ちなみに……現在、ハリエットはアラモゴード城内において魔導機神〈アラモゴード〉の修理と調整中である。既に前の戦いから四日が経過していたが、未だ作業が終わっていないのだ。複雑怪奇な内部構造を持つ〈アラモゴード〉は一度の出撃であちらこちらに細かな破損や歪《ゆが》みが生じる。それらを修理・調整する作業は今のところ、ハリエットにしか出来ず、あの万能執事の能力を以《もっ》てしても、一週間やそこらは時間が掛かってしまう。

当然……フェルミの下着なんぞを買いに出かけている暇は無い。

そういう訳で、まさかフェルミ一人に金を握らせて買い物に行かせる訳にもいかず、フェルミとマリエルという組み合わせも、それはそれで何か不安な感じがしたので……レオは仕方なく一緒についてきた訳だ。

勿論《もちろん》、これはいわゆる『お忍び』である。衣装はウォルトン王国の若い貴族が着ていそうな服を着ているので、多少体つきの良い《い》貴族の子弟にしか見えないだろう。

（……普段何処に居るんだ……こいつら……）

繁華街にひしめく人々を見てそんな事を思うレオ。

大通りには大型の商店が幾つも軒を連ねており、人の行き来が絶えない。常識的な感覚ならば『ちょっと人が多い』程度の混み具合でも、十年以上も城の中でハリエットとだけ話をして暮らしてきたレオにとっては、初体験の状況、一瞬先には何が起きるかすら分からない魔境と言っても過言ではない。

「……くだらん。何故にこの様に群れたがるのか。どちらを向いても人人人、鬱陶《うっとう》しくてかなわんな。爆轟《ばくごう》の魔術で吹き飛ばせば、さぞさっぱりするだろうに」

とりあえずレオは努めて平気な顔をしながらそんな事を言ってみたりする。

「そのような事をおっしゃらないでください」

とマリエルが苦笑じみた表情で言ってくる。

「服屋があり、雑貨屋や家具屋があり、食堂があり……つまりは衣食住。この賑わいこそ人の営みの最たるもの、貴方《あなた》が守ったこの国の繁栄そのものです」

「…………」

そういえば自分は『護国』の鬼神なのだった――改めてそんな事を考えるレオ。

確かにレオが戦うのはウォルトン王国を守る為だ。だがそれは先祖がやはり王族の先祖とかわした約定にそった行為であり、それ以上でもそれ以下でもない。だからレオは自分の行動について何も疑問を覚えなかったし――その事で感謝されたいとか、尊敬の眼差《まなざ》しを浴びたいとか思った事も無い。

王国という言葉自体、レオにとっては抽象的に過ぎて、あまり実感が湧かないのだ。ましてや王国の構成要素である臣民達一人一人など、普段は意識しない。意識していたらきりがない。森を見て木の葉の一枚一枚を数えようとする様なものだ。

自分は何を『守って』いたのか。そもそも『守る』とはどういう事か。

それすらレオは深く考えた事は無かった――が。

「こちらです、レオ様」

マリエルが先に歩いて行き、レオとフェルミがその後をついていく。

だが小柄なフェルミは、人混みに文字通り揉《も》まれて、ちょっと気を抜くといつの間にかレオともマリエルとも離れてしまっていて……レオとは性質が違うが、フェルミもこうした人混みには慣れていないのだろう。

「フェルミ。手を」

レオは手を伸ばして言った。

「……え？」

「手を出せ。ふらふら歩いているとはぐれる。貴様は俺の奴隷だ。勝手に何処かに行く事等許されぬ身であると理解せよ」

「……はい……？」

フェルミは最初にそっと触れるだけの様な感じで、そしてレオが何も言わないとそのまま彼の指をその細い指で握ってきた。指を絡める、のではない。レオの人差し指を自分の右の掌《てのひら》で握ってきたのだ。

（……まさかこいつ……）

誰かと手を繋《つな》ぐ、という経験すら無いのか。

そんな事を考えながら、レオはマリエルの背中を追って歩き――そこでふと気がついた。

吐き気が治まっている。

「……フェルミ？」

「…………？」

眼が合うと、フェルミは一瞬、不思議そうに眼を瞬《しばたた》かせていたが――やがて何かに気付いた様子でレオの指を握る手に力を込めてくる。

（あー…………）

レオは束の間、逡巡《しゅんじゅん》したものの――右手でフェルミの手首を握って一旦《いったん》、自分の左手の指から引き離す。フェルミは束の間、がっかりした様な、叱られたかの様な、裏切られたかの様な、何か複雑で哀しげな表情を過《よ》ぎらせたが――

「しっかり握れ」

そう言ってレオが彼女の右手の掌と自分の左手の掌を合わせて指を曲げ、普通の握手の形にしてやると、意外に強い力で握り返してきた。

「…………」

笑顔、と呼べる様なはっきりしたものではないが、躊躇《ためら》いがちに笑みの様なものがその顔を過ぎる。ここで笑っても大丈夫だろうか。ここで笑っても怒られないだろうか。そんな事を怖々と試しているのが、レオにも分かって――

（ぬあああああ⁉　女の子と手繋いでとかも初めての体験でアレなのに、ここで、ここでそうくるか、お前⁉）

あまりの健気《けなげ》さ、可愛らしさにその場で身悶《みもだ》えしそうになったが、ここでそんな醜態をさらす訳にもいかない。『ごこくきしん』と繰り返し胸の内で唱えてからレオは言った。

「征《ゆ》くぞ、フェルミ」

「はい……御主人様」

そうして護国鬼神と奴隷少女は手を繋ぎ合って人混みの中を進み始めた。

●

戦とは敵を知り己を知る事である。

さすれば百戦も殆《あやう》からず。常勝無敗の鍵《かぎ》は闇雲な鍛錬にある訳でもなければ、狂気の如き戦意高揚にある訳でもない。如何《いか》にすれば勝利に辿《たど》り着けるかを、その道筋を、手段を、冷静に、沈着に、考える事にある。そしてその為には敵を、己を、そして周囲の状況を『知って』おかねばならない。

逆に言えば『未知』は恐怖だ。

未《ま》だ知らざるが故にこそ、恐れねばならない。恐れても当然だ。

「…………」

その店の中で最強無敗の護国鬼神はただひたすら恐怖していた。

こんなの知らない。こんなの初めて。というかなんだこれ。

思わずそう叫びたくなるのを堪《こら》えるレオの隣では、マリエルが店員と親しげに喋《しゃべ》っている。いや。別に殊更に親しげという訳ではないのだが、他人との距離感だの何だのがよく分からないレオにしてみれば、マリエルは『巧みな話術』と『誰もが引き込まれそうな親しみやすい笑顔』で店員と会話している様に見えるのだ。

同じ事をしろと言われてもレオには出来ない。まあ女性向けの下着専門店で親しみやすい笑顔で巧みな話術を駆使する男というのも——店員でもない限りは恐ろしいのだが。

そう。此処《ここ》は服屋だった。それも女性向けの下着専門店。

前述の通り、フェルミとマリエルがアラモゴード城に住む事になったので、生活に必要な諸々《もろもろ》を買いそろえる必要があり、その為に街まで出てきた訳だが——先ず《ま》最初にマリエルが向かったのが、此処だった。

フェルミが下着を着けていない事を知って、彼女は真顔で『それはいけないです』と強く主張してきたのである。

女性の夜会服《ドレス》等の下に下着を着けないという作法はあるが、古式のもので、今は下着を着けてその上から着る夜会服も普通に売られているという。フェルミが着ているのは夜会服でも礼服でもなく家政婦服、つまりは家事全般をこなす為の作業着だが、だからこそ尚《なお》更《さら》に見栄えよりは着心地重視にすべきであると。

どうにもレオにはその辺の理屈がよく分からないが、女の子の、それも下着となるとマリエルに異論を唱えられる筈《はず》もなく。

レオは非常な居心地の悪さを感じつつも、とりあえずフェルミの下着を選ぶマリエルを眺めていたのだが。

「フェルミ、で良かったのですね？」

改めてフェルミにそう問うマリエル。口調は気さくなものを取り繕っているが、若干、表情と声音が硬いのは、未だフェルミの事をあまり信用していないからか。

「……はい、えっと、あの……」

「マリエル・キュヴィア。でもキュヴィア姓では近々なくなる積もりだからキュヴィアと呼ばれるのもおかしいし……マリエルで」

「……はい、マリエル様」

とフェルミは素直に頷《うなず》いているが。

これは多分、マリエルの言葉の意味をよく理解していないのだろう。

（……キュヴィア姓では近々なくなる積もりって……）

それはつまりアラモゴード姓になる積もりという事か。

（ン な政略結婚めいた事を、この娘《こ》は本気で受け入れてるのか？　本人の意志でもあるとか言ってたが――戦場で助けられただけで、惚《ほ》れるとか、漫画か!?）

レオの事を未だによく知らないであろうに、そう易々と結婚を決めて良いものか。

それとも――レオが知らないだけで、恋愛のきっかけというものは、そんなものなのか。

そんなものでも充分なのか。これもまたレオには未知で分からない事だった。

（確かにあんな美人が俺の所に嫁入りしてくれるとか、俺の子を産むにあたって俺と……

俺と……そ、そりゃ願ってもない事だけども！）

マリエル本人は謙遜《けんそん》しているが、さすがにウォルトン王国の王室がレオの嫁候補として送り込んできただけあって、美人だし、体型も細身ながら出る所は出ている感じで理想的かつ健康的――しかもハリエットが調べた限りでは、キュヴィア家というのは正室こそ出ていないものの、歴史的には何人か国王の側室を出している家柄なのだとか。ウォルトン国王からすれば少し遠目の親戚《しんせき》という事で、今後、レオとの繋がりを確保する意味でも、連絡役という意味でも信用がおけるという判断なのだろう。

「フェルミ。店員さんが体型に合わせたものは選んでくれるから、とりあえず好みで選んでいいと思います。細かい意匠とかはさておいて、好きな色は？」

「…………」

フェルミは問われて束の間、戸惑う様に眼を瞬かせていたが。

「黒……です……」

レオの方をちらりと見て彼女はそう答えていた。

「く……黒…………」

と絶句するマリエル。

まあフェルミは下着の色として好きなのが黒、と答えた訳ではない様だが、マリエルからすれば扇情的な――挑発的というか攻めの色を選んだ様にも思えるのだろう。

（まあ実際、黒かどうかはさておき、フェルミの白い肌だと中途半端な色はむしろ似合わないんだろうな）

などと以前見たフェルミの裸体をふと脳裏に思い浮かべて考えるレオ。

（……っていかん、何考えてるんだ、俺は）

なんだか鼻の奥がむずむずしてきた様な気がしてレオは脳裏の想像を打ち消した。女性向けの下着専門店で鼻血を出して佇《たたず》む男とか、気持ち悪いを通り越して最早《もはや》、恐怖だ。

「あー……フェルミ、キュヴィア殿。俺は外に出て居るぞ。好きに選べ」

片手を挙げてレオはそう言った。

「え？　あ、はい。あの、レオ様？」

「なんだ？　文句でもあるのか？」

とマリエルの方を見ながら若干、身構えるレオだが。

「はい、恐れながら。フェルミが私の事をマリエルと名前で呼ぶ以上、その主《あるじ》である貴方《あなた》が私をキュヴィア姓でお呼びになるのは筋が通らないかと」

「………………」

予想外の話に思わず硬直するレオ。

「どうかレオ様、私の事はマリエルと」

「……いいだろう。マリエル。以後そう呼んでやる」

「ありがとうございます」

マリエルはにっこり笑って一礼する。

その笑顔が実に嬉《うれ》しそうで、何というか……こんな他愛《たあい》も無い事で喜ぶとか、子供っぽいというか、容姿が大人びた印象だけに実に愛らしい。

本当に魅力的な娘だ。だからこそレオは気後れしてしまう訳だが。

「…………ではな」

レオはひらりと片手を振って見せると、そのまま店を出る。

店の前に佇んでいても結局は『女性向けの下着専門店の前に佇む気色悪い男』になりかねないので、とりあえず少し離れた所に行こうと歩き出す——が。

「……見たか、あれ？」

「ああ。よくもまああんなに堂々と」

と通行人の若い男二人の会話がふと耳に入った。

気になってちらりと視線を向けてみると、男二人はレオが出てきた女性向けの下着専門店の方を見ながら会話している様だった。

「妖精族とか……よくもまあ」

「何処の奴隷なんだろうな？」

妖精族。その言葉で男二人がフェルミの事を言っているのにレオは気付いた。

ウォルトン王国に妖精族は基本的に住んでいない。居るのはネプツニス帝国との紛争の際に摑《つか》まった連中――フェルミと同じ戦争奴隷扱いの者達だ。つまりウォルトン王国において、妖精族は全て元敵兵で奴隷である。

そして彼等の尖《とが》り耳はウォルトン王国の人混みではよく目立つ。必要以上にだ。

（確かにすれ違いざまに顔をしかめている連中は何人か見たけどな）

元敵国兵の戦争奴隷――ウォルトン王国の一般臣民からしてみれば、当然、あまり良い印象を抱く相手ではない。引き籠《こ》もり歴の長いレオはあまり意識していなかったが、フェルミを連れ出す際に、帽子を被《かぶ》せるなり髪型を弄《いじ》るなり、耳元を出来るだけ隠す為の処置はすべきだったかもしれない。

（……次からは気をつけるか）

そんな事を考えながらレオは視界の端に見えた、露店型の本屋に向かって歩き出した。

●

フェルミの下着選びは、マリエルの予想を遥《はる》かに上回って簡単だった。

そもそも彼女は下着というものを着けた経験が無いのだ。

だから好みの意匠だの何だのと言われても不安げに首を傾げるばかりで、何も意見が出てこない。結果的にマリエルと店員が好き勝手に見繕って試着させ、それなりに見栄えが良いと思ったものを、予備も含めて三着ずつ買う事にした。

(着せ替え人形で遊んでいた頃を思い出します)

そんな事を考えて独り苦笑するマリエル。

良くも悪くもろくに自己主張の無いフェルミは、人形に通じる雰囲気が有った。目立つ容姿のせいで存在感はあるのだが、自主性が感じられないというか。素直と言えばとことん素直なので、マリエルとしては扱いやすいのだが……

(この子が暗殺者の可能性とか……やはり考えすぎなのかも)

実の所、フェルミが暗殺者である可能性を最も危惧《きぐ》しているのは王室であって、マリエル本人ではない。そういう事もあるかもしれない、と考えている程度の事だ。

「――フェルミ?」

店員が買った品を包むのを待つ間、マリエルは改めてフェルミに声を掛けてみた。

「……はい。なんでしょう……マリエル様」

「貴女《あなた》は、今現在、あの方の――レオ様の奴隷である訳だけど」

「レオ様……?　あ……」

とフェルミが眼を瞬《しばた》かせたのは、レオという名と彼女の『御主人様』とが咄嗟《とっさ》に繋《つな》がらなかったからだろう。レオ・アラモゴード。フェルミの主人。そして護国鬼神。この三つの要素は、未《いま》だ彼女の中で同一のものとして馴染《なじ》んでいないのかもしれない。

無理も無い。今回、素顔のレオを見てマリエルも少し驚いた位だ。

そこに居たのは、ごくごく普通の少年の様に思えたからだ。護国鬼神の一語とはまるでかけ離れた、凶暴そうでも冷酷そうでもない、本当に普通の——

（昔の兄とそう変わらない、普通の男の人に見えました）

一昨年《おととし》結婚したマリエルの兄も、貴族という肩書きだの何だのを取っ払えば、可愛いもの好きの、ちょっと趣味の偏った普通の男である。

変人か否か、というのならば——それこそ、女の身で騎士として魔導機関仕掛けの武具を振り回しているマリエルの方が余程に変だろう。ウォルトン王国一般ではともかく、旧《ふる》い伝統の影響が強い貴族階級では、未だに女性の兵というものは珍しい。

「貴女はレオ様の事を、どう思っているのですか？」

「え？　どう……って……」

「レオ様は貴女を、その……」

言い淀《よど》んだのは、さすがにマリエルとしてもそれを口にするのは躊躇《ためら》われたからだが。

「性的な奴隷として……まあ、その、好き勝手出来る愛人として、手に入れた様なのだけれど、貴女自身はその事をどう思っているのですか？　嫌だとか、怖いとか……」

「………分かりません……ごめんなさい」

とフェルミは眼を伏せてそんな風に言った。

「……まあそうでしょうね。そうなりますね」

元敵国の——使い捨ての特攻兵。

上手《うま》く使命を果たせても待っているのは死のみ。英雄としての凱旋《がいせん》などという可能性は万に一つも無い。そうした任務に奴隷を使うのは合理的とも言える。今まで知られていたネプツニスの兵士は狂信的な程に愛国心に溢《あふ》れた者ばかりだったので、フェルミの様な大人しい特攻兵が目新しく思えただけだ。

奴隷の立場に居たフェルミにしてみれば、話しかけられれば素直に応《こた》える、命じられた事には唯々諾々と応じる、それだけが『生きる為の方法』だった筈《はず》で。複雑な思考を展開させる様な能力が備わっていれば、むしろ生きるのが辛《つら》い位だったろう。

勿論《もちろん》、フェルミ個人の他人に対する好悪の感情など一顧だにされてこなかっただろうし、それを改めて問われる様な事も無かった筈で、だからフェルミとしてはただ『分からない』と答えるしか無いのだ。

「じゃあ、フェルミ、貴女はレオ様の事は、怖い？　嫌い？　それとも……」

「……怖い……です」

と、僅《わず》かな躊躇《ちゆうちよ》を見せながらも、フェルミはそう言った。

考えるまでもない。相手は一度は敵としてフェルミの前に立った護国鬼神だ。怖い以外の感情が生じる余地など、そもそも無いだろう。

ただ彼女はその後も何やら考えている様子だった。

「……嫌い……じゃない……です」

そしてそう付け加える。怖い。でも嫌いじゃない。フェルミの中ではそのレオに対する感情が矛盾無く併存しているという事なのだろう。

「どうしてそう思うのですか？」

フェルミは──しばらく眼を何度も瞬かせて考えていたが、やがて何かに耐える様に家政婦服の膝元《ひざもと》を握って言った。

「ごはん……食べさせてくれました……私が……間違っても……御主人様は……殴ったり蹴《け》ったり……しません……」

「それは──」

「前の所では……皆《みんな》……いつも殴られたり……ごはん抜きになったりして……でも……それが……いつもの事だから……」

「ああ、もういいです、辛い事は思い出さなくていいです」

と慌ててマリエルは言った。

「では、レオ様の事は嫌いではない、あの方の奴隷でいる事にも、あまり不満は無い……

嫌ではないという事ですか？」

「はい」

今度ははっきりとフェルミは頷《うなず》いた。

一度頷いて——そして自分自身に確かめる、言い聞かせるかの様に、もう一度。

「はい……御主人様の事は……嫌いじゃない……です」

フェルミの頬が若干赤い様に思えるのはマリエルの気のせいか。

「そうですか……」

溜息《ためいき》をつくマリエル。

これは——余計な事を訊《き》いてしまったかも知れない。

そもそもマリエルにとってフェルミはレオの寵愛《ちょうあい》を得るという意味では競争相手である。

だから彼女がレオに異性としての思慕を寄せていない方がいい。フェルミがレオに対して異性としての好意を抱く様になってはまずいのだ。どちらかといえばフェルミの方がレオの寵愛争奪戦では先行しているのだから。

ある意味で『押し掛け女房』である自分と異なり、フェルミはレオが自分で——どういう思惑があったかは定かではないにしても——手元に置きたいと望んで決めて実際にそうした相手だ。

いざ『戦う』となるとマリエルの方が分が悪いかもしれない訳で。

マリエルとしては、レオとフェルミの間に未だ自分が割り込む隙間がある筈だ――と確認の為に尋ねてみただけなのだが、結果として藪《やぶ》を突《つつ》いて蛇を出す様な真似をしてしまった可能性が有る。

ここは自分の方がレオの妻に相応《ふさわ》しい、と釘《くぎ》でも刺しておくべきか。

（いえ、よしましょう。何だか虐《いじ》めているみたいな感じになりそうです）

マリエルは騎士だ。

『競う』ならば――『戦う』ならば何であれ正々堂々と。それが信条である。

「あまり殿方を待たせるものではありませんね。行きましょうか」

店員が買った下着の包みを持ってくるのを見て、マリエルはそう言った。

●

そもそも奴隷とは何か。

実の所――これは時代と場所によって定義が変わる。

背負わされた債務の故に強制労働に借り出される『だけ』の者を奴隷と呼ぶ場合も在れば、そもそも生まれた時から人間と認められておらず、法律的にも家畜同然の扱いを受ける者を奴隷と呼ぶ場合も在る。

前者は奴隷の身分から解放される事も在るし、仮に殺せば当然に殺人罪が適用される。だが後者の場合、奴隷の烙印《らくいん》が消える事は先《ま》ずあり得ないし、殺しても家畜や物品同然であるから、器物や財物に対する損壊罪が適用されるだけだ。

同じ時代、同じ場所でも、奴隷という言葉が複数の意味を持つ場合も少なくない。

ウォルトン王国において、奴隷といえば何らかの『罪』から人間としての法的権利を根《ね》刮《こそ》ぎ剝奪《はくだつ》された者を言う。死刑の無いウォルトン王国において、終身刑と並んで最も重い刑が『奴隷』刑なのである。

殺人者やそれに準じる重罪を犯した者。これには敵対国の兵士も含まれる。

彼等は死をもって己の罪を償う事を求められない代わりに、彼等の所有者となった者の庇護《ひご》無くしては生きていけない。王国法が臣民に保障する各種権利が全て彼等には存在しないからだ。住む場所を得られない。職に就く事も出来ない。結婚も出来なければ単独で旅行も出来ない。

そして——

「なんですか貴方達は？」

マリエルが眉《まゆ》を顰《ひそ》めて男達に問うたのは、店を出てすぐだった。

迂闊《うかつ》と言えばこれ以上は無いという位に迂闊。

マリエルがフェルミよりも先に店を出て、数歩歩いてから奴隷の少女がついてきているかどうかを確かめる為に振り返ると——いつの間に近づいてきたのか、数名の男達がフェルミを捕まえて、すぐ近くの細い路地に引きずり込んでいる所だった。

フェルミは——殆《ほとん》ど抵抗らしい抵抗もせずに、ただ、引っ張られていった様だ。

大人しいにも程がある、とマリエルは一瞬思ったが、男達の中に、手に刃物を持っている者が居る事に気付いて、むしろフェルミの無抵抗が正しいのだと理解した。下手に暴れていれば、即座に殺されていたかもしれない。

「なんですかじゃないよ。なんですかじゃないんだよ、姐《ねえ》ちゃん」

男達の一人がマリエルを振り返りながら言った。

「これ見よがしに妖精族の奴隷なんざ連れて歩いてる方がいけないんだ。ちょっとは常識を弁《わきま》えて、人の心ってものを分かって貰《もら》わないとな？」

「人の……心？」

奴隷の少女を寄って集《たか》って捕まえて路地裏に連れ込んだ連中からそんな言葉が出てくるとは思えず、眉を顰めるマリエル。そんな彼女をどう思ったか——男達は何やら妙に偉そうな態度で言葉を重ねてきた。

「妖精族の奴隷って事はあれだろ、元々はネプツニスの兵だろう？　戦争奴隷。分かってるのか、あんた？　ウォルトンの臣民にはな、邪悪なネプツニスとの紛争や卑怯《ひきょう》な破壊活動で、故郷や家を失った奴も……それどころか、自分の腕を失ったり、脚を失ったり、家族や友人を失った奴が何人も居るんだぞ？」

そう言って先頭の男は自分の左腕を掲げ、服の袖《そで》をまくってみせる。

彼の左腕には、何やら大きな火傷《やけど》の跡があった。ただしそれがネプツニス兵に負わされたものなのか、単に自分の不注意で負った傷なのかは判別がつかないが。男にしてみれば自分がそのネプツニスの『被害者』の一人だと言いたいのだろう。

「そういう奴が、こんな見るからに『ネプツニス兵でございい』って格好をした奴隷を見たらどう思う？　なあ？　どう思うよ？」

火傷の男はねちっこくマリエルに絡んできた。

「心に傷を負った奴が、沢山居るんだよ。そんな奴等の前で、こんな妖精族の奴隷なんて連れ歩いたら、古傷を抉《えぐ》ってるようなもんだ。俺の知り合いなんざ、子供が毎晩、泣きながらうなされてるそうだぜ、ネプツニス怖いってな？」

「…………」

マリエルが黙っているのをどう捉《とら》えたか、更に勢い込んで、居丈高に――視線をマリエルの顔にねじ込む様にして首を傾げながら火傷の男は言った。

「なあ、もうちっと、人の心ってもんを、考えてくれよ、姐ちゃん。人の心ってのがあんたにもあるなら、こんな奴隷連れ歩くのなんざ、恥ずかしくてやってられんだろ？　むしろここは『貴方達《あなた》に進呈します、煮るなり焼くなり好きにして、どうか溜飲《りゅういん》をさげてください』ってそっちから頭下げるのが当然だよな？　当然なんだよ」

男の言葉に同意する声が、他の者からもあがる。

要するに自分達は被害者だから、邪悪な元ネプツニス兵の奴隷に何をしても良《い》い、好き勝手に扱う権利が有る——そう言いたいのだろう。強引どころか無茶苦茶《むちゃくちゃ》な理屈だが、この種の連中が反論には一切耳を貸さないのをマリエルは知っている。騎士団の事を『無駄飯ぐらい』だの『人殺し貴族』だのと誹謗《ひぼう》中傷している連中と論調が同じだからだ。

「分かったか？　分かったなら、あんたに用はねえからさっさと立ち去りな」

「それで私が立ち去った後、貴方達は何をする積もりですか？」

「あんたの知ったこっちゃねえんだよ、姐ちゃん」

別の男がにやにや笑いながら言った。

「それとも何か？　あんたも主人として一緒に償ってくれるか？」

「…………」

勿論、マリエルは男達を説得する気などもう無い。

どうすればフェルミを取り戻し、この場から逃げる事が出来るかを考えていた。

とりあえず男達をぶちのめす、という選択肢は——残念ながら、無い。

マリエルは王国を守る騎士で、男達は平民——即ちマリエルが守るべき王国の民、王国の一部である。騎士が王国の臣民に手を上げる事は許されていない。それこそ臣民の側が武器を手に、殺意を露《あら》わにしながら襲い掛かってきたりでもしない限りは。

それに……男達は全部で五名。

如何《いか》に武術を修めた騎士とはいえ、武器も無しに全員を叩《たた》きのめしてフェルミを取り返すのは難しい。それこそ人質を楯《たて》にされれば尚更《なおさら》に難易度が上がる。しかも男達の中には刃物を使い慣れている者も居る様だ。元王国軍の兵士が交じっているのかもしれない。

どうすれば良いのか。

男達は少しばかり路地の奥まった所にフェルミを連れて入っている為、通りの人々からはこの辺りは見えにくい。いや。見えている者も居るのだろうが、厄介事には関わりたくないと思うのが人の常――現に今も、男達とフェルミを一瞥《いちべつ》してから、知らん顔をして通り過ぎていく者も居る。

（良くも悪くも彼女はレオ・アラモゴード殿の奴隷。彼の所有財産です。それを奪われるまま、穢《けが》されるまま、黙って見ている訳にもいかないですが……）

ここはやはり男達を挑発して自分を先ず襲わせるべきか。相手が武器を持っているなら自分の身を守る為、という言い訳が立つので、腕の一本や二本は折っても構うまい。

そう考えてマリエルが、何か挑発の言葉を二つ三つ脳裏に思い浮かべると――

「――何をしている？」

そんな声がマリエルの背後から漂ってきた。

思わず振り返ると、レオがこちらに向かって歩いてくる所だった。

彼はまるで顔を隠すかの様に、指を開いた左の掌《てのひら》を、顔の前に置いている。自分自身の顔の上半分を、左手で掴《つか》んでいるかの様に。

（……仮面の……代わり？）

ふとマリエルの脳裏にそんな考えが過《よ》ぎった。

「ああ？　なんだお前は？」

と火傷の男が鬱陶《うっとう》しそうにレオを見る。

勿論《もちろん》、今のレオは仮面を着けていないし名乗りも上げていないので、彼が護国鬼神であるという事に男達は気付いていない。男達は自分達が今、巨象の前で威嚇する蟻に等しいのだという事を自覚していなかった。

「御主人様……」

フェルミの呟《つぶや》きを、男達は聞き逃さなかった。

「ああ、お前がこいつの御主人様か、お前が人の心が分からない糞《くそ》野郎なんだな？」

言いながら火傷の男がレオの方に向かって歩いて行く。

「嬉《うれ》しそうにネプツニスの奴隷ひけらかしやがって。何処の貴族様か知らねーが――」

「五月蠅《うるさ》い。黙れ」

言ってレオは、ねじ込む様に突き出してきた男の顔を、平手で押した。

次の瞬間、男は地面と平行にすっ飛んで——壁に激突。そのまま地面に頽《くずお》れると、痙攣《けいれん》しながら、自分の腕を示して、「お、俺、俺、ネプツニスの被害者——」などと漏らしていたが、後は苦鳴が漏れるばかりで言葉にならない。流血こそ無いが、何処かを強く打って骨にヒビでも入ったか、立ち上がれない様だった。

「何て奴⁉　魔術か⁉」

「き、貴族が理由も無く平民に暴力を振るうなんて！」

「許されない！　許されないぞ、訴えてやる！」

と残りの男達はいきり立つ。

さすがに普通の人間の腕力で人間をこんな風に軽々と飛ばす事など出来る筈《はず》が無い。魔術を絡めた特殊な体術でも使わない限りは到底不可能で——そして魔導師や魔術戦士は基本的にその特殊技能を国家が管理する必要性から登録制で、貴族扱いなのである。

「貴族？　誰が？」

とレオは歯を剝《む》いて笑いながら言った。

護国鬼神も当然、貴族、いや王族に準じた扱いを受けてはいるが、王国の貴族年鑑にその名は載っていない。そもそも護国鬼神の存在を王国は公に認めていないのだ。その方が外交的に色々と都合が良いからである。

だから護国鬼神に貴族としての束縛も――無い。存在しないものを縛れはしない。

「そいつを放せ」

とレオはフェルミの方を指さして言った。

マリエルから見れば、ただそうしているだけでも、巨大な力の影の様なものが、レオの背後に揺らめいている様にすら見えた。恐らくは男達もマリエル程ではないにしても、感じてはいるだろう。魔力そのものは万人に備わっているが、レオのそれは明らかに桁《けた》が違う。恐らくは二つも三つも。

「そいつは我のモノだ。お前達が勝手に触れて良い道理など無い。道理に反した無法を押し通すというのなら、自分も無法に晒《さら》される覚悟は有るな？」

「き、貴様、こいつがどうなっても――」

と腰が引けながらも、男達はフェルミに刃物を突きつける。

「そうか。覚悟があるか。カカ、天晴《あっぱ》れ！　五体引き裂かれて屍《しかばね》を野にさらすが良い！」

と言うとレオは――右の掌を路地を成す建物の壁面に叩き付けていた。

ぱん！　という乾いた音と共に、硬い煉瓦《れんが》と漆喰《しっくい》で出来た壁に亀裂が走る。

そう。それは走った。レオが叩いた場所から、男達の方に向けて、多少の枝分かれをしつつも、奇妙な事に――真っ直ぐに。

「――え」

男達が間の抜けた声を漏らしたその瞬間には、もう亀裂は彼等のすぐ傍にまで迫っていた。まるで猛烈な勢いで成長する樹の様に、そこから急に枝分かれした亀裂は、地面を這《は》い、更に男達の脚から這い上がっていく。

「え？　え？　え？　あ⁉　ひぃいいい⁉」

まるで疫病に感染したかの様に、亀裂に触れた途端、自分達の脚が自ら裂けていくのを見て、男達は驚きの声を上げ——それは次の瞬間、悲鳴に変わった。

「や、やめて、やめて、こ、こいつまで死ぬ——」

「あああ、助け、助けてぇ？——」

助命の嘆願も、身も蓋《ふた》もない悲鳴も、次の瞬間には肉体と同様にばらばらとなって地面にばらまかれる。不思議な事に血は一滴も出ず、彼等は概《おおむ》ね四つ五つの肉塊となってその場に転がっていた。どの首も一様に白眼を剝いて。

だが男達が指摘した様に……ばらばらに引き裂かれたのはフェルミも同様だった。

奴隷少女は、五つ程の肉塊になって地面に散らばっていた。

「き、鬼神…… いや、レオ様⁉」

取り戻せないなら諸共《もろとも》に殺す。面倒だから全員殺す。そんな風にでも考えたのだろうか。

やはり鬼神は鬼神、残虐非道で人間の心など持ち合わせていないのか。

そう考えて総毛立ったマリエルだが——

「や、やりすぎ――」

「……御主人様……？」

地面に転がっているフェルミの生首が、瞬《まばた》きしながら不思議そうに声を発するのを見て卒倒しそうになった。

「はぁ……」

同時に――レオは何故か、左手を下ろして溜息《ためいき》をついていた。

「レ……レオ様？」

「ぶん殴った方が早いんだよな……」

と言う彼の視線を追って、再び男達の方を見ると。

「――え？」

彼等は五体満足のまま地面に転がって痙攣していた。身体が引き裂かれた者など一人も居ない。それどころか彼等に向かって走った壁や地面の亀裂、それ自体が無い。

「……げ、幻術!?」

「加減が分からないから殺してしまうかもしれないし、殺すとさすがに王室から文句が来るだろうし、そうなるとまたハリエットが五月蠅いから――……まあ、その」

しばらく素の口調で呟いてから――慌てて左手を顔の前に置きレオは言った。

「この様な下劣な連中、わざわざ我が手に掛ける価値も無いわ」

フェルミが──やはり五体満足の状態で、倒れた男達を迂回《うかい》し、壁際を歩きながらレオの所に戻ってくる。どうやら男達と違って、彼女には幻術が全く効いていなかった様だ。

「レオ様。これは一体……私にも彼等が引き裂かれた様に見えました」

「キュヴィア殿にもそう見えたか。敵意や闘気を発している者にしかこの幻術は掛からないのでな。キュヴィア殿も中々、血気盛んな様だ」

それでフェルミには全く影響が無かったらしい。

「怪我は無いか？　何か奴等にされたりは？」

「…………ないです」

と首を振るフェルミ。

「殴られてないです。蹴《け》られてないです。何もとられてないです」

「それは重畳。だが気をつけよ。お前は涙の一滴、血の一滴まで、俺のモノ、そこらの輩《やから》に奪われたりせんようにな、常日頃から」

「あ…………はい」

こっくりと頷《うなず》くフェルミ。

それから彼女は眼を瞑《つぶ》ると『さあ、どうぞ』とばかりにわずかに顔を上向きにする。

「あ、いや、怒ってる訳じゃなくてな──もとい、お前に怒っている訳ではない。気をつけろと注意を促しているだけだ。分かれ」

「殴らない……のですか……？」

「殴らん。何度もそう言っておる」

先程よりも長々とはっきりした溜息をついてレオはそう言った。

そんな主従のやりとりを見ていて――

「…………」

「――キュヴィア殿。何がそんなにおかしいか」

「あ、いえ、失礼」

と苦笑を消して、首を振るマリエル。

「それから、レオ様？　重ねてお願いしますが。私の事はマリエルと」

「……そうだったな、マリエル殿」

「殿は――いえ、とりあえずそれでいいです」

言ってマリエルは溜息をついた。

●

レオ達が男達と揉《も》めていた――その直後。

彼等の居る路地を見下ろす少し離れた建物の屋上に、人影が一つ佇《たたず》んでいた。

若い男だ。それだけで全て説明できてしまう様な、特徴らしい特徴も無い人物だった。容姿は勿論だが、その佇まいにも取り立てて変わった所は無い。ウォルトン王国臣民の平均値をとればこうなるであろう、という印象の人物だった。

強いて何か特徴を挙げるとするならば、それはその挙動に求められるだろう。

即ち、他に誰も居ない建物の屋上——その縁に立って、ずっと先程から同じ方を見つめて動きもしない。

まるで、人形の様に。

その双眸《そうぼう》に映っているのは、倒れた男達をその場に残し、そそくさと立ち去るレオ達の姿だった。かなりの距離があるので、レオ達は男の存在に気付いてはいない様だ。だがその一方で男の眼は明らかにレオ達を見つめていた。というより他に、男の目が向いている先に、注目すべき様なものなど、何も無かった。

「…………うふ」

男は無表情に立ち去るレオ達の姿を見つめながら、小さく、声というよりは音の様な笑いを漏らしていた。

護国鬼神レオ・アラモゴードはのたうち回っていた。

「ぬぐおおおおおおおおおおおおおおおお!?」

まるで地獄の責め苦を負っているかの様にも傍目《はため》には見えるが——さにあらず、彼を寝台の上で右に左にごろんごろんと忙《せわ》しなく転がしているのは、激しい羞恥心《しゅうちしん》だった。

「『そいつは我のモノ』とか!　『お前は涙の一滴、血の一滴まで、俺のモノ』とか!　勢いとはいえ、そんな台詞《せりふ》、そんな台詞ッ……!　ぬぐわあああああ?」

アラモゴード城に戻ってきて。

フェルミをハリエットの所に連れて行き、廊下でマリエルと別れて自分の部屋に戻ってきて——その辺りが限界だった。溜《た》まりに溜まっていた恥ずかしさが噴き出してきて、レオは寝台の上に身投げして転がりまくっているのである。

アラモゴード城に引き籠《こ》もって有事の際にのみ出撃するだけのレオ・アラモゴードは、他人との接点が殆《ほとん》ど無い。他人とどう接するべきなのかの経験が恐ろしく乏しいというか。

なので——どうしても焦ると護国鬼神としての言動に逃げてしまう傾向が強い。

先の一件でも、フェルミが何やら怪しげな連中に捕まっているのを見て逆上したレオは、ついつい護国鬼神としての『仮面』を被《かぶ》ってこれに対応してしまった。まあそれ以前からフェルミやマリエルにもどう接して良《い》いのか今ひとつ分からないので、護国鬼神としての喋《しゃべ》り方をしていた訳だが——完全に護国鬼神としての精神状態になっていたレオは、あのフェルミを捕まえていた連中に、幻術まで使ってしまった。

最初の一人をつい、勢いに任せて突き飛ばしてしまったので、恐らくあの者には大怪我をさせてしまっただろう。

護国鬼神としての力で一般の臣民を殴る蹴るするのは、明らかに無茶《むちゃ》だった。ハリエットが知ればネチネチと小言を一晩中でも言ってくるに違いない。だから残りの連中は幻術で黙らせたのである。幻術を使うのもまずいといえばまずいが、証拠がまず残らないので、そっちの方がハリエットに小言を言われなくて済む。多分。

何にしても——レオが一番気にしているのは、しかしその事ではなくて。

「引いたか？　引いたよな？　絶対引いたよな⁉　——ああああ」

つい勢いで言ってしまった自分の台詞こそが、彼をのたうち回らせているのだった。

俺のモノ。俺の……女《モノ》。

会って間も無い、しかも奴隷として強引に手元に置いちゃった相手に対して、まるで恋人であるかの様な物言い。いや。恋人であったとしても、物扱《モノあつか》いはドン引きしちゃう女性も多いだろう。多分。漫画本とかを見る限り。

フェルミはあんまりそういう事に目くじらを立てなそうだが――それでも『うわあ、この人、会ったばっかりで告白も接吻《せっぷん》も済ませてない相手に「俺のモノ」とか言っちゃってる！　キモい！』などと内心で呆《あき》れられた可能性は零《ゼロ》ではない訳で、そう思うとレオは居ても立ってもいられないのである。

「……しかしなんであんな……訳が分からんな」

ぴたりと寝台の上で転がるのを止めてレオは呟《つぶや》く。

フェルミが別に殴られた訳でも蹴られた訳でもないのだが、男達に腕を摑《つか》まれている場面を見ただけで、色々と自制心が吹っ飛んでしまった。護国鬼神にあるまじき事である。

「俺は――」

「御安心ください、若様。若様が変態だという事はこの執事ハリエット・ホプキンス、以前よりよっく承知しております故、今更自覚が出たところで何ら問題ございません」

「そうか、良――くねえよお前はッ⁉」

寝台の上で飛び起きてレオは喚《わめ》いた。

「俺の部屋に入る時はノックくらいしろとあれほど――」

「ノックはいたしましたが、何やら若様は激しく懊悩《おうのう》中で、聞こえていなかった様子」

といつの間にやってきたのか、寝台のすぐ横に立ちながらハリエットは言った。

「え？　本当《マジ》？」

「本当にございます。執事、嘘つかない」

誓約するかの様に片手を挙げてハリエットは言った。

「どの口が言うかな。それはそれとして、フェルミはどうしてる？」

「どうとは？」

「いや、その……」

フェルミにどう思われたかが気が気でないとハリエットにうっかり告白した日には、それをネタに弄《いじ》り回されるのは間違いない。

「変な奴等に絡まれたから……その、落ち込んでないか、とかそんな」

「なるほど、それは本人にお聞きになった方がよろしいかと」

そう言ってハリエットはすたすたと扉の方に歩いて行くと、これに手を掛けて開く。

するとそこには家政婦服を着たフェルミが立っていた。

「――って居たのかよ!?」

ひょっとしてハリエットと同様、寝台の上でごろごろしながら色々悶《もだ》え苦しんでいたのを見られたり聞かれたりしたのだろうか。ハリエットに見られるのはもう今更だが……

「本人が若様に会いたいと申しまして」

「あ……あの……御主人、様……」

やはり俯《うつむ》き加減で――しかしフェルミはハリエットに促される事も無く、自分から声を発していた。

「昼間は……あ……ありがとう……ございまし……た」

「え？　いや、それは――主人として当然のことをしたりなんかしたまででですね？」

などと動揺の余り言葉遣いがおかしくなっているレオ。だが幸いにもフェルミは気がついていない様で。

「あの……御主人様……」

それからフェルミはハリエットに背中を押されて一歩前に出る。

「ちゃんと……最初の事のお礼も……言えてなかった、です……」

「最初？」

「護国鬼神は……敵としてその前に立った者の首を例外なく斬ると……そう……教えられて……だから護国鬼神と出会ったら、お前は確実に死ぬ、お前なんか頭から喰《く》われる、と何度も何度も、教えられて……なのに……私……未《ま》だ、生きて……」

「そ、それは、まあ何というか、そう、それは」

焦りながらも、レオは寝台の脇に置いてあった仮面が指に触れたので、これを慌てて顔に当てつつ――

「刃向かう愚か者には例外なく残酷なる死を与える、それが護国鬼神の流儀。されどこの世には死を恐れぬ者も居る。故に、死よりも尚《なお》、辛《つら》い、嬲《なぶ》りもの、慰みものの人生を、お前に送らせる事で――」

「嬲りもの……それって……何を……？」

フェルミは眼を瞬《しばたた》かせて言った。

「え？　いや、その、まあ、なんだ、ええと」

ぽろりと落ちかけた仮面を慌てて押さえて止めながら、しかしレオは困った。

まあ嬲りもの、慰みもの、というのはつまり性的奴隷として扱うという事であり、性的奴隷というからには、色々とこう、性的な事をしたりする訳なのだが。その手の事について、精々、漫画の知識しかないレオとしては、咄嗟《とっさ》に『で、具体的に何をするの？』と当の女の子に問われると、言葉に詰まる。

「屈辱にまみれた、その、非常に恥ずかしい感じの……」

「くつじょく……はずかしい……？」

レオの言葉をいちいち拾って首を傾げるフェルミ。

その仕草はまるで無垢《むく》な小鳥のそれの様で――レオとしても下品な言葉を浴びせかけるのが躊躇《ためら》われてしまう。彼女がネプツニスにおいてどんな生活をしていたのかは知らないのだが、この様子だと、性的な行為そのものに経験が無いのだろう。

（よし、俺と一緒――じゃなくて！）

「は……裸に剝《む》いたり……」

「…………？」

　とフェルミが不思議そうにしているのは、既に彼女が自分からレオの前で服を脱いだ事があるからだろう。フェルミはレオに自分の素肌を晒《さら》す事を、まるで恥ずかしいと思っていないのだ。

「無理矢理《むりやり》……その……くわえさせたり……」

「…………？」

　それも昨日しましたよね、と言わんばかりにまた首を傾げるフェルミ。まあ確かに昨日無理矢理というか強引に凝乳汁をすくった匙《さじ》をくわえさせたりしていた訳だが。

「ま、まあ、その、ええと――ふふふふ、その他諸々《もろもろ》筆舌に尽くしがたい屈辱だ！」

「あ、逃げた」

「逃げてない！」

　とハリエットに怒鳴ってから、レオは言った。

「と、とにかく、死んだ方がマシって位にその、恥ずかしい事とか、変な事をされるのだ、お前は！　だから、その、か、覚悟しておけ？」

「…………」

　フェルミは束の間、不思議そうにレオの方を見ていたが。

「……はい」

そう言って一礼する。

その顔に一瞬だが、嬉《うれ》しそうな笑顔が浮かんだ様な気がして、益々《ますます》動転するレオ。

「では若様。どうせですから今夜からでも実践を」

「——ぬひあっ⁉」

容赦無いハリエットの言葉に思わず素っ頓狂《とんきょう》な声を上げるレオ。

「じ、じ、実践て」

「勿論《もちろん》、死んだ方がマシって位の恥ずかしい事や変な事です。後はお若い二人だけで頑張ってくださいまし」

そう言ってハリエットはすたすたと部屋を出て行ってしまう。フェルミと二人っきりにされたレオは、しばらくどうしたものかとこっそり背中に大量の汗をかいていたが。

「御主人様……？」

「ああ、ええと、あの」

レオはしばらく迷った後——

「と、とりあえず、こっちに来い。俺の、じゃなかった、我の、所に」

そう言って寝台の上からフェルミを手招きする。

フェルミは何の躊躇《ちゅうちょ》も無くレオの所に駆け寄ると、彼が座っている寝台の少し手前、床に直接足を畳んで座った。主人と同じ高さに座らない。奴隷としての習慣が染みついているのだろう。

「いや。だから……此処《ここ》に座れ」

「え？　あ……はい」

レオが隣を示すと、眼を瞬かせながらも、フェルミは素直に従ってそこに腰掛けた。

(よーし、後はこのまま押し倒……って出来るかっ!?)

いつでもどうぞと言われると躊躇してしまう。

やっぱり俺のモノってそういう意味だったんですね、御主人様ってそういういやらしい事をする為に私を奴隷として引き取ったんですね、いい人だと思ってたのに見損ないました——とか何とかフェルミに言われたりなんかすると、レオは恥ずかしさで壁に孔《あな》があくまで頭突きを繰り返してしまうだろう。

まずは手を握る所とかその辺から始めるべきか。

そんな事を考えていて——そこで今更ながらにレオは気付いた。

「そういえばフェルミ。買った服はどうした？」

下着の他にも、普段着や、新しい家政婦服を一揃《ひとそろ》い、マリエルの助言に従って買った筈《はず》である。なのにフェルミが着ているのは先の——旧《ふる》い方の家政婦服だ。

「ちゃんとしまってあります……」

「しまっちゃ駄目だろ。着ろよ」

「…………」

レオに言われてまた眼を伏せるフェルミ。

彼女はしばらくそうして俯いていたが——

「……私……穢《けが》れて……妖精族……ですから……」

やがて呟く様な小さな声でそう言った。

「穢れ？　妖精族が——か？」

どうやらネプツニス帝国においては、妖精族は被差別民であり、種族全体が『穢れている』のだと教えているらしい。穢れているからこそ、卑しく、奴隷として扱われて当然であるのだと。身分差や階級制を前提とする社会では、そうした『正当性』の主張をしばしばする、という話は昔、ハリエットから聞いた事が在るが——

「買ってもらった服……すごく……綺麗《きれい》で……私が着たら……汚れちゃう……から」

「服は着れば汚れるものだろう」

レオは顔をしかめてそう言った。

「それは服として当然のことだ。汚せばいい。汚して洗えばいい。汚れは落ちる。当たり前の道理だろう」

「落ちない汚れも……穢れもあるって……生まれた時から……」

「落ちない汚れなどあってたまるか！」

何故か――殆《ほとん》ど発作的にレオはそう叫んでいた。

「――っ⁉　ご……御主人様……⁉」

「生まれた時からついているのならそれは単にそのものの色ってだけだ。汚れではない」

そう言いながら――ふとレオの脳裏にある種の疑問の様なものが過《よ》ぎる。

では自分はどうなのか。

生まれた時から護国の為の殺人者として定義されてそれ以外の道がなかった自分は、生まれた時、既に両手は血に汚れていたのではなかったか。

いや。違う。違うと思いたい。

今までまるで疑問にも思わなかった事をレオは痛切に苦しいと感じていた。

「その色が気に入らないというのなら、改めて別の色を添えて飾ってやれ。その為の服でありその為の化粧だ。やり方が分からないならハリエットに――いや、マリエルに聞け」

「…………」

驚いたらしくフェルミは何度も何度も瞬《まばた》きをしながらレオの顔を見つめている。

最後にレオは大きく頷《うなず》きながら言った。

「お前は俺の奴隷、この護国鬼神の下僕なのだからして、もっと堂々としておれ。お前がしょぼくれていると、主《あるじ》の俺までが下に見られる」

「…………」

フェルミはしばらく、言葉にならぬ様子で喘《あえ》ぐ様にただ呼吸だけを繰り返していたが。

「……がんばり……ます……」

再び何かを堪《こら》える様に俯いて、そう言った。

●

レオ・アラモゴードの居室の扉のすぐ——脇。

壁に背中を預けて立ちながらマリエルは溜息《ためいき》をついた。

「……本当に……私は……」

「どうかなさいましたか？」

「——え」

不意に声を掛けられてマリエルは慌てて壁から背を離して直立不動の姿勢をとる。

見れば先程、陛下に向かった筈のハリエットが影の様にそこに佇《たたず》んでいた。

「し……心臓に悪いですね」

「そうですか？」

とハリエットは首を傾げる。

「ところでマリエル様は何をなさっておいでで？　まさか盗み聞きなどという事を、キュヴィア家の令嬢たるマリエル様がなさっているとも思えないのですが」

「………」

言葉に詰まってマリエルはしばらく懊悩《おうのう》していたが。

「本当に意地悪ですね。ハリエットさんは」

そう言って溜息をついた。

「いずれ若様の奥方になられるお積もりならば、私の事は呼び捨ててくだされば」

と言って慇懃《いんぎん》無礼な感じに一礼するハリエット。

マリエルは改めてレオの部屋の扉の方に、窺《うかが》う様な視線を送って――

「……私の割って入る余地なんて最初から無いじゃないですか、これ。なんだか私って本当に道化みたいで……」

「そうですか？　……そもそもマリエル様は、若様を慕っておいでだから婚約者としてここに来た――訳ではないのですよね？」

「それは……」

「騎士としての義務感か、王室とのしがらみかは存じませんが、『仕事』として若様の妻になりにきたのなら、最終的に若様との間に子供を作ればそれでいい訳で。若様に妾《めかけ》がいようと肉奴隷がいようと、関係が無いと思われますが？」

ハリエットは微塵《みじん》も表情を揺らがさずにそう言った。

「割って入る、などと考える必要は無いと思われます。別に今此処で若様のお手つきになったからといっても、フェルミが正室になると決まった訳でもありますまい」

「…………」

レオの『最愛の人』に——彼にとっての『一番』になりたいのであれば、確かにフェルミは競争相手になる。

だが別にレオの子供が産めればそれでいい、というのであれば、彼とフェルミの間に無理に割って入る必要は無い。先にフェルミが懐妊でもしてしまえば面目丸潰《まるつぶ》れだが——その子が無事に生まれて次代の護国鬼神になれると決まった訳ではない。後先は別に、マリエルも身籠《みご》もって健康な赤ん坊を産めれば、王室から期待された役目は果たした事になる。

まったくもってハリエットの言う通りだ——が。

「それとも実は護国鬼神の寵愛《ちようあい》を独占し、王室に対してもそれなりの発言力を得る——などといった事をお考えですか？」

「……え？　い、いやそんな事は」

「貴女《あなた》は考えておられないかもしれないが、貴女の御両親や親族、あるいは所属する騎士団の上層部はどうでしょうか？　そういった思惑が全く無いといいきれますか？」

「…………」

言い切れない。当たり前だ。

随分と自由で鷹揚《おうよう》になったとはいえ、貴族の結婚は政略の道具である事等、当たり前である。結果的に二人が相思相愛になる事はあるだろうが、周囲の思惑とは全く関係の無い自由な結婚など、先《ま》ず望めるものでもない。

「でも私は――」

この気持ちは何なのだろうか。

護国鬼神の婚約者たれ、という任務を与えられた時、マリエルは確かに緊張した。相手は冷酷非情、残虐無道で知られた護国鬼神である。妻となる女性にだけは優しく紳士的である――などと都合の良《い》いことなど期待はしなかった。

だがいざレオと接してみると、色々と驚かされる。

護国鬼神は恐ろしい。しかしレオ・アラモゴードは――

「可愛い、と言ったら怒られるでしょうか？」

「――は？」

とハリエットが眉《まゆ》を顰《ひそ》める。

この無表情の仮面を被《かぶ》っているかの様な執事から、そんな反応を引き出せただけでも、何かマリエルは『勝った』様な気分になった。

「レオ様の事です。なんていうか……可愛いんです」

「それはまた、大胆な意見です」

とハリエットは僅《わず》かにずれた眼鏡を指先で直しながら言った。

「まだ護国鬼神とは違う、レオ様の姿を知って一日しか経ってはおりませんが、私にはあの方がとても可愛らしく思えます」

「………」

「本当、何を言っているんだと私も思うのですが。護国鬼神の状態のレオ様を知っているからこそ、今のレオ様が――とても、その、誰にも渡したくない位に、その」

「……なるほど。落差ですか」

ハリエットは顎《あご》に指を当てながら頷いた。

「いや。失敬。恋に落ちるに理由は要らず、愛に変わるに時間も要らず。されど後から見れば確かにそこには理由も過程も在ったのだと。大変失礼いたしました、マリエル様。どうかご存分にフェルミと争われますよう、この執事ハリエット・ホプキンス、お願い申し上げます」

何をどうハリエットが納得したのかは、マリエルにもよく分からなかったが。

「ともあれマリエル様。夕餉《ゆうげ》の用意が出来ております。中に入って――」

そこでハリエットは小さく咳払《せきばら》いして言い直した。

「中に割り込んで、若様とフェルミにそうお伝えくださいまし」

「え？　あ、わ、私が、今、ですか⁉」

「勿論《もちろん》、そうでなくてはフェルミと争う事等、とてもとても」

「…………ううう」

　顔をしかめてマリエルは数秒、唸《うな》っていたが。

「本当に、ハリエットさんは意地悪ですよね」

「執事の嗜《たしな》みです」

　平然とハリエットはそう言った。

第四章　傀儡《くぐつ》遊戯

白い白い――どこまでも冷酷な程に白い虚無の世界にフェルミは佇んでいた。

昔見た雪景色にも似ているが、此処《ここ》には樹も無ければ起伏も無い。平面が何処までも何処までも続いているだけだった。立ってそこに在る、というだけでも辛《つら》い。寄って縋《すが》るものが一切無い場所だった。

（…………？）

「フェルミ」

不意に、誰かの声がフェルミを呼んだ。

返事をしないと。早く応じないと殴られる。

いや。もうその心配は無い、そんな事でいちいち殴ったりはしないと誰かに言われたような。護国鬼神。執事。奴隷。幾つもの言葉がフェルミの周りをゆっくりと巡っている。

（…………ッ!?）

唐突に激痛が走る。

胸に――まるで何か尖《とが》ったものを刺されたかの様に。殴られたり蹴《け》られたりといった痛みには慣れていたが、これは――神経に直接触る鋭い痛みは、慣れる程の経験が無かった。

「耐えるんだフェルミ。耐えなさい」

ずぶりずぶりと見えない何かをフェルミの胸に刺しながら見えない誰かがそう言った。

「耐えて務めを果たしなさい」

（つとめ……？）

何の事だろうか。知らない。そんなものは覚えていない。

「忘れるな。必ず務めを果たしなさい。お前はその為に生まれたのだから。お前は数多《あまた》の中からその為に選ばれたのだから」

知らない。知らない。分からない。聞きたくない。

誰か――助けて。

「生まれる事も出来なかった者達、選ばれる事も無かった者達、彼等の屍《しかばね》の上にお前は立っているのだから。さあ、フェルミ。お前の務めを果たしなさい」

…………

「――っ！」

声にもならない――自分の喉《のど》から迸《ほとばし》る音でフェルミは眼を覚ました。

発条《バネ》仕掛けの人形の様に飛び起きて、荒い呼吸を繰り返す。

ふと右手を胸に添えると、小さめの乳房の奥で心臓が早鐘を打っているのが分かった。

寝間着もぐっしょりと汗を吸って身体に張り付いている。何だか気持ちが悪い。

「ゆ……め……？」

周囲を見回せば、眼に入るのは自分のものとして与えられた、部屋の様子だった。

最低限の家具が置かれた、しかし奴隷として生きてきたフェルミの価値観からすれば、勿体《もったい》ない位に贅《ぜい》をこらされた部屋。

此処では床は冬場に素足で歩くのを躊躇《ためら》う様な石畳ではないし、壁も柔らかな布が張ってあって、手をついてもほんのりと温かい。寝台は柔らかくて身体が沈み込む様で――何よりも虫だの何だのの類《たぐい》がいないし、黴臭《かびくさ》くもない。聞けば毎日、取り替えて洗濯しているのだとか。

『おいおい貴女がこの辺の作業はする事になりますからきちんと覚えなさい。貴女自身の寝台は勿論ですが、若様やマリエル様の分もですよ』

とハリエットは言っていたが。

「…………」

やはりあれは夢だ。

自分は護国鬼神に引き取られ、その奴隷として今はアラモゴード城に住まわされている。

肌に張り付く寝間着を脱いで――ふと脳裏にハリエットの顔が浮かんだので、そのままそこに放置するのではなく、寝台の上で畳んでから、フェルミは壁際に設けられた鏡へと近づいた。

一糸纏《まと》わぬ小柄な裸身がそこに映る。

雪の様に白い肌は相変わらず、金髪も相変わらず、琥珀色《こはくいろ》の眼も相変わらず。

若さ故のきめ細かく張りのある肌には――その控えめな膨らみを示す胸からわずかに胸骨の透けて見える鳩尾《みぞおち》、更には腹部まで、特に異状は無い。厳密に言えば同じ年頃の娘に比べればやや痩《や》せ気味なのだが――奴隷は皆概《みんなおおむ》ねこんな感じだったので、フェルミは特に違和感を覚えない。

むしろ違和感は――『何も問題無い』事だった。

「………………つとめ……？」

夢の中で何かを突き刺された場所に――胸の辺りに手を添えてみる。

「……御主人様」

ぽつりとフェルミは呟《つぶや》く。

レオに会いたかった。レオの顔が見たかった。

恐ろしくも優しい鬼神。フェルミの主人。

彼ならば――彼が『気にするな』と言ってくれれば多分、気にせずに済む。

「御主人様……」

与えられた個室を抜け出しフェルミは何処か覚束ないふらふらとした足取りで彼の部屋

を目指す。夢のせいかぼんやりとした感じが残っていて、今ひとつ考えがまとまらない。ただ痛切にレオに会いたいと、その気持ちだけに背中を押されてフェルミは薄暗い廊下をぺたぺたと裸足《はだし》で歩いて行った。

「…………」

レオの部屋の前に辿《たど》り着くと、躊躇《ちゅうちょ》無く扉に手を掛けてこれを開く。

室内に滑り込んだフェルミは、部屋の中央に置かれたレオの寝台に眼を向ける。白い毛布に大きな盛り上がり。微《かす》かに上下しているのは呼吸の為か。規則正しい寝息も聞こえる。

レオの寝台の傍らに歩み寄るフェルミ。

見れば——呆《あき》れた事にレオは眠っていながら仮面を着けていた。

「寝てるのに……御主人様……」

ふと数日前の外出時を思い出す。

あの時のレオは仮面を着けてはいなかった。そして仮面を着けていない時の方が何となくだがフェルミにより優しくしてくれていた様にも思う。

フェルミはレオの顔にそっと手を伸ばす。

仮面は硬く冷たい印象で——外していた方がレオも寝やすいのではないかと思ったからだ。いや。それすらもが自分に対する言い訳だったのかもしれないが。フェルミはただただ自分が安心する為に、レオの素顔が見たかっただけなのかもしれない。

フェルミの指先が気持ちよさそうな寝息を立てているレオの、仮面に触れて——

「——ッ!?」

次の瞬間、ぐるんと世界が一回転した。

いや。違う。回転したのはフェルミの方だ。

黒く硬く冷たいその仮面に指が掛かったその瞬間、毛布を撥《は》ね上げながらレオがフェルミの手首を摑《つか》んで、寝台の上に投げたのである。レオとフェルミは一瞬にして位置が入れ替わり——俯《うつぶ》せで腕を捻《ひね》られながら寝台に押しつけられている奴隷少女の上に、護国鬼神の少年がのしかかっている状態だった。

からん、と一瞬遅れてフェルミの指に引っかかっていた仮面が床に落ちる音がした。

「う……むぐぅ……!?」

突然の出来事に声をあげようにも、顔は殆《ほとん》ど柔らかい枕に押しつけられていて塞《ふさ》がれており、レオの身体が乗っかっているせいで、身を起こす事も出来ない。

（御主人様……？）

予想だにしなかったレオの反応にただただフェルミは狼狽《うろた》えて。

（……もしかして……）

それからふと納得した。

これは——レオに食べられい、る時が来たのか。

マリエルが言っていた『性的に』という意味がよく分からないのだが、レオの一部になれるのならば、彼と一つになれるのならば、フェルミに異存は無い。

不安があるとすれば、未《ま》だあまり肉付きの良く無いこの身体で、レオに満足して貰《もら》えるのかどうかだが──

（……その前に沐浴《もくよく》もすべきだったでしょうか……？）

どう喰《く》われるのか知らないが、身を清めてはいどうぞ、と差し出す方が喜ばれるのではないだろうか。そんな事をフェルミが考えていると──

「……んー……？」

何やら妙に緩んだ声がレオの口から漏れた。

寝ぼけている様にも聞こえる。彼がきちんと眼を開いているのかどうかは、今のフェルミの体勢からは確認出来ないのだが。

「……フェルミ……？」

と名を呼ぶ声にも疑問の響きがある。

という事はレオは──フェルミと分かって組み敷いた訳ではないのだろうか。殆ど寝ぼけて、あるいはある種、無意識に出る癖の様に……眠っている自分に触れてきた相手をとりあえず投げて、押さえ込んだだけなのかも。

「……なんだ……フェルミ……か……」

「んんんっ」

はい、御主人様、と答えようと思うのだが、相変わらず顔が枕に押しつけられたままなのではっきりと声が出せない。ただ自分が押さえ込んでいるのがフェルミだとは分かってくれた様で、彼はその手を緩めてどさりとフェルミのすぐ傍らに身体を横たえた。

「御主人様……あの……はぅっ⁉」

「んん〜……」

枕から顔を上げてレオの方を見ようとしたフェルミを、一度は離れたレオの腕が改めて押さえ込む――というか単に抱き締めていた。

「御主人様……御主人様？」

「んんん……うへへへ……温かい……」

緩んだ笑みを浮かべてレオはフェルミの裸の胸に頬をすり寄せてくる。

「あの……」

レオの寝間着で隔てられているものの、所詮《しょせん》はたった布一枚――素肌を重ね合わせているかの様に彼の体温が伝わってくる。強くしなやかな筋肉の感触が――自分には無い『力強さ』の具現が、フェルミにある種の感動を覚えさせていた。

「んんんん……？」

もぞもぞと身じろぎするレオ。

胸に顔を押しつけている体勢だと今ひとつ収まりが悪かったのか……レオは寝ぼけたままフェルミを下にずらしてから、改めて抱き締める。

今度はフェルミがレオの胸に頰を押しつける番だった。

こつんと額に当たるのは、レオの、顎《あご》か。

今度は位置関係に納得がいったのか、レオはそのままた寝息を立て始めた。

「御主人様……」

こうしているとレオの匂いがする。

顔は見えなくても誰よりもレオが自分に近い場所に居てくれるのが分かる。

ぴったりと密着した身体は、彼の熱を分け与えられて、一つに溶け合うかの様で。

（……御主人様の……匂い……………）

自分からもレオの胸に頰をすり寄せながらフェルミは眼を閉じる。

もう——不安は何処にも無かった。

●

トリニティア——郊外。
王都外縁部に近い場所に、平屋ながらも王城にも匹敵する威容を備えた建物が在った。

　王国軍が所有する大型倉庫の一つである。通常は軍事物資が溜《た》め込まれているのだが、今は軍事物資の木箱の山の代わりに白と赤の巨大な物体が一つ置かれていた。

　二週間ばかり前に王都内に突如として出現した――大型魔導兵器。

　邀撃《ようげき》した護国鬼神によって、あちこち白い装甲を剝《は》がされ、内側の肉も切り裂かれ、既に肉屋に納品された家畜の態《てい》だが……元々が巨大で歪《いびつ》な代物である為か、そこに横たわっているだけでも見る者を圧倒する迫力が有った。

　周囲では何人もの魔術師や工匠や賢者が歩き回っているので、尚更《なおさら》にそれが如何《いか》に巨大な代物なのかというのが強調されて見える。

「――夜中だってのに、随分と忙《せわ》しないな」

「ああ、ご苦労さまです！」

　欠伸《あくび》を嚙《か》み殺しながら入って来た年配の騎士団員に、作業をしていた工匠見習いの若者が顔を上げて挨拶《あいさつ》をする。

「やっとアレが運ばれてきましたからね！　いやあ面白い、面白いですよ」

　と工匠見習いの若者は眠気を感じさせない潑剌《はつらつ》とした笑顔で言った。

　若者から手渡された紙束を眺めながら――騎士団員は首を傾げる。

「〈ブルーダ・ニューブ〉？」

「ええ。装甲の内側の各所に同じ記載が。恐らくコイツの名前なんでしょう」

言って若者は、何人もの魔術師や工匠や賢者によって、解体検査中のそれ――ネプツニス帝国が送り込んだと思われる、拠点攻略用大型魔導兵器を指さした。

「残留魔力を完全に抜くのに、わざわざ二週間弱放置してきた訳だが……もう本当に大丈夫なんだな？　動かないな？」

「はい、問題有りません」

若干不安げな騎士団員に、若者は苦笑しながらそう答えた。

「測定盤も魔力無し、を示していますし……何より魔術の芯《しん》が既に抜き取られているので、新規に何らかの術式が起動する恐れは在りません」

「芯？　ああ、護国鬼神が慰みものにするって連れてったアレか」

と騎士団員は顔をしかめて言った。

「本当、ネプツニスも護国鬼神もえげつねえな。うちの娘が丁度あれくらいでなぁ」

「ネプツニスじゃ奴隷はそもそも家畜扱いだそうですからねえ」

だから使い潰《つぶ》す様な事を平気でしてくるのだろう。

「……機械式の爆発物については？」

言っても詮無《せんな》い事を話題にし続けるのも気が滅入《めい》るからか、騎士団員は〈ブルーダ・ニューブ〉に視線を向けながら話を変えてきた。

「そちらの調査は概ね済んでます。勿論《もちろん》、内側から何か出てくる可能性は有りますけど」

若者は別の紙束を騎士団員に渡しながら言った。

「それにしても、本当に解体してしまうんですか？　せっかく鹵獲《ろかく》したんですから、中身を少しいじって有効活用した方がよくないですか？　その方が……」

「馬ぁ鹿、そんな真似出来るか。王国の面子《メンツ》ってもんがあるし、何よりこんな非人道兵器、世論が再利用なんざ許さないだろ」

何処か辟易《へきえき》した口調で騎士団員は言う。普段からその『世論』に叩《たた》かれる事も多い彼等の立場からは、これもまた鬱陶《うっとう》しい話題であるのだろう。

「悪いが、そういう話をしたくてここに来たんじゃねぇんだわ。それよりも、他に変わったことは何かないのか？」

「変わったこと……ですか」

若者は首を傾げて数秒何か考えていた様だったが。

「あ、そういえばちょっと引っかかる事が……でも、正直、モノとしては珍しくないというか、判断に困るんですが……重要かどうかまでは師匠達もよく分からないと」

「いいから言ってみろ。なんだ？」

「これなんですが……分析結果も見てください」

そう言って彼が更に差し出してきた紙束には――

「精神干渉術式の祈禱車《マニ》？」

「御者殻《コックピット》の所に取り付けてあったものです」

「いつもの興奮誘導術式じゃないの？　麻薬代わりの」

と騎士団員が言うのは……この種の、ネプツニス産大型魔導兵器には大抵、御者の精神を高揚させ、肉体的興奮を促し、死の恐怖を緩和する為の魔術式が搭載されているからである。かつては戦場で負傷したり、恐怖に押し潰されそうになった兵士に対して、苦痛を和らげ恐怖を麻痺《まひ》させる用途で麻薬が使われる事がウォルトン王国でも有ったが――実の所、薬というのは使いどころが難しいというか、即効性といっても効き始めるまでに若干の間を要する為、効果が出ない事が多い。

よって魔術による代用が行われる事となった。

自爆前提の特攻兵器の御者には、必ずこの種の魔導機関が与えられている。心拍計や体温計と連動して起動し、御者を強制的に興奮状態に陥らせるのだ。

「こいつ、どうも『外向き』に付けてあったみたいで」

「は？　それってどういう――御者じゃなくて、その、なんだ、近づいてきた敵に向けてのものって事か？　でもそれなら普通は物理的効果のある……防御用とか攻撃用とかの術式にならんか？」

「そうなんですよね。今まさにこっちにとどめを刺そうと近づいてきた敵を、更に興奮させても意味ないですし。しかも興奮誘導の術式としては効果が弱いというか……なんでしょうね、ちょっとこう、心臓が強めに、ドキドキする程度で……実際に作動したかどうかは知りませんが、護国鬼神にも、どれ位影響があったか……」

「なんだそりゃ」

興奮誘導術式としても不完全という事か。

一体、何の為にこんな祈祷車が――小型魔導機関が付けられていたのか。

「一体、ネプツニスの連中は何を考えていたんでしょうね？」

「んな事、俺に分かるかよ……ドキドキ、ねぇ？」

壊れた祈祷車と静止した巨大兵器。

その二つを何度も見比べながら――若者と騎士団員は揃《そろ》って首を捻《ひね》った。

●

「…………………」

ゆったりとした歩調で廊下を歩きながら――深呼吸。

呼吸法は武術の基礎であると同時に奥義の一つであり、自ら呼気吸気の調子を制御する事によって脈拍や血圧、そして精神状態も制御下に置く事が出来る。魔術による強化とは別である為に、習得すれば魔術強化の上に更に重ね掛けが可能だ。

己の内の恐れを御し、更には己の骨を、血を、肉を、御す。

数代前の護国鬼神によって王国騎士達にも伝えられたというこの技法について、マリエルはもう何年も修練を繰り返してきた。もっとも――未《いま》だに、普段から意識せず常に呼吸法を用いて生活する様な水準には達していないので、いざ、戦いに赴く時にはこうして意識的に呼吸法を用いる必要が在る。

そう。マリエルは今――『戦い』に赴く積もりなのだった。

時刻は早朝。場所は『逆城』の廊下。

身に帯びるのは当然、機動甲冑――ではなくて、むしろ極めて薄手の衣装である。剣も重機槍《やり》も携えてはいない。平服と言っても良いだろう。背中と胸元が大胆に開かれ、腰は限界まで絞られ、裾《すそ》には切れ込みが入れられ、歩く度に太股《ふともも》がちらりちらりと見える様な――やや過剰な程に女らしさが強調されたその仕立てを平服を言って良いのなら、だが。

(な……中々……落ち着かないですね)

背筋を伸ばして堂々と歩きながらも、その実、マリエルは慣れぬ格好にすこしばかり動揺していた。正直、呼吸法を用いていても心頭滅却の境地には程遠い。

(これが今の流行だと妹は言っていましたが……)

実はこの格好、妹から教えられた『庶民の間で大流行の服』『殿方を一撃で悩殺《コロ》す服』なのだそうで。先に嫁入りした妹曰《いわ》く、結婚記念日にこれを着て夫の部屋に行くと、普段

は大人しい夫がまるで野獣の（以下略）

まあ要するに朴念仁もその気にさせる、一種の勝負服なのだそうで。

正直、マリエルの感覚からすると少々着るのに躊躇《ためら》いが有ったのだが、レオの寵愛《ちょうあい》を奪い合う戦いにおいて、フェルミに若干の遅れをとっている自分が、巻き返しを図るには手段を選んでいられない――と考えた結果、意を決してこれを身に着けたのだ。

まあ本来、夜にレオの寝所に忍んでいくべきところを、早朝になってしまったのは、マリエルが部屋で延々とこの服を着るのを躊躇《ちゅうちょ》していたからだが。

「……よし」

レオの部屋の扉が見えてきた所で、一旦《いったん》足を止めてもう一度深呼吸。

景気づけに軽く両手で頬を叩きそうになったが、化粧が乱れるかもしれないと思って思いとどまると、マリエルは扉に歩み寄ってこれを叩いた。

「レオ様、マリエルです」

名乗りを上げる様に朗々とそう告げるマリエル。

だが――しばらく待ってみても返事は無い。

「レオ様？　マリエルです、あの、未だお休みでしょうか……？」

やや声を大きくしてそう問うてみるがやはり無反応である。

「ハリエットさんには遠慮無く入れと言われたけれど……」

あの鉄仮面執事は『鍵《かぎ》は開けておきますので』などとやはり無表情に言っていたが。

「どうしたものでしょうか……ああ、いえ、躊躇する必要は有りません」

と敢《あ》えて声に出して自分に言い聞かせるマリエル。

「あの方の妻になると決めたのです。夫の部屋に入るのに何の躊躇が要るでしょうか。ナディアも『たまには夫の部屋に入って色々と物色するのも夫婦生活には必要。特に鍵の掛かった机の引き出しとか』などと言っていましたし……！」

余人がいれば『それはちょっと違うんじゃ無いか？』とか『妹さんの所、大丈夫？』などとツッコミを入れそうなものだが、生憎《あいにく》と此処《ここ》にはマリエル一人である。

「いざっ……！　レオ様、マリエルです。失礼します——」

マリエルは表情を引き締めて扉を開く。

あっさりと開いた扉の向こうには、毛布の中央部分が大きく盛り上がった寝台が見えた。

「未だお休みなのですか、レオ様？　そろそろ朝食の時間——」

そう言いながら、寝台を回り込んで覗《のぞ》き込むマリエル。

レオは頭から毛布を被《かぶ》っている様で、彼の姿はその下に隠れて殆《ほとん》ど見えない。毛布の端から彼の黒髪や、白い華奢《きゃしゃ》な手が覗いている位で——

「…………え？」

一瞬、マリエルの中でありとあらゆる思考が凍り付いた。

だが次の瞬間、それは猛烈な勢いで回転を再開していた。

「レオ様っ⁉」

思わず断りも入れずに毛布を剝《は》ぎ取りに掛かるマリエル。するとその下から現れたのは、胎児の様に身を丸めているレオと、彼に抱き竦《すく》められた状態のフェルミの姿だった。しかもレオはとりあえず寝間着を着ている様だが、フェルミは完全に素っ裸だ。

「なっ……えっ……ええええええ⁉」

やられた！　――咄嗟《とっさ》にマリエルの脳裏を走った一語はそれだった。

先を越された。フェルミはあまり積極的に攻めに出る性格とも思えなかったし、レオはレオで意外に奥手に見えた為、大丈夫かとも思っていたのだが。

（レ……レオ様がフェルミを呼んで？　それともフェルミが……よ、夜這《よば》い？）

良くも悪くも修練修練で武術一筋に過ごしてきた十代後半――マリエルはその種の事にとにかく疎い。だからこそ先に嫁入りした妹に、あれやこれやと教わってきた訳だが、それでも話に聞いているだけで実地の経験は勿論、具体的に何がどうなるのか、他人の行為も眼にした事が無い。いわゆる即席の耳年増《みみどしま》だ。

なので――

………………

「フェルミ……おいで。服を脱いでこっちに」

「はい、御主人様――」

「さあ。お前の●●●●を御主人様によく見せるんだ」

「は……はい……ごしゅ……じん……さま……」

「どうした？　早くしないか」

「……は……恥ずかしい……です……」

「恥ずかしい？　恥ずかしいのはこちらだぞフェルミ」

「……え？」

「なんだかんだ言っても、お前のここはこんなに――」

「あっ……ご……ごしゅじんさまっ……あっ……あっ……」

「はしたない奴め。お仕置きが必要かな」

「はっ……はいっ……ごめんなさい、ごめんなさい、はしたない奴隷でごめんなさい」

「本当にな」

「お仕置き……お仕置きしてくださいっ……ごしゅじんさまぁ……」

……………

（…………などと!?）

頼みもしないのに脳裏に炸裂《さくれつ》する桃色の妄想映像に思わずマリエルはその場で倒れそうになる。良くも悪くも生まれてこの方、男と睦《むつ》み合った事の無い生娘、男女の交わりにつ

いては同性の友人や妹から聞くばかりである。

でもって大抵その手の話は、見栄《みえ》を張って誇張なり何なりされるもので。

(レオ様がそんな破廉恥な事を……!? い、いやいや、先日、御自分の●●●は未使用だと………って●●●っ!? ああっ!? マリエル、なんてはしたない事を!?)

口に出したのならともかく、頭の中でその手の単語について考えるだけではしたないもへったくれもあったものでもないのだが、目の前に裸で(フェルミだけだが)抱き合う二人を見せつけられて、生真面目なマリエルは妙な方向に思考が暴走し始めていた。

(未使用というのが嘘だったのなら、本当は、本当は実は、レオ様は実は百戦錬磨の、色事師、女色鬼神とでも言うべき、あんな事やこんな事――いや、まさか、そんな)

脳内でこれでもか、これでもか、ええいこれでもか――って感じに繰り広げられるレオとフェルミのイケナイ夜の肉体言語《プロレス》大会。マリエルの脳裏では既にレオは四十八の体位を制覇し、千人斬りを達成して、足下に絡み付く女達の波を蹴《け》って走り回っていた。

(た、確かに、英雄色を好むみたいな格言もあるけれど……! 王族は側室を持つのも珍しくないし、貴族も妾《めかけ》を囲う事は多いけれど……でも、でも、そういうのは、そういうのはいけない、いけないいけないのです、レオ様っ……!)

思わずレオの寝台の傍らで跪《ひざまず》くと、憤懣《ふんまん》やるかたないといった感じで拳《こぶし》を握りしめ、ドスドスと寝台を殴りまくるマリエル。別に筋骨隆々という容姿でもないが、武術で鍛えて引き締まった彼女の身体は、その気になれば同年代の少女達の倍近い膂力《りょりょく》が出る。殴られた寝台がぎしぎしと軋《きし》み――それがマリエルの中の妄想を余計にかき立てるのだった。

別にフェルミが先に抱かれたからといって、彼女が正室としてレオの妻の座に納まると決まった訳でもなし、レオがマリエルを妻に迎えても、フェルミを手放すとは限らない訳で、後先がどうのという考え方自体があまり意味が無いのだが。

それでも――

（レオ様の初めては、初めては私が――ああっ、何を考えているの、マリエルっ⁉）

などとマリエルが懊悩《おうのう》していると。

「マリエル様。若様は起床されましたか？」

「ハリエットさん……⁉」

どこからかひょいと姿を現したハリエットに声を掛けられ、マリエルは反射的に毛布を元に戻していた。別に自分が何か悪い事をした訳でもないのだが、咄嗟にこれは隠さねばと思ってしまったのである。

「まだ起きていない様ですね。いやはや、若様には困ったものです。サムライの国の格言に『寝る子は育つ』というものがあるそうですが、若様はもう充分育って――」

「はいっ、すっかり大きくなって！　あ、いえ、その」

「……？」

咄嗟に変な事を口走るマリエルを、ハリエットは束の間、怪訝《けげん》そうに眺めていたが。

「若様、若様ご起床ください」

「おおおおおお待ちくださいハリエットさん！　レオ様は、昨夜遅くまで起きていて、ひどく疲れているからもうしばらく眠らせてくれと頼まれて……！」

毛布を剝ぎ取ろうとするハリエットの前に立ちはだかり、咄嗟に適当なでまかせを口にするマリエル。だがハリエットはといえば、眉《まゆ》を顰《ひそ》めてマリエルを睨《にら》みながら――

「疲れているのは私も同じなのです。二週間程前からずっと掃除洗濯炊事に加え、二人分増えた生活用品の手配、各種書類の作成、更に、魔導機神の修理と調整と、その他の機材の整備で眠る暇も有りません。折角、増員として奴隷を――いえ家政婦を一人抱え込んだというのに、料理はおろか炊事も洗濯もやり方を知りませんし、教育している暇も有りません。アラモゴード家は本当に悪徳企業《ブラック》も真っ青です。我ながらよく勤めていると呆《あき》れてしまいます」

「は、はあ――」

「せめてもの気晴らしに寝ぼけている若様で遊ぶ位の事は許されてしかるべきだと思いませんか？　思いますね。では」

「ちょっ……待っ……」

マリエルの必死の抵抗も虚しく、アラモゴード家の執事は毛布を剝ぎ取ってしまう。

当然そこには変わらず裸のフェルミを全身で抱き締めているレオの姿が在って。

「――ほう。遂に」

きらりと眼鏡をきらめかせてハリエットは頷《うなず》いた。

「若様の●●●が使用済みに」

「ハリエットさんっ⁉　●●●とか、そんな、はしたない――」

「はしたない？　しかし●●●は●●●ですからして。より格調高く●●とか●●●●とかいう表現もございますが」

「●●っ⁉　●●●●っ⁉」

「はい。後は少し丁寧に頭に『お』を付けてみるとか」

「いや、それは丁寧とかそういう話でもないのではっ⁉」

「お●●●、もしくはお●●●●、というと多少可愛くて愛嬌《あいきょう》のある感じに」

「なりませんっ⁉」

「ですが――」

などとマリエルとハリエットが実の無い不毛なやりとりをしていると。

「うぅうるせええええええええええええええええええええええッ！」

「――ひゃぃっ⁉」

突如として背後から怒鳴られて思わず身を竦めるマリエル。肩越しに恐る恐る振り返ると、フェルミを枕か何かみたいに抱き締めたまま腹筋で身を起こすレオの姿が在った。

「おや。起きていたのですか、若様。おはようございます。ご朝食の準備が」

「起きてねえよ、寝てたよ！　寝てたけど枕元で●●●だの●●●●だの大声で連呼されたら、嫌でも起きるわっ！　女二人顔突き合わせて他に話題は無いのかお前等はっ⁉」

「あっ、いえ、あのっ――」

と慌てつつも、ふとマリエルは気付いた。

（女二人……？　それってやっぱり……）

とハリエットの方を見遣《みや》るも、アラモゴード家の執事はやはり無表情に肩を竦めた。

「しかし若様。今現在最も重要なのは若様のお●●●がめでたく使用済みになったというその事実でありまして、この執事ハリエット・ホプキンス、感涙を禁じ得ません。そういえばサムライの国ではこういうときは『オセキハン』なるものを作るのだと聞いて――」

「だから●●●とか言うなっ！」

「ちゃんと『お』をつけて」

「やかましいわっ！　というか誰の何が使用済み――」

とそこまで言ってから。

「…………あれ？」

レオは凍り付いた。

自分が枕か何かの様に抱き締めたままのソレが何なのか、ようやく気がついたらしい。

「御主人様……？」

レオの胸から顔を離して首を傾げるフェルミ。

「いや、これは……えっと、あの？」

「おマリエさん。この人です」

「何の話だよ!?」

自分を指さしてくるハリエットに怒鳴るレオ。

「いえ。現行犯ですし。騎士なら無礼討ちが出来るのではないかと」

「ウォルトン王国にそんな法律無《ね》えよっ！」

言いながらフェルミを解放するレオ。フェルミはといえば、未《ま》だ眠いのか、手の甲で目《め》許《もと》を擦《こす》りながら、身体を毛布で隠すでもなくレオの傍に座っている。

「しかし若様、ひょっとしたら若様は漫画本や動画劇でしか興奮しない――二次元にしか興奮しないのではと心配しておりましたが、杞憂《きゆう》であったようで何より」

「ちーがーう！　知らん！　本当に知らねえんだよ！　俺は確かに昨夜一人で寝ていた！　寝ていたはずなのに、起きたらフェルミが勝手に……し、しかも裸で……!!」

「ああ。それはフェルミが自ら夜這いに来た様です」

「……え」

「この執事ハリエット・ホプキンス、城内の警備にも万全を期しております。遠隔鏡の魔導機関で一部始終をしっかり見守っておりました故」

「お前、それ盗——いや、見てたんなら止めろよっ⁉」

「何故に？」

「何故にっ…………て、あれ？」

「元々フェルミは肉奴隷として若様の所に引き取られた訳ですし。本人に自覚が出てお勤めを果たそうというのなら、執事としてこれを止める理由はございませんが？」

「いや、でも、あの」

レオは救いを求める様に左右を見回すものの、そこに居るのは顔を真っ赤にしたマリエルと、レオを弄《いじ》くる事が唯一の気晴らしと公言して憚《はばか》らない執事と、そして今ひとつ状況を把握していない奴隷娘だけで。勿論《もちろん》、誰もレオを助けてくれる筈《はず》も無く。

「この執事ハリエット・ホプキンス、若様がその両手でしっかりと抱きしめてベッドに引きずり込む一部始終を生暖かく見守っておりました。肝心な所でヘタレる困ったちゃんだとばかり思っておりましたが、中々どうして、強引な——」

「だから見てんじゃねえよ⁉　で、でもっ——こんな馬鹿な事があるかっ⁉　全然記憶にないんだぞ⁉　覚えてないんだよ！」

「男は皆《みんな》そう言うのです」

「言わねえよ⁉」

「後は弁護士と話してください」

「何を⁉　とにかく、ヤってない！　ヤってる筈が無い！　いや、百歩譲ってヤってたとしても！　そんな数の内に入ら《ノーカン》ないだろが⁉　なんで覚えてないんだよ俺はっ⁉」

「……若様」

ハリエットは大きく頷きながら言った。

「初めての時は上手《うま》くいく方が稀《まれ》と聞きます。己の失敗を忘れたい記憶として封じてしまうというのもよくある話で」

「いや、だからそういうのじゃ――おい、フェルミ！　お前からも何か言え、俺は――」

「温かいって……御主人様が……」

「――え？」

「ほう……若様が『フェルミの中は温かいなりぃ』と……⁉」

ハリエットは僅《わず》かに身を乗り出して言った。

「おい、余計な言葉くっつけるなっ⁉　というか『なりぃ』って何⁉」

「では若様。朝食の準備が出来ておりますので、食堂の方へいらしてくださいまし」

「いや、思いっきり中途半端な所で話切り上げるなっ⁉」

「あ。夜明けの珈琲《コーヒー》も用意した方がよろしいですか？」

「いらんわっ!!」

護国鬼神としての威厳もへったくれも無く、殆《ほとん》ど涙目で喚《わめ》くレオを——

「…………」

半ば茫然自失《ぼうぜんじしつ》の状態でマリエルは眺めていた。

●

「——それでは、次はこの部屋のお掃除です」

とハリエットは言った。いや。正しくはハリエットの人形なのだが。

「あの……この部屋は……」

フェルミは——ハリエット人形を胸に抱えながら、初めて足を踏み入れたその部屋を見回す。窓が無いのは他の部屋と同様だが、こちらの部屋はどうやら何日も人の出入りが無いらしく、何処か空気の澱《よど》んだ様な——奇妙に濁った臭いがした。

レオの奴隷として——実質的には家政婦として、アラモゴード城に住み始めて早、十日。

最初こそ何をどうして良《い》いのか分からず、右往左往し、失敗してはハリエットに叱られ……眼を瞑《つぶ》り歯を食いしばっては『殴りません』と言われる、そんなやりとりを繰り返していたフェルミであるが、さすがに部屋の簡単な掃除くらいは出来るようになってきた。

というよりネプツニス帝国での奴隷時代も掃除はさせられていたし、道具が違う程度の事なので、その辺の差異になれた、といった方が正しいかもしれない。

まあそれでも一日に一度か二度は未だ『やらかし』が有ったりするので、一人で放置する訳にもいかず、監督役を兼ねてハリエットが自分の人形を持ち歩かせているのだ。

「いいですか、フェルミ。この部屋には貴重な品物が数多く展示されていますので、掃除は慎重かつ丁寧に行ってください。昨日の花瓶の様に、落として割ったりしない様に」

「……はい。ごめんなさい」

「だからいちいち謝りません。眼を閉じない。歯を食いしばらない。昨日の失敗は昨日のお尻叩《しりたた》き十回で償っています」

とフェルミに抱えられながらそんな事を言うハリエット人形。

「それともお尻叩きをして欲しいのですか？」

「……え？」

眼を瞬《しばたた》かせてから――昨日の尻叩きを思い出したのか、左腕を後ろに回して反射的に尻を庇《かば》うフェルミ。ちなみにハリエットが服の上から平手で叩いただけなのだが、尻を叩かれるのは初めての経験だったので、いちいちフェルミは素っ頓狂《とんきょう》な悲鳴を上げていた。

「フェルミにそういう趣味が有るのならば、若様にも伝え――いや、それはともかく」

ハリエット人形は腕を組む仕草を見せながら言った。

「終われば、ご褒美にお菓子とお茶にしましょう。丁寧に。しかし慌てず励みなさい」

「……お菓子……」

「口を閉じなさい。涎《よだれ》が出てます」

「あ……ごめんなさい」

慌ててそう言うフェルミ。

最初にレオに食べさせて貰《もら》った凝乳汁もとても美味《おい》しかったが、それとは別に、『午後の御茶』の際に出された御菓子の味は――フェルミにとって衝撃的だった。

思い返しただけでも、居ても立ってもいられなくなる。

甘い、でも甘いだけではない、あの味。まろやか、と表現するのだというのは、その時に同席していたマリエルに教わった。初めて口にした時、飲み込んでしまうのが惜しくていつまでも口の中にとどめていた為、『お行儀が悪い』とハリエットに怒られた位だ。

「……えっと……頑張りま、す？」

「よろしい」

頷《うなず》くハリエット人形をとりあえず入り口近くにあった棚の上に置くと、フェルミは家政婦服の腰に――まるで騎士が剣をそうするかの様に差していた、小さめの箒《ほうき》と布はたきを手にして、掃除に取りかかった。

脳裏に、いや舌の上によみがえるあの甘みを心の中で繰り返し味わいながら、再びあの御菓子を食べられるという期待を胸に、淡々と作業をこなしていく。

「…………」

昨今のウォルトン王国の流行だの何だのにはまるで疎いフェルミであるが、この部屋に置かれている家具が、旧《ふる》いものだというのは何となく分かった。

棚。箪笥《たんす》。壺《つぼ》。それに……武器。

壁に掛けられているのは、レオが使っていたのと同じ片刃の、緩い湾曲を示す剣……いわゆる『カタナ』だろう。それが二十本以上も飾られているのは壮観だった。

武器にしても家具にしても調度品にしても、何処か、異国風味が漂っている。

しかも奇妙に存在感があるというか、長くそこに置かれていたもの特有の、部屋の一部になったかの様な馴染《なじ》み方をしている。勿論、フェルミには細かい理屈など分からないので何となく『旧い』と感じていただけなのだが。

「……あっ」

少し目を上に向けて、フェルミはそれに気がついた。

肖像画だ。壁際に飾られた――人の姿を写し込んだ絵画。

それは他の調度品にも増して奇妙に存在を主張していた。

「……これ……」

「歴代の護国鬼神殿とその伴侶《はんりょ》の肖像画です」

と棚の上のハリエット人形が何やら『ふんっ！』という掛け声と共に腕を動かすと、天井に埋め込まれていた照明の一つが勝手に点灯し、その肖像画を照らし出した。

肖像画は――一枚ではなかった。

フェルミが見たものの他にも何十枚もが、天井近くにまで壁に飾られている。照明が点《つ》いていなかったので、その存在にフェルミが最初は気がつかなかっただけだ。

「あの御方が、初代護国鬼神殿。若様からすれば、ご先祖様のご先祖様に当たります」

一番上の左端――そこに描かれた人物を指してハリエット人形が言った。

それは口髭《くちひげ》を蓄えた中年男だった。

やや細目の双眸《そうぼう》に、長く伸ばした黒髪。岩から削り出したかの様に厳《いか》つい顔立ち。

顔の造作はむしろレオとの共通点を見つけ出す方が難しい位だが、黒髪だけは同じだ。

「それぞれの代の護国鬼神については、また、いずれ」

とハリエット人形は言う。

「いざ戦場に立てば常勝無敗、並み居る敵を鏖《みなごろし》、が当然の護国鬼神でありましたが――その長い歴史の中では、敵の凶刃や謀略によってその命を散らした御方もおられます」

「…………ぼうりゃく……？」

「その一番下の左端、そのお二方」

ハリエット人形の言葉と共に照明の角度が変わって二枚の肖像画だけが照らし出される。

若い女と。若い男と。

「先代は若様が六つの時に旦那《だんな》様と共に暗殺されました」

「あん……さつ……？」

何処かレオに似た面影を持つ女の肖像を見上げながら、フェルミは呟《つぶや》く。

「仇敵《きゅうてき》とも言うべきネプツニスの軍師……いえ〈詐欺師〉エルピオ・ハイペリオンの送り込んだ密偵が、言葉巧みに王国の臣民の一人を唆し……先代は夫婦揃《そろ》って殺されました。毒を盛られたのです」

「………」

毒、はフェルミにも分かる。

飲めば身体の調子が崩れて――死んでしまう、薬。

「結果、若様が――レオ・アラモゴード様が、アラモゴード家、唯一の血筋となられました。それは即ち、このウォルトン王国を守る最後にして最強の力が、若様一人に背負わされた事になります」

「………」

「――フェルミ。若様が、貴女《あなた》にもし何か変な接し方、酷《ひど》い接し方をするとすれば、それは若様が悪いのではありません」

ふとハリエットの口調が変わった様な気がして、フェルミは背後の人形を振り返った。

「若様はこの十年以上もの間、アラモゴード城に引き籠《こ》もって、ろくに他人と接してこなかった。御両親の轍《てつ》を踏まぬようにと、私や、そして王室が、若様を俗世間から隔離したのです。結果として、若様は人との付き合い方を知りません。正しくは漫画本や動画劇といった創作物越しにしか、人間との付き合い方を学んでこなかった」

わずかにハリエット人形の頭が下がった様に見えたのは、項垂《うなだ》れたのか、それとも——本体のハリエットが溜息《ためいき》をついたのをそのまま表現してしまったのか。

「若様が変なのは、つまりは私のせいです」

「ハリエットさん……？」

「若様も御自覚はあるようです。だから自分が他人と付き合っても上手くいく筈《はず》が無い、相手を不審がらせたり、不愉快にさせたりするんじゃないか、嫌われるんじゃないか、蔑《さげす》まれるんじゃないか、そんな事を恐れている。最強の、護国鬼神が」

「…………」

「そんな若様が、初めて、自分から誰かに関わろうとした。何が理由なのか、それは私にも分かりません。理屈ではないのかもしれませんしね。とにかく、若様は恐れていた筈の他人との付き合いというものを、しようとした。けれど、やはり自分なんかが他人と上手く付き合っていける筈が無い、と恐れてもいる」

「……マリエル様の事……ですか？」

「何を言っているんですか、貴女は」

呆《あき》れた様にハリエット人形は言ってきた。

「そもそもマリエル様の事は貴女が——いや、まあいいです。ただこれだけは覚えておきなさい。若様は、護国鬼神としての『仮面』を被《かぶ》っていないレオ・アラモゴード様は、存外、脆《もろ》いです。弱いと言っても良いでしょう」

「……よわい……？」

それはレオ・アラモゴードという存在を示す言葉としては、最も相応《ふさわ》しくないものに、フェルミには思えたのだが。

「だからフェルミ、若様が阿呆《あほう》でも変態でも、若様を裏切らないで欲しいのです。若様を傷つけないで欲しいのです。若様に抱かれるのが嫌なら、それはそれで構いません。そちらはマリエル様にお任せすれば良いでしょう。友人として、あるいは家族として、若様のお側に侍《はべ》るもよし、あくまで家政婦として一定の距離を保つもよし」

そこで……ハリエット人形から伝わる声の口調が更に変化する。

「しかし、もし——万が一、貴女が未《ま》だ若様の『敵』であるならば、若様を最も酷い方法で傷つける事になるでしょう。その時には、私は貴女を許しません」

ハリエット人形の掛けた眼鏡が冷たく光る。

「絶対に、死んでも、許しません」

「……そんな事……」

細かい事はよく分からないけれど、自分がそんな真似をする筈が無い。レオを傷つけるどころか、フェルミは自分がレオに食べられたいのだから。

「そんな事は無い、というのであれば、それは重畳。何の問題も有りません。掃除を続けなさい、フェルミ。御菓子の準備は出来ましたので、早めに切り上げて食堂に来なさい」

「……はい、ありがとうございます……」

そう言って、恐る恐る掃除を再開するフェルミ。

改めてまるで『壁』そのものの様な肖像画の群れを振り返る。

「御主人様……」

いずれあそこにレオの肖像画も、マリエルのそれと並んで飾られる事になるのだろうか。

「……」

レオの肖像画の隣に、自分の肖像画が並んでいる様を想像して——しかし、自分の大胆なその妄想に気付いて、慌ててフェルミは首を振った。

●

作業場の空気が一瞬にして凍り付いた。

あり得ない事だ。本来ならば。

たとえウォルトン王国の国王が視察に来たとしても、こうはなるまい。

作業場では多くの者が各所に散って、ネプツニスの大型魔導兵器の解体と解析を行っている。既に魔術の芯《しん》である御者は繋《つな》がれておらず、魔力は放散されて抜けている筈だが、それでも魔導機関とは別に、機械式の爆薬だの何だのが仕込まれている可能性は有るので、誰もが慎重に、手元に集中して作業をしている。

誰かがいきなり作業場に入ってきたとしても、全員が一斉にその存在に気付くという事は先《ま》ず無い――筈だった。

「こっ……こっ……これはっ……これはっ……」

魔術師の一人が一同を代表して声を上げる。

「き……鬼神ど……殿っ……？」

語尾が疑問の形に縒《よ》れているのは、自分達の目の前に歩いてくるその人物が、本当に護国鬼神なのかどうなのか、確信が持てないからだろう。

いや。間違いなく護国鬼神だ。他の者ではあり得ない。

ただそこに立っているだけで空気が揺らめくかの様な、殺気、いや、鬼気を放散する人間が他に居る筈が無い。そもそも相手からの名乗りも無く全員がその人物の素性に気付いたのは、その鬼気で全身が総毛立ったからだ。

だが何故――護国鬼神が、今、こんな場所に？　そもそも彼《か》の者は王国に何らかの危機が迫っている際に、その現場にしか、姿を見せない筈ではなかったか――

「皆の衆、後始末、御苦労――作業の進みはどうか？　上々か？」

黒い仮面を着けたその少年はそう言って遠慮無く作業場の奥へと踏み込んでくる。

護国鬼神が自分のすぐ目の前を通り過ぎてからようやく、魔術師は――彼が、蒼《あお》い簡易軽量型の鎧《よろい》を帯びた女を連れている事に気がついた。鎧の肩当てには王都防衛騎士団の紋章がついている。紋章の下には三等騎士を示す記載と、『マリエル・キュヴィア』という名も刻まれていた。

「作業は勿論《もちろん》、順調に進んでおります、さ、こ……こちらへ、こちらへ！」

別の魔術師見習いや、賢者達が慌てて駆け寄って、護国鬼神とその連れを更に奥――櫓《やぐら》が組まれ、魔導兵器の『胸部』を解体している現場へと連れて行く。

多くの者達が、一体、何をしに護国鬼神は現れたのかと、固唾《かたず》を呑《の》んで見守っていた。

いや――例外が一人。

「おお。これは……鬼神殿。御足労痛み入ります」

と櫓の傍で、緊張こそしているものの、他の者よりは気安い口調で声を掛けたのは、現場の指揮を任されている初老の賢者だった。

レズリチャッド・グローブス。五十二歳。

四角く厳めしい顔を、灰色の髭で覆った人物である。小柄だが肩幅は広めで、賢者というよりも、どこぞの工匠の親方の様にも見える人物だった。

「カカ、問題無い」

と何やら愉《たの》しげに笑って護国鬼神は言った。

「これも王家と交わした約定の一環。次なる戦場に向かう為、こなすべき雑事の一つに過ぎん故、求められれば現場に出向くのも、やぶさかでなし。して我に尋ねたい事とは？」

どうやら護国鬼神は勝手にやってきたのではなく、レズリチャッドが王室を通じて呼び出したらしい。

「これから本格的な解体に入る訳ですが……どうにも一つ、引っかかる点が」

「引っかかる？」

「こちらを」

そう言ってレズリチャッドが示したのは、机の上に置かれた小型の魔導機関だった。

「むっ……？」

「いかがなさいました、レオ様？」

と護国鬼神が何やら仮面の下で眉《まゆ》を顰《ひそ》めた様で、気遣わしげに同行の女騎士――マリエルが尋ねる。

「これは御者殻の所に取り付けてあった――」

「然様《さよう》、精神干渉の術式を刻んだ祈禱車です。見覚えがおありになるようで、話が早い」

とレズリチャッドは頷《うなず》いた。

「通常、この種の精神干渉術式は、戦場において、兵士の緊張を和らげる、あるいは、戦意高揚の為に用いられるものである訳ですが……」

「知っておるよ。如何《いか》に国家に忠誠を誓った兵士でも、目の前に死が迫れば意気消沈するも道理。故に空元気の素《もと》とでも言うか、この種の代物が用いられる事は、ままある」

「この祈禱車は、使い捨ての様で、起動後に術式盤の大半が焼けただれて細かい所までは解析出来ませんでした。まあこれもいつもの事ですが――どうもこの魔導機関の配置からして、これは御者ではなく、外部の者に対して干渉しようとする意図で据え付けられたものであるらしく……」

「……え？」

と驚いた声を漏らすのはマリエルのみで、護国鬼神はむしろ小さく頷いただけだった。

どうやらこの魔導機関の『妙な所』については先刻承知であったらしい。

「だとすると、この魔術の効果を浴びたのは、御者ではなく、護国鬼神殿――という事に。何かお気づきの点は？」

「さて……？」

と護国鬼神は首を傾げる。思い当たる事は無い、という意味だろう。レズリチャッドも、しかしあまり期待はしていなかった様で、短く溜息をついた。

「取り立てて変わった事は……明らかな攻撃性のものや、洗脳の類《たぐい》であれば、常に帯びておる防御魔術が弾《はじ》くだろうし、我の言動が大きく変化すれば、従者が気付くであろう」

「ふむ……」

「他に変わった事といえば、フェルミ――この魔導兵器の御者だった娘だが。いつものネプツニス兵ならば、こちらを口汚く罵《ののし》りながら、刃物の一つでも投げつけてくるものだったが、今回の御者は随分と大人しかった」

「……となるとやはり、戦意高揚の術式で、誤作動でしたかね」

焼け残った部分だけから推測するに、やはりこの魔術式は単に興奮用の術式――要するに『気付け』用のものであった可能性が高い。戦意高揚の目的で、御者に向けて使う筈の魔導機関を、間違えて外向きに装着してしまった――そう考えた方が、分かり易い。

護国鬼神が言う様に、例外的に御者が大人しかったのも、これで説明がつく。

「分かりました、鬼神殿、御足労感謝いたします」

「……ああ。気にするな。先にも言ったが、元は約定の内、しかもキュヴィア殿が、是非にと言うのでな。まあ気晴らし程度の事だ」

そんな言葉が護国鬼神の口から出てきたのを聞いて――思わずレズリチャッドは傍らの魔術師見習いと顔を見合わせる。

冷酷非情な殺戮《さつりく》者。敵たる者には容赦無い武の怪物。

手綱を緩められれば、手当たり次第に周囲を滅ぼして回る破壊と殺戮の権化で、他人の事などお構いなし――そんな印象が有っただけに、こちらを気遣う様な言葉を護国鬼神が吐くとは思ってもみなかったのである。

「そちらの女性騎士は……」

「護国鬼神殿の婚約者です」

と――護国鬼神本人が何か言う前に、マリエルが言った。

「ちょっ……キュヴィア殿？」

「どうか私の事はマリエルとお呼びくださいとお願いした筈」

マリエルは護国鬼神に向かって詰め寄りながら言った。

「そ、そうか、まあ、それは、その」

「鬼神殿の妻となる覚悟の私にとって、旧姓で呼ばれるのは屈辱の極みです」

マリエルが一歩前に出る度に、護国鬼神が――まるで気圧《けお》されたかの様に一歩下がる。

レズリチャッド達は、自分達が何か幻覚の類でも見ているのかと思った程だった。

「故にどうか――それとも、もしやレオ様、私ではレオ様のお好みには合わないと？」

「え？　いや、なんでそんな話に――」

「尖《とが》り耳でないと駄目とか、幸薄そうな感じでないと興奮しないとか？　もしくは小さめの胸でなければ褥《しとね》に招き入れる気にならないと？」

「ち、違――っていうかだから、今朝のは誤解だって！」

ずり落ちかけた仮面の位置を慌てて直しながら、護国鬼神は悲鳴の様な声でそう言って――それから、呆然《ぼうぜん》としているレズリチャッド達に気付いたのか、咳払《せきばら》いを一つ。

「……今此処《ここ》で見聞きした事は、護国鬼神の機密に属する。他言無用だ」

「はぁ……」

レズリチャッド達は曖昧《あいまい》に頷きながら――

（護国鬼神殿って結婚したら尻《しり》に敷かれそうだな……）

などと考えていた。

●

「では次の仕事を。玄関の掃除を頼みます」

そう言って――御茶の時間の後、ハリエットがフェルミを連れてきたのは、空中回廊とアラモゴード城との繋ぎ目、つまりはアラモゴード城の城門周りだった。

「基本的にやる事は廊下と変わりません。ただし気をつけなさい。落ちると危険ですから、必ず命綱は付けておく事」

そう言ってハリエットはフェルミをその場に残して立ち去った。フェルミの午前中の作業を監督していて、もう大丈夫と思ったのか『お目付役』の人形も無しである。

「…………」

言われたとおりに腰に命綱を巻いて、フェルミは周囲を見回す。

面積としてはそれなりに広いが、屋外なのでとりあえずは箒《ほうき》で掃けば良《い》いだけである。屋外とはいえ、周囲に植樹されている訳でもなし、風が吹く事も無いので、薄《うつす》らと埃《ほこり》が溜《た》まっている程度だ。

勿論、周囲には落下防止の柵《さく》も無いので、うっかり足を滑らせでもしたら、地底湖に真っ逆さま……だ。ハリエットの言う『命綱』はその為のものである。

「んしょ……」

とりあえず自分の身の丈程もある箒を使って指定された周囲を掃いて、掃いて、掃いて、掃く。こういう単純作業はネプツニスの奴隷時代に色々やらされたので、むしろフェルミは得意である。頭を空っぽにしてただ——無心に手を動かしていくだけでいい。

ある程度の時間、作業を続けていると、身体が勝手にこれを継続してくれる様になるので、フェルミは頭の中で色々と想像を遊ばせる余裕も有った。

「……御主人様」

そういえばここはこの城の門、地上との連絡路なのだから、マリエルと何やら出かけたレオも、この空中回廊を通って戻ってくる筈《はず》だ。帰りがいつ頃になるのかは聞いていないが、戻ってきたレオが綺麗《きれい》になった城門周りを見て驚いてくれると嬉《うれ》しい気がする。

「…………」

レオはマリエルと何をしに出かけたのだろうか。

何やらマリエルがレオを誘って連れ出した様な感じだったが。並んで歩くレオとマリエルの姿を見送った際の事を思い出し、フェルミはふと箒を動かす手を止めた。

「御主人様……」

結局――レオはフェルミを『食べる』積もりは無いのだろうか。

かといって殺す積もりも無い様で。ハリエットやマリエルが言うには『奴隷として嬲《なぶ》りものにする』という名目でレオはフェルミを殺す事も食べる事も無くこの城に引き取った様だが、未《いま》だに特に何か痛い事や苦しい事をされた覚えが無い。

微妙な不安がフェルミの上にのしかかっていた。

自分は奴隷だ。生まれついての奴隷だ。

働いて、殴られて、食べて、寝て、また起きて殴られて。

何を考えるでもなく、ただ、そういう事を繰り返す為に生まれてきた存在だ――目的の為に使い捨てられる道具だ、そう教えられた。何度も何度も、くどい程に。

なのに此処に来て何もかもが変わった。

殴られない。食べ物は美味《おい》しい。御菓子だって貰《もら》える。何だろう。これって何だろう。こんなにいい事ばかりで良いのだろうか。後で『散々いい事があったから、今度は悪い事が沢山だ』とか言われて、殴られたりしないだろうか。

奴隷としての生活しか知らないフェルミは、素直に『幸せ』を認識出来ない。

地獄に生まれた者はそこを地獄と認識して嘆き悲しまないのと同じく、過酷な環境の中で育ってきた者は、恵まれた環境がもたらす安穏な空気を、素直に享受出来ない。

何か違うのではないか。後で揺り返しがくるのではないか。

そんな不安を常に心の何処かに抱く事になる。

「…………」

フェルミは身を震わせて溜息《ためいき》をつく。

その時――

「…………？」

ぽん、ぽん、ぽん、ぽん……………

軽く何処か間の抜けた音と共に、小さな球体がフェルミの足下に転がってきた。

子供達が遊ぶ際に使う鞠《まり》だろう。

「……ちゃん」

鞠を追う様にして声が飛んでくる。眼を上げて声の方を見ると、長い空中回廊の真ん中に、一人の少女が立っているのが見えた。

「……ちゃん。おねぇちゃん……！」

「…………？」

おねえちゃん、というのは自分の事か。

眼を丸くして首を傾げるフェルミ。

少女は——背格好からしてフェルミよりも幾つか歳下の様だった。未だ幼児と言っても良い様な年齢だろう。フェルミには分からない事だったが、ウォルトン王国臣民の、ごく標準的な衣装を着た、平凡な姿の少女だった。

「その鞠、取って？　遊んでたら、飛んでっちゃったのぉ」

妖精族であるフェルミを見ても、少女は怯《ひる》む事も、顔をしかめる事も無く、むしろ屈託の無い笑みを浮かべてそう言ってくる。

本当に見た限り、ごくごく普通の、子供だ。

だからこそおかしい。

此処に何故こんな少女がいるのか？　ウォルトン王城直下に存在するこの逆城には——そこに繋《つな》がる空中回廊には、王都内数カ所に在る隠し通路からしか入る事が出来ない。

そしてその隠し通路の存在は、王室関係者と、各騎士団の団長級の者しか知らず、当然、一般の臣民が間違って足を踏み入れるなどという事も無い。

普通の少女が此処にいる事そのものが、最大の、異状なのだ。

だが……未だアラモゴード城に住んで一週間余りのフェルミは、そんな事情は知らない。

奴隷の自分が居るのだから、奴隷以外の誰もが足を踏み入れてもいい場所なのだ……位にしか思っていない。だからフェルミは疑問を抱く事もなく、鞠を拾って少女に近づいた。

「……これでいい、ですか？」

「うん！　早く早く！」

巨大な鉄扉の各所には、鉄格子が塡《は》め込んである部分もある。

そこからフェルミは少女に向けて鞠を手渡そうとした——が。

「……随分と可愛がって貰っている様じゃないか」

変わらず愛らしく高い声。だが少女の口調だけが一変していた。

「——⁉」

さすがにフェルミもそれが何かおかしいのだとは理解出来た。

咄嗟《とっさ》に鞠を放り出して、鉄格子越しに差し出していた手を引っ込めようとするが——

「どうした？　逃げる事は無いだろう？」

少女の手がフェルミの手首を摑《つか》んでいた。

見た目とは裏腹に、指がフェルミの手首に食い込む程の力で。

「あ……あ……ご……ごめんなさい、放して……⁉」

何がどうなっているのか、分からなかったが、とりあえず染みついた癖でフェルミはそう謝っていた。自分が何か失敗したからこの少女は怒っているのかもしれない。謝って殴られればとりあえずは大丈夫、咄嗟にそう思ったのだが。

「──ひあっ⁉」

次の瞬間、むしろ少女は放すどころか、フェルミを強く引っ張っていた。勢いよく鉄格子に叩《たた》き付けられて、短い悲鳴を上げるフェルミ。少女の小柄な身体の何処にこんな力が隠されていたのか──ネプツニスで何か失敗して殴られた時よりも、遥《はる》かに痛かった。

「十日やそこらで随分と小奇麗になったものだね……それだけ可愛がってもらっている証拠か。いやはや、重畳、重畳」

「あ……貴方《あなた》は……？」

その何処か嘲《あざけ》りを含んだ口調に──フェルミは聞き覚えが有った。

名も知らぬ偉い人達。その中でフェルミを見初めて、フェルミをあの大きな魔導兵器に乗せた人。その人と何処か喋《しゃべ》り方が似ている様に思ったのだ。

「それを知ってどうするのかな？　護国鬼神に告げ口でもするかい？　無理だし無駄だし無意味だよ。もうお前は用済みだ『仮面』よ。そろそろ務めを果たせ、我が人形」

「……⁉」

その言葉に我が耳を疑うフェルミ。

仮面？　仮面とは何か。レオが付けていたものではないか。

だがこの少女はフェルミの事を仮面と呼んで――

「正直、前回仕留め損ねた護国鬼神の息子が、六つかそこらで四九代護国鬼神を襲名して、サムライの武装を使いこなすとは思ってもみなかったよ。私としたことがとんだ読み違いだ。絶対確実にサムライの命脈を絶てたものと思っていたのだけどね」

「……仕留めそこね……？」

ふと――フェルミの脳裏に少し前に聞いたハリエットの言葉がよみがえる。先代の護国鬼神は夫と共に暗殺されたと。ネプツニス帝国の軍師の策で――

「……エルピオ……ハイペリオン……貴方……が？」

「おや。護国鬼神から聞いたのかい？　言うまでもなくお前の目の前にいるコレは私の本体ではないよ。私の複製人格を埋め込んで活動させている、これも人形の一つさ」

事も無げにその少女は――少女の中に巣くっているらしき何かはそう言った。

「お前と同じ、単なる、肉人形さ」

「…………え……ち……違……」

フェルミは身を強張《こわば》らせる。

「さて。それはどうかな？　だが安心しろ。恐ろしいと思う気持ち、死にたくないと思う気持ち、その全てが借り物のまやかしだ。お前はただの傀儡《くぐつ》、ただの偽物さ。さあ。真実の時間だよ。ただの人形に戻る時だ、御苦労だった、『フェルミ』という名の仮面よ」

ぎり、と少女の指がフェルミの手首に食い込んでくる。

「い……いやっ……」

「おやおや。嫌がるかね。随分と『本物らしく』なったものだよ。この分なら護国鬼神も間違いなく油断してくれるだろうさ。表層人格の消えた単なる人形ならば、殺意も無ければ悪意も無い。機械、機関、そういうものだからね。歯車が回る様に、ただ刃物を引いて、突き出す、それだけ。護国鬼神も殺されるまで気がつくまいよ」

「…………!!」

食い込んだ指先から何かが流れ込んでくる。

それはじわじわとフェルミの中で何かを塗り潰《つぶ》していく様だった。

何か？　それはフェルミ自身、フェルミが自分と感じている意識そのものだろう。

脳裏に次々と浮かび上がるのはレオや周囲の人々との記憶だ。わずか十日のそれは、決して多くはないが、フェルミの中で濃密で存在感を放つものだった。

「ごしゅじん……さ……ま……」

レオの顔が脳裏に浮かぶ。

仮面を着けたレオと、仮面を外したレオ。

フェルミの名を呼んでくれた人。

「ごめん……な……さ……」

自分はレオを騙《だま》していたのか。

自分はレオを殺す為に『作られた』のか。

自分は──そもそも存在していなかったのか。

「さて、そろそろ──」

「フェルミ！」

嘲りを含んだ軍師の声に別の声が覆い被《かぶ》さる。

ハリエットだ。それは意外に近くから聞こえていた。

「何処に居ますか、フェルミ？」

「……！　邪魔が入ったか。まあいい。後は放っておいても表層人格は消えるだろうさ」

弾《はじ》かれた様に手を放して後ずさると──少女は平然と空中回廊から身を投げた。

「…………」

僅《わず》かな間をおいて水音が地底湖の方から聞こえてくる。

「フェルミ!?」

フェルミが落ちた音とでも思ったのか、足早に城内からハリエットが出てきた。人形ではなく本人だ。フェルミが箒《ほうき》を持ってそこに立っているのを見て、美麗な執事はわずかに首を傾げる。

「何の音です？　どうして返事をしなかったのですか？」

「……ごめんなさい。大きめの石が落ちてきたので、驚いてしまいました」

と言ってフェルミは頭上の――地底湖の天井を成す岩盤の方を指さした。

「そうでしたか。まあ怪我が無くて幸いです。若様とマリエル様がもうすぐ戻ってこられますから、掃除は切り上げて、お出迎えの準備を。私は魔導機神の整備が最終段階ですので、工房の方に戻ります。ですから出迎えは貴方《あなた》にお願いします」

「はい。ハリエット様」

こっくりと頷《うなず》くフェルミ。

その姿には何の不安も動揺も滲《にじ》んでいない。

傍目《はため》には何もおかしな所は見当たらない――が。

（ハリエット様……！　ハリエット様、ハリエット様!!）

フェルミの内側で思考が弾ける。

（御主人様の――敵が、エルピオ・ハイペリオンが、その人形が此処《ここ》に、今――）

そう注意を促そうとするのだが、意に反してフェルミの肉体は平然としていて、エルピオ・ハイペリオンの事を口にしようとはしない。この肉体の主導権は、もうフェルミから――エルピオの言葉を借りればフェルミと呼ばれていた『仮面』、表層人格から、離れてしまっている様だった。

城内に戻るハリエットの後をついて歩くフェルミ。

その瞳《ひとみ》が徐々に光を失い、何処か濁った様な眼になっていくのだが、背中を向けている執事はまるで気付いていない。

（……私……このまま……なくなるの……？）

じわじわと眠気の様なものが押し寄せてくる。思考が空回りして複雑な事が考えられなくなっている。だがその一方でフェルミの身体は何の不都合も無い様子で、ハリエットの指示に従って歩き出していて。

（私……が……レオ様……を……？）

自分の身体がレオを殺す？　そんな事が本当に出来るのか？

眠って居てさえ不用意に近づいたフェルミの存在に気付いて投げ飛ばす様なレオである。いや。だからか。あの時もレオはフェルミだと気付けば警戒を解いた。ならばその後に隠し持った刃物で彼の急所を突けば…………？

（いや……いや……そんなの……やだ……）

自分はレオに食べて貰《もら》うのだ。

自分はレオのものになる、レオの一部になる、レオと一つになるのだ。それだけが、フェルミの望みだった。奴隷として生まれ、食欲や睡眠欲といった動物的な欲求以外に、初めて彼女が持った人間的な望みなのだ。いや、だがそれすらも……予《あらかじ》めエルピオの策として用意されていた感情に過ぎないのか？

（……いや……いや……御主人様……レオ様……！）

だが、どれだけ拒否しても、意識の混濁は止まらない。

視界が段々と闇に包まれていく中、最後に耳にしたのは——

「表層人格『フェルミ』、ご苦労、お前はもう消えて良いぞ」

外からではなく、自分の内側から湧き上がってくる、嘲笑《ちょうしょう》含みの邪悪な声だった。

●

レオとマリエルは機輪馬に乗って逆城への帰途についた。

「……どう思われますか、レオ様？」

軽装甲冑《かっちゅう》の兜《かぶと》に組み込まれている魔導伝信の機関を作動させて、機輪馬を走らせながらマリエルはレオに声を掛けた。レオの被っている兜にも魔導伝信の機関は組み込まれているので、機輪馬の立てる騒音の中でも問題無く会話が出来る。

「どうとは？」

「先の、賢者や工匠達が気にしていた魔導機関の事です。精神干渉術式の……」

「ああ。それか。情報不足につき判断不能、といったところか。まあしかしウォルトン王国への侵略には熱心なネプツニスの事だ、出撃前の点検は執拗《しつよう》にしたであろうし、魔導機関の付け間違い、などという事はあるまいよ。どうせ何か悪辣《あくらつ》な企《たくら》みの一環だろうて」

「悪辣な企み……」

「彼《か》の国の軍師共は、本当に邪悪な奴ばかりでな」

ふと、口調を緩めてレオは言った。

「我の——俺の母と父も奴等の策略にはまって殺された」

「……それは……私も聞き及んでいます」

「たまたまその現場に、俺はいなくてさ。実は風邪を引いて寝込んでた」

「……風邪を？」

「なんだ、その意外そうな声は」

「いえ、レオ様でもお風邪を召すのかと」

「悪かったな、どうせ馬鹿だよ、漫画本と動画劇が趣味のキモい奴だよ！」

「あ、いえ、そういう意味ではなく、鍛えられた肉体故、御壮健な護国鬼神殿も、病に伏す事が在るのかと」

『素』の口調でそんな事を言ってくるレオに、慌ててマリエルはそう答え……

（少しは親睦《しんぼく》が深まったという事でしょうか？）

マリエルに対しても、そしてフェルミに対してすら、基本的にレオは——レオ・アラモゴードという少年としてではなく、護国鬼神として振る舞っている様な所がある。

例外はハリエットのみだ。

あの執事と喋《しゃべ》っている時は、レオはごく普通の少年として振る舞っている様に見えた。

無論、付き合いが長いのだから当然なのだが――

(正直……フェルミよりもあの方の方に妬《や》けた位で)

実の所、ハリエットの『正体』は未《いま》だにマリエルには分からないが、フェルミよりもあの執事に先《ま》ず勝たねばならないのではないかとさえ思っていた。その意味で……一瞬とはいえ、レオが『素』を出してくれたのはマリエルとしては嬉《うれ》しかった訳だが。

「――まあ、安心するがいい」

すぐに元の護国鬼神としての喋り方に戻ってレオは言った。

「カカカ、懲りん奴等よ。小賢《こざか》しい策を弄《ろう》しても護国鬼神としての我には敵《かな》うまい。所詮《しょせん》、奴等は兵《つわもの》ではない。如何《いか》なる策とて我が切り捨ててくれる」

そう言いながら、レオとマリエルは王城の近くに在る常緑樹の林に機輪馬を進入させる。

ただの林――に見えて、しかしそこは逆城から外に通じる出口の一つだった。

十数本の常緑樹が左右に倒れ、枯れ葉で覆われていた地面が二つに割れて、地下へと繋《つな》がる傾斜路が露《あら》わになる。王城内にある正規の通路と異なり、こちらはいわば『通用口』だ。

「……それにしても、レオ様」

機輪馬を揃《そろ》って地下に滑り込ませながらマリエルは言った。

「不便ではありませんか？　ここでの暮らしは」

「不便？　この逆城での生活という事か？」

「はい。レオ様のお屋敷を悪《あ》し様に言いたい訳ではないのですが、陽の光は射さず、ちょっとした出入りにもこうして気を遣わねばならず……」

「普段、出入りしないし」

「…………そ、それは」

そういえばこの少年はもう十年以上引き籠《こ》もり状態なのだった。

「まあ頻繁に出入りするのであれば、面倒といえば面倒か。魔導機神やその他の装備で出撃する際などは、緊急という事で――魔術で空間を繋いで出るからな。この通用口にしたって、ハリエットが買い物に使う程度だった訳で」

「あ、そうなのですね」

「まあ、あいつがいつ買い物してるのか俺も知らんが」

「……確かに神出鬼没な所はありますね、あの方」

空中回廊を慎重に通って、逆城の城門前に辿《たど》り着くと――レオとマリエルは機輪馬を止めて、これから降りる。

「キュヴィア殿――もとい、マリエルは、この城で暮らすのは辛《つら》いか？」

「そうですね、辛い、という程ではないのですが、レオ様の妻となって、子を産み育てるとなると、もう少し明るくて風通しの良い場所の方が望ましいと思ってしまいます」

「……あー………」

納得、といった感じで溜息《ためいき》をつくレオ。

「まあ、その風通しが悪くて薄暗いここで育った餓鬼がこの俺だからなぁ」

「え？　あ、いえ、その」

別にマリエルにはレオを貶《けな》す積もりはなかったのだが。

「子供には漫画本や動画劇にハァハァするよーな変態には育って欲しくないよなあ」

「いえ、ですからそういう話でもなくてですね？　というか風通しが悪くて薄暗いと、漫画本や動画劇が趣味になるんですか？」

「いや、知らんけど、ハリエットが――」

そんな会話を交わしつつ、城門の前に立つレオとマリエル。

音も無く巨大な鉄扉が開いていくと、そこには――

「――フェルミ？」

元奴隷の小さな家政婦が立っていた。

「お帰りなさいませ、御主人様」

淀《よど》みなくそう言って頭を下げるフェルミ。

「俺が留守の間、変わったことはなかったか？」

「はい、何もありませんでした」

無表情に少女はそう答える。

元々その生い立ちのせいか、あまり喜怒哀楽が顔に出ない少女ではあったが――

（……？）

マリエルは何か違和感を覚えた。それが何かは分からないのだが。

「そうか」

頷いてレオは手を伸ばし、家政婦の髪留めごとフェルミの頭を撫《な》でる。頭を撫でられるという経験すらあまり無いのか、フェルミはやはり無表情にただ立っているだけだった。

「……御主人様……あの……」

ふと俯《うつむ》いてフェルミは何やら言い淀む。

言いたい事があるが、恥ずかしくて言えない、といった風情だが――

「どうした、フェルミ？」

とレオは身を屈《かが》めて彼女に顔を寄せる。

フェルミは両手を伸ばしてレオの首に回し――身体全体でしがみつく。

「ぬおっ⁉　フェルミ？」

「何を……!?」

レオとマリエルが、フェルミらしからぬ大胆な行動に驚きの声を上げた。フェルミはレオに身体をぴったりとくっつけながら――しかし右手だけを放して小さく振る。

家政婦服の袖口《そでぐち》から細目の刃物が滑り出てきたのは、次の瞬間だった。

「――ッ!?」

マリエルは咄嗟《とっさ》に駆け寄ろうとして、しかし、間に合わない。どう考えてもフェルミがレオの首筋に……うなじ中央のへこみ、いわゆる『ぼんのくぼ』に刃物の切っ先が触れるのが見えた。中枢神経が通っているそこは、必殺の急所だ。

腹を刺されようが、心臓を刺されようが、魔術戦士たるサムライは魔術を使って高速治癒、緊急修復が可能だと言われるが――そもそも魔術を制御する為に必要な神経系を破壊されては対処のしようがない。故にサムライ同士の戦いでは最終的に首を刈る事が必須《ひっす》だったと言われている――が。

「えっ……？」

凶器が動かない。レオの首筋にその切っ先が触れたまま、しかし、微《かす》かに震えているだけでそれを突き込む様子が無い。

「フェルミ？」

レオも気付いたのだろう。

フェルミは明らかに絶好の機を逃していた。抱き付かれて驚きレオの警戒心が緩んだその瞬間。その一瞬だけが非力なフェルミにとってレオを殺せる唯一の機会だった筈《はず》だ。

「…………」

ぶるぶると右手が震える――まるで何かの力と力が拮抗《きっこう》しているかの様に。

「だ……だめっ………」

左手の力が抜けて、ずるりとレオの身体から滑り落ちるフェルミ。レオの目の前で膝《ひざ》を畳んで座り込みながら、彼女は左手で刃物を握る右手を摑《つか》んでいた。

余程に強く握ったのか、右手の指から力が抜けて、刃物は空中回廊の床に転がる。

「あ……ああ……あああああああっ！」

そのまま自分の右手を左手で摑みながら、フェルミはその場に倒れると空中回廊の床を転がった。

「これは一体――」

「おい、フェルミ!?」

マリエルが眼を丸くし、レオが表情を強《こわ》ばらせてフェルミに駆け寄ろうとするが――

「あああああっ!!」

フェルミは悲鳴を上げると、まるで発条《バネ》仕掛けの玩具《おもちゃ》の様に跳ね起きる。彼女は一瞬、レオの方を振り返って一瞥《いちべつ》してから――空中回廊を走って逃げていった。

「フェルミ！　おい⁉」

「──レオ様！」

咄嗟にフェルミを追おうとしたらしいレオの手を、マリエルは掴んで止めていた。

「手当てを！」

「そんなもの──」

「御自分では見えないでしょうが、血が出ています！」

「……⁉」

慌てて自分の首筋に手を当てるレオ。

フェルミの刃物は僅《わず》かながらも、震えている最中《さなか》にレオの首を傷つけていたのである。

「こんなもの傷の内にも──」

「もし毒でも塗ってあれば、致命的です！」

レオの言葉に覆い被《かぶ》せる様にマリエルは叫んだ。

レオの両親は毒で死んだ──殺されたという。

同じ方法を敵がまたとらないとは限らない。いや。普通の暴力武力で護国鬼神を殺すのは殆《ほとん》ど不可能だ。ならば毒を使うのはむしろ当然──

「そんな……事……」

と言いつつも、レオの姿勢が崩れる。

最強のサムライは、しかし滑稽《こっけい》な程にあっさりとその場に膝をついていた。その顔は青ざめ、額には脂汗まで浮いている。やはり何らかの毒が塗ってあったのだろう。

「……くっそ……本当に……？」

「ハリエットさんを呼んで——いえ、まずは城内に！」

そう言ってマリエルはレオに肩を貸して歩き始める。

だが——

「いや、駄目だ……フェルミを……追わないと……あいつ一人じゃ……」

「放っておくべきです、最初からあれは、これが狙いで——」

「滅多《めった》なことを……言うなッ!!」

強烈な怒気を迸《ほとばし》らせてレオはそう叫んだ。

「レオ様——」

「あいつ……殺気を俺は全く感じなかった……微かでもフェルミに俺を殺す気が有ったなら……俺の身体は反応していただろう、俺の身体は……そういう風に出来ている……相手がフェルミだろうが、マリエル、お前だろうが……俺は……俺自身が意識する事も無く……反射的に……相手を投げるなり叩《たた》きのめすなり……していた筈で……」

「…………」

「あいつの本意じゃなかった……そう思えて……」

「レオ様の言いたい事は分かりました、しかし今は解毒処置の方が先です！」

城からハリエットが駆けてくるのを見ながら、マリエルはレオに対してそう告げた。

●

訳が分からない。

「う……ぁあ……ぁぁぁ……!!」

言葉にもならない泣き声を漏らしながら、フェルミは走っていた。

何処へ向かっているのかも分からない。考えていない。ただ遠くへ、少しでも遠くへ行かねばならない、自分の身体が少しでも自分の言う事を聞いてくれる内に。

レオから離れなければならない。そうしなければ自分の身体はまたレオを狙うだろう。

だが――

「……愚かな事を」

フェルミの内側に居る誰かがフェルミの代わりにそう呟《つぶや》く。

「私の望みはレオ・アラモゴードに喰《く》われる事ではなかったか？」

そうだ。レオに、御主人様に、あの目眩《めまい》がする程に強大で眩《まぶ》しい御方に食べられて、その一部になって、あの人と一つになる事。

「ならば護国鬼神にもう一度挑めば良《い》いのだ。挑んで負けて喰われれば良い。今度こそ護国鬼神は私を許さない。切り刻んで頭から喰われるだろう」

嗚呼《ああ》。それは確かに望んでいた事なのだけれど。

「……ああ……あああ……ああああ……」

落ちない汚れなど無いと言ってくれた。

番号ではなく『フェルミ』と何度も呼んでくれた。

抱き締めて『温かい』と言ってくれた。

こんな奴隷を。いや。真実は奴隷ですらない――ただの暗殺道具、ただの肉人形を。

レオ・アラモゴード。フェルミの――御主人様。

「ひっ……ひぐっ……ひぐっ……」

嗚咽《おえつ》を漏らしながら走って、走って、走り続けて。

何処をどう走ったのか、気がつけばフェルミは王都の繁華街を歩いていた。見覚えがある。レオとマリエルに連れられて、買い物に来た通りだ。

初めて使い捨てのボロ布ではなく、自分の、自分だけの、服を買って貰《もら》った。好きに選んで良いのだと言われた。自分の意志を持って良いのだと。

そんな事がとても嬉《うれ》しかったのを覚えている。

だが、それとて――

「…………」

いつの間にかフェルミは走るのではなく、とぼとぼと歩くだけになっていた。

そんなフェルミを——彼女の首根っこを、誰かの手が掴んで引っ張った。

「…………？」

王都の路上を何台も走っている、機輪馬車。二台の牽引《けんいん》専用の大きな機輪馬が荷車を牽《ひ》いている。フェルミを掴んだのはその御者台の上に乗っている男だった。

男はまるで猫の子を掴むかの様に軽々とフェルミを引っ張り上げると、空の荷台に彼女を放り込む。幸い、荷台の床は木製で、しかも布が敷いてあったので、無造作に投げ込まれてもあまり痛くはなかった。

相手はしかしそれ以上、何をするでもなく、無言で機輪馬車を走らせている。一体何の為にフェルミを拾い上げたのか。気にはなったが、尋ねる気力はもう無く、このまま遠くに連れて行ってくれるなら、その方が良いのだと思ってフェルミは黙って身を伏せた。

やがて——

「…………」

どれ位、走っていただろうか。

機輪馬車が停まった。

先程まではのしかかる様に近くに見えていた王城が、振り返って見れば、遠い。どうやら機輪馬車は王城に背を向けて真っ直ぐ王都郊外へと向かっていた様だった。

「…………ここ……は」

「やれやれ。世話のやける人形だよ」

フェルミに背中を向けたまま御者がそう言った。

「…………!?」

エルピオ。その名が脳裏を走り、フェルミは咄嗟にそこから逃げようとする――のだが、身体が動かない。再び身体はフェルミの意志では動かせなくなっていた。

「未《ま》だだよ、フェルミ。お前は失敗したと思っているかもしれないが、あれでいいのだ。あれで。お前はちゃんと機能している」

「……はい」

フェルミは自分の口が勝手に動くのを、恐れ戦《おのの》きながら感じていた。

「さて、今度こそ最後の仕事だ。お前の晴れ舞台はあそこだよ」

立ち並ぶ建物の間から見ても殊更に目立つ――大型倉庫。

フェルミは初めて訪れる建物だったが、大きく開かれた扉の向こう、その内に横たわる巨大な塊には、見覚えがあった。

あちこち装甲を剝《は》がれ、腑分《ふわ》けするかの様に、その胴体も切り裂かれ、解体寸前の大型魔導兵器――〈ブルーダ・ニューブ〉。

「『お前の本当の身体だ。思い出せ』」
その台詞《せりふ》は——御者台の男と同時に、フェルミ自身の口からも滑り出ていた。

●

「フェルミを捜しに行く！」

そう言ってレオは解毒処置が終わったばかりのその身を起こして、寝台脇に置かれていた仮面を手に取る。

ハリエットによる採血と毒の分析、解毒剤の調合は極めて迅速に行われた。というよりハリエットはこれ有るを予想して、解毒の為の各種魔導機関を常に使える状態においていたのだ。恐らくは先代の護国鬼神が毒殺されたあの日から——ずっと。

「もっともフェルミの凶器がもう少し深く若様の身体に突き刺されていたならば、手遅れでありましたが。呪術含みの強烈な神経毒です。魔術による血流制御と術式の解読を同時進行してようやく、脳が不可逆的に破壊されるのを止める事が出来ました」

とハリエットは言った。

「駄目です、レオ様、そのお身体では⁉」

「うるさい、誰にものを言っている⁉　俺は——」

自分を押さえつけようとするマリエルの手を、しかしレオはふりほどこうと――

「まあまあ若様。落ち着いてください」

そんな言葉と同時にレオの身体が半回転した。

「ぐへっ⁉」

寝台の上から板張りとはいえ床の上へ。投げられ叩き付けられた衝撃でレオは肺の空気を絞り出されて、悲鳴ともなんともつかぬ声を漏らしていた。

「ハリエットさん⁉」

と驚くマリエルに、アラモゴード家の執事は頷《うなず》いてみせた。

「事ほど然様《さよう》に、若様は未だ完調ではありません。普段の若様ならば私に投げられる様な事など万に一つも」

「いえ、あの、完調ではない人を……投げていいんですか？」

「多少は振り回した方が血の巡りが良くなるといいますし。解毒剤の効きも早まるかと」

「お前、それ今考えただろうっ――ぐへっ⁉」

床を這《は》いながら喚《わめ》き、四つん這いで身を起こすレオの上に、容赦無く腰掛けながらハリエットは肩を竦《すく》めて首を振った。

「まったく。恋は盲目と言いますが、実に、面倒臭いですね」

「ばっ……俺は、べ、別に……！」

「おや若様。新しい技を覚えましたね。確か『ツンデレ』というのでしたか？」

「お前は何を言ってるんだよ」

「まあ聞いてくださいよ若様。王室経由で例の、大型魔導兵器〈ブルーダ・ニューブ〉の解体資料が私の所にも送られてきていましたが。あの御者殻の外に取り付けられていた、精神干渉術式の小型魔導機関。あれはやはり手違いで外向きに取り付けられていた訳ではないと思われます」

「……なにを、今はそんな話はどうでも……」

人間椅子状態のレオが唸《うな》る様に言うが、ハリエットは彼の尻《しり》をぺしぺしと平手で叩きながら続けた。

「『吊《つ》り橋効果』というものを御存知ですか？　吊り橋の真ん中に立つ人間が、同じく橋の上に立つ異性の事を好きになってしまう――という現象ですよ。不安定に揺れる吊り橋の上に居ると、人間誰しもドキドキしてしまう。しかしその生命の不安から来るドキドキを、恋のそれと勘違いしてしまうのですね」

「……ハリエットさん、それは」

「ええ。そうです」

とマリエルに向けて頷きながらハリエットは続けた。

「攻撃系の術式ではないから、若様も警戒しない。言ってみればただの興奮を誘発するだけの術式です。ですが、その状態で若様が、可愛らしい少女と出会えばどうなるか？」

「…………」

息を呑《の》むマリエル。

それはつまり……レオとフェルミの出会いが最初から、仕組まれていたという事か。甚だ不安定というか、成功率の測りがたい策だが、最初から『使い捨ての特攻兵器』についての様な形で仕込んでおくのだと考えれば、充分に合理的だ。

「ましてや当代の護国鬼神は先代の暗殺からこちら、ずっと城に引き籠《こ》もりの状態。人付き合いが苦手で、恋愛経験も皆無。女性との接点と言えば漫画本や動画劇のみ、となれば、一目惚《ひとめぼ》れも当然といえましょう――」

「おい、ハリエット――」

「しかしながら若様」

自分の尻の下に敷いている主人を見下ろしながら執事は言った。

「『吊り橋効果』というのは長続きしないものだそうで。『吊り橋効果』で恋人同士になった二人は、別れやすいという統計資料がありまして」

「誰がそんな統計とってんだよ。暇人か」

「存じ上げません。とにかく、そういうものらしく。要するに本当の恋心ではなく、仕組まれた恋愛というのは、所詮《しょせん》、偽物であるというお話ですね」

「…………仕組まれた……？」

「若様。若様のフェルミに対する気持ちは、ネプツニスの軍師共が仕組んだ、まやかし、一時の気の迷いです」

ハリエットは平然と、はっきりと、そう断言した。

「若様の傍に侍《はべ》り、若様の身辺の警戒態勢を調べ、若様が油断するのを待ち、若様に仕掛ける。その為の人形だったという事です、フェルミは。精神支配の術式が発達していますからね、ネプツニスは。暗殺用の仮想人格を、時限式で仕込んでおく事も充分に可能だったという事でしょう」

レオの上から退きながら改めてハリエットは言った。

「やはりフェルミはあの時、殺しておくべきでした。若様も随分と舐《な》められたものです。ちょっと可愛らしい娘を目の前に置いてドキドキさせればころっといって、あっさり殺されてくれると思われているのですよ、ネプツニスの軍師共に」

「知るか。舐めたい奴には舐めさせとけ」

身を起こしながらレオはハリエットを睨《にら》む。

「フェルミを捜しに行く」

「レオ様――」

「止めるな。アレは俺のだ」

レオはマリエルを振り返ってそう言った。

「どういう経緯があったとか知るか。俺のにしたんだ。それを『実は思ってたのとちょっと違いました』ってんで手放す？　それこそ舐められるだろが。ぱちもん玩具《おもちゃ》を貰《もら》って『コレジャナイ』とか叫ぶ餓鬼か」

「……若様も強情な」

とハリエットは首を振る。

「ところで若様」

「なんだよ」

「また、王都が大変な事になっている様ですよ？」

明後日《あさって》の方向を見ながら、アラモゴード家の執事はそう言った。

●

時は少し戻る。

「馬鹿な!?　なんで――」

「おい、騎士団に連絡を――」

「そこ、危ないぞ!!」

魔導兵器の解体調査を行っていた倉庫は喧噪《けんそう》に包まれていた。

外部からの調査はほぼ終了し、後は完全に解体してしまうのを待つばかりだった魔導兵器が、いきなり動き始めたからだ。

既に魔導機関の芯《しん》である御者はおらず、魔力も抜けきった筈《はず》のその巨体が、震えて――いや痙攣《けいれん》している。死後何日も経過して冷え切った筈の屍《しかばね》が動くに等しい珍事だった。

「――おい、そこの！　誰だ!?　何やって――」

と作業員の一人が怒鳴ったのは、皆《みんな》が慌てて右往左往する中で、一人真っ直ぐに魔導兵器へと歩み寄っていく、家政婦服の少女を見たからだ。

「危ないから……って、お前は!?」

最初に見たのが後ろ姿だったせいで、少女の貌《かお》を、とりわけその耳の形をその作業員が知ったのは、駆け寄った直後だ。

「ネプツニスの……!?」

妖精族。ネプツニスの戦争奴隷。

恐らくはこの〈ブルーダ・ニューブ〉の――御者だった者。

どうやってかは分からないが、文字通りに死に体だった〈ブルーダ・ニューブ〉を起こしたのはこの少女だ。それは作業員も一瞬で判断が出来た。

まずい。確かこの少女は護国鬼神が奴隷として引きとった筈だが、このまま放置しておけば魔導兵器は再び暴れてこの王都を蹂躙《じゅうりん》するのではないか？

そう判断した作業員は、とりあえず少女と魔導兵器の接触だけは止めようと、手にしていた工具を振り上げる。後で護国鬼神が怒るかもしれないが、このまま少女が魔導兵器に乗り込むのを見逃す訳にはいかなかった。

「ネプツニス野郎がっ！」

作業員が振り上げた工具を少女の肩に――さすがにいきなり頭部を殴る程に冷酷にはなれなかった――振り下ろそうとしたその瞬間、彼の動きは止まっていた。

「――え」

「馬鹿、何やってる⁉」

たまたま近くに居たレズリチャッドが、駆け寄って手にしていた工具で、先の作業員の胸から首に巻き付いたそれを――魔導兵器から放たれた鋼の糸を慌てて切断する。作業員はとりあえずあちこちに切り傷こそ生じていたが、手も足も首も切り落とされる事無く解放された。

「身を低くして走れ、迂闊《うかつ》に立つと首をもってかれるぞ‼」

レズリチャッドが叫ぶ。

作業員や賢者、魔術師や工匠達が怒声や悲鳴を上げながら、身を低くして、あるいは床を転がって倉庫の外へと逃げていく。水平に振り回される鋼の糸は、魔導兵器の周囲に取り付けられていた作業台や懸架台を火花を散らしながら切断し、あるいはなぎ倒していった。

水平に振られているせいか、身の丈の低い彼女には鋼の糸はかすりもしない。

そんな中を――小柄な少女は平然と歩いて行く。

「…………」

やがて……少女が魔導兵器に手を触れると、その生体部品の奥底から、ずるりと触手が這い出てきて彼女に巻き付いた。そのまま少女を触手は持ち上げ、その小さな身体を朱黒《あかぐろ》い肉の奥へと引きずり込んでいく。

「どういう事だよ……もう動かない筈じゃ」

倉庫の外に出ながら魔術師の一人が叫ぶ。

レズリチャッドは傷を負った作業員に肩を貸してやはり逃げながら――

「ありゃ御者じゃなかったんだ……あの妖精族は単なる魔力供給源だ！　俺達が解体していたのは、生物部品を搭載した魔導兵器じゃない！　あの妖精族とは別に、脳と自我を持った、生物兵器なんだよ！」

「…………！」

元よりネプツニスは〈ブルーダ・ニューブ〉が護国鬼神に敗北するのも織り込み済み、予定の内だったのだ。

そしてその後、王国側の者が、安全の為にと〈ブルーダ・ニューブ〉をしばらく放置してから、魔力が抜けるのを待って、解体検査し始めるという事も。

その間、〈ブルーダ・ニューブ〉の体内の奥底、分厚い肉の内で、仮死状態となりながらその脳は待っていた。魔力供給源であるあの妖精族の少女が戻ってくるのを。

「くっそ……してやられた！」

レズリチャッドが叫びながら倉庫の外に出たその瞬間、血塗《ちまみ》れの朱黒い肉塊は、ぶるりと身を震わせながら起き上がり、倉庫の天井を自らの身体で突き破っていた。

●

ぼんやりとした——まるで深い夢の底に居るかの様に曖昧《あいまい》な状態で、フェルミは自分の身体が魔導兵器に飲み込まれていくのを感じていた。

（……私……は……）

（おかえりなさい、私。束の間の人としての生活は、楽しかった？）

（…………え）

この話しかけているのは誰だ。

エルピオ、ではない。これは——

（……〈ブルーダ・ニューブ〉？）

（そう。私は〈ブルーダ・ニューブ〉、もう一人のフェルミ。貴女《あなた》の片割れ。人間の身体を与えては貰えなかった、貴女。思い出して、ずっと一緒だったでしょう？）

（…………）

フェルミの中で瞬く、記憶の数々。

忘却の淵《ふち》に沈められていた——忌まわしい思い出。

元々フェルミは母親から生まれた存在ではない。

正確には『本物の』フェルミの体細胞から取り出した核を使って、造り出された——フェルミの人為的複製体《クローン》だ。その奴隷としての記憶は全て、本物のフェルミのものを移植されただけであり、実際に体験してきた事ではない。複製のフェルミ達は、むしろ安定した環境で、大切に、諸々《もろもろ》の注意を払われながら、魔術式と各種薬剤を大量に投与されて急速に育成された。

護国鬼神を、そしてウォルトン王国を攻撃する為の兵器として。

何もかもが偽物。何もかもが虚偽。それがフェルミという少女の全てだった。

（私は…………）

（そうよ。思い出して？　私達はその為に生まれた。その為のモノ。護国鬼神を騙《だま》して暗殺する為に、貴女だけは人の身体を残して組み込まれたけれど、むしろそっちはついで）

（違う、違う、私は）

（違わない。その証拠に私には貴女みたいな、普通の身体が無い。要らないから棄てられた。脳と神経系と骨髄の一部だけをこの醜く大きな兵器の制御系として組み込まれた）

（……………貴女は……）

（私は貴女。貴女は私。同じもの。同じ人間の片割れ、同じ人間の一部。なのに貴女だけが人間として、束の間だけれど生きた。ずるい）

（ち……違……）

（違わない。さあ。私達の存在理由を全うしましょう。使命を果たしましょう）

密《ひそ》やかな笑い声が脳裏にこびり付く。

自分と同じ声でありながら、憎悪と悪意に満ちた――

（まずは王都の結界を維持している結界塔を壊しましょう。装甲は殆《ほとん》ど剝《は》がされてしまったけれど、肉体は魔術で高速修復中だから、大丈夫。ただの建造物なんて、私達の身体でいくらでも押し倒せる。駄目なら抱き付いて自爆も出来る。そうして封禁結界を消す事が出来れば、国境線に待機している部隊が、長距離の強制転移で――）

（……ああ……あああああ……）

嫌だ。こんなのは嫌だ。

死ぬのはいい。それはもう仕方ない。自分は一度ならず二度も護国鬼神の前に敵として立ってしまった。だからもう死ぬのは当然のことなのだ。避けられない定めだ。

しかし今の自分は死ぬ事すら許されずに、レオが護《まも》り続けてきたこの国を、この街を蹂躙する為に活動しようとしている。自分の血を分けた、いや、魂すら分けたであろう『姉妹』と共に。

嗚呼《ああ》。こんなことなら、逃げずにあの場でレオに斬り殺されたかった。

レオに殺されていれば、たとえ喰《く》われなくても、彼はフェルミの事を覚えていてくれるかもしれない。名も無い複製品としてではなく兵器でもなく、フェルミとして、一時とはいえ、自分の手元に置いていた奴隷の少女として。

（御主人様……御主人様ぁ……！）

ただ一度だけの我が侭《まま》。

（私を……フェルミを……殺して……）

その護国鬼神としての、眩《まぶ》しいほどに強大な、力で。

今この情けなくも浅ましい願いを抱いている自分を、自分と同じ魂を持つ哀れな片割れと共に、完膚なきまでに、消して欲しい。何もかも無かった事にして欲しい。

こんなのは嫌だ。こんなのは駄目だ。こんなのは――

『――フェルミッ!!』

仄暗《ほのぐら》い絶望の淵に沈み込んでいくフェルミの意識に、斬り込んでくる白刃の如き声。

それは――

「……ごしゅじん……さ……ま……」

轟音《ごうおん》と共に今し方、〈ブルーダ・ニューブ〉が破壊した倉庫の残骸《ざんがい》を撥《は》ね飛ばし、そこに出現する――巨大な武者像。

魔導機神〈アラモゴード〉。

勿論《もちろん》、その中に居るのは――

（御主人様が来た。良かったね。これで改めて使命を果たせるよ）

もう一人のフェルミが嬉《うれ》しそうに言う。

（使命って……）

護国鬼神を殺す？　無理だ。既に一度、完調の状態で戦って敗れているのだ。装甲を失い、あちこちを切り裂かれて『腑分《ふわ》け』されていた今の〈ブルーダ・ニューブ〉は、魔術で高速修復中だが、逆に言えば修復の魔術に魔力の大半が費やされているので、以前の様な戦闘能力は望めない。〈アラモゴード〉に勝てる道理など何処にも無い。

『フェルミ！　無事か!?　今助けるからな！』

そんな声と共に〈アラモゴード〉が斬塁刀《ざんるいとう》を抜く。

〈ブルーダ・ニューブ〉がその巨体を翻しながら、護国鬼神の戦像と相対する。雷撃の術式は使えず、攻撃兵器といえば、その両腕と、尻尾《しっぽ》と、鋼の糸のみだ。そして糸は魔導機神には通用しない。

（…………ごしゅじんさま……）

〈アラモゴード〉が斬塁刀で〈ブルーダ・ニューブ〉に斬り付ける。

空気を割り、超音速の爆音を生じさせながら、巨大な刀が〈ブルーダ・ニューブ〉の足を狙って薙《な》ぎ払われる――が。

（……え？）

〈ブルーダ・ニューブ〉が後ずさり、この斬撃を避《よ》けていた。

護国鬼神の――技を。

（私達は元々一つのものだから、ずっと繋《つな》がったままなのよ。当然、貴女が御主人様と暮らした十日間で、御主人様の動きの資料は概《おおむ》ね採取済み。そこから類推した『技』を避ける為の行動式も既に組み上がっているから、そう簡単には――）

何処か得意げに言ってくるフェルミの分身。

（さあ、反撃――）

と〈ブルーダ・ニューブ〉が身じろぎした、その瞬間。

（……え）

護国鬼神の、魔導機神の姿が、消えた。

（な……なんで……）

次の瞬間、〈ブルーダ・ニューブ〉の巨体が大きく傾いていた。地を這《は》う様な斬撃が、その右足を斬っていたからである。あまりに鋭いその一撃は、殆ど衝撃も与えずに巨大魔導兵器の右足を膝《ひざ》の辺りで切断し、その巨体は——一瞬遅れて、斬られたとようやく理解したかの様に、姿勢を崩していたのだ。

魔導機神〈アラモゴード〉は、自身も地を這う様な低い姿勢で斬塁刀を構えていた。その姿が消えたのは、超高速で身を沈めたからだろう。

相手の足を狙う戦場の剣技。見栄え重視の一撃必殺を狙うのではなく、先《ま》ず確実に相手の身動きを封じた上で致命の一撃を送り込むための、壱の太刀ならぬ『零《ゼロ》の太刀』。武術の競技においては卑怯《ひきょう》卑劣と誹《そし》られる裏技である。だが此処《ここ》は試合の会場でなし、護国鬼神も周囲の評判を気にする様な繊細さとは無縁だ。

ぐらりと姿勢を崩し、土煙を盛大に舞い上げながら倒れる〈ブルーダ・ニューブ〉。

その巨体を踏み付けて動きを完全に制した上、逆手に持った斬塁刀を〈ブルーダ・ニューブ〉の左肩に深々と突き刺し、地面に縫い付ける〈アラモゴード〉。

（………あ）

既視感がフェルミの脳裏を過ぎる。

動きを止めた〈ブルーダ・ニューブ〉に向けて、胸部の装甲を開いて飛び出してくる仮面のサムライ――レオ。解《ほど》く時間も惜しんだか、彼の手や足に導管や導索が絡み付いて、〈アラモゴード〉の内部から引きずり出されるのが見えた。

次の瞬間――

「…………！」

フェルミの感覚が二重にぶれる。

〈ブルーダ・ニューブ〉の眼を通して見ていたものと、フェルミの眼球そのもので見ているものとが重なって――そして後者へと視界が収束していく。

見えたのは、肉をその太刀で切り分けながら、血塗れになりながら、フェルミの方へと身を乗り出してくる――レオ。

「カカ、見つけたぞ、フェルミ」

仮面のサムライは歯を剝《む》いて笑った。

「主人の下から逃げる奴隷には、きついお仕置きが必要だな！　帰るぞフェルミ！」

「ごしゅじん……さま……」

震える声でレオを呼ぶフェルミ。

「私……御主人様に……全部……嘘で……全部……仕組まれて……だから……私は……」

奴隷ですらない。それどころか自分は――

「……私は……偽物で……奴隷でもなくて……本当はフェルミですら……なくて……」

「ほう。偽物か。全て仕組まれていたか」

レオは頷《うなず》き――

「知った事かっ！」

そう吼《ほ》えた。

同時に彼は手にした太刀でフェルミの埋まっている周囲の肉を斬り飛ばす。彼の武器が一閃《いっせん》する度にごっそりとフェルミをくわえこんでいる肉の枷《かせ》が消失し、尚《なお》も彼女を捕縛し続けんと、這い出てきた十数本の触手ですら、一閃でなで切りにされていた。

護国鬼神の剣に斬れぬものなし。

魔術を込めたその剣は、一度鞘《さや》から抜け出れば、触れるものの一切を容易《たやす》く切り裂いていく。あまりの太刀の速度に血糊《ちのり》すらこびり付かず、鈍い銀のその刀身には一点の曇りすら生じない。

「そおれっ！」

フェルミの腕を摑《つか》んで――まるで畑に埋まった大根でも引き抜くかの様に、彼女を一気に引きずり出すレオ。フェルミはその勢いそのままにレオの胸に飛び込んでいた。

「御主人様――」

「良いか？　お前は俺のモノだ、俺だけのモノだ、俺が捕まえたんだ、俺が拾ったんだ」

聞きようによっては恐ろしく勝手な理屈を吠《ほ》え立てるレオ。だが今のフェルミにとって
それは、赦《ゆる》しであり、癒やしであり、喜びだった。

自分は求められている。偽物で、兵器で、奴隷どころか普通の人間ですらなかった自分
を、この護国鬼神が『他にはやらぬ』と叫んでいる。

「だから勝手に去るな。そして勝手に死ぬな。良いか!?」

「…………あ」

「返事ッ！」

「は、はいっ！　ごめんな――」

と言いかけて。フェルミはくしゃりと顔を歪《ゆが》めて言った。

「ありがとうございます……御主人様」

「カカ、帰ってお仕置きだというのに礼を言うか、変な奴め！」

そう言ってレオは片腕でフェルミを抱いたまま跳躍。

胸部装甲を開いたままの魔導機神〈アラモゴード〉の中に飛び込んでいた。

そして――

（……よくやったわ、私）

ふとフェルミの脳裏に声が響く。

それまで黙っていた――〈ブルーダ・ニューブ〉の、つまりはもう一人のフェルミの声

だった。同じ人物の体細胞から造り出された双子。それ故に強い魔術的な回路が生まれた時から存在していて、常に意識の奥底で繋がっている。

故に〈ブルーダ・ニューブ〉から離れた今も、その声が聞こえる――

(これで使命を果たせる)

「――ッ!」

息を呑《の》むフェルミ。

レオは『もう一人のフェルミ』の事を知らない。だから〈ブルーダ・ニューブ〉が単体でもある程度までは動けるという事を知らない。例えば鋼の糸と触手を使って、強引に〈アラモゴード〉にしがみついて離れない、という事も――

「駄目――御主人様っ!」

逃げて。その一言を口にするよりも早く、魔術回路を暴走させて己の血肉全てを威力に換えた〈ブルーダ・ニューブ〉が――爆発していた。

●

轟音と共に閃光《せんこう》が迸《ほとばし》る。

周囲の風景の白と黒を逆転させるかの様な、強烈な爆光。衝撃と火炎は一瞬遅れて生じ、辺りには暴風が吹き荒れた。

その中で――ゆっくりと崩れていく結界塔。

間近で魔導兵器の爆発を浴びた結界塔は、魔術が崩壊する際に生じる稲妻を辺りに放ちながら、横倒しになった。

元々王都防衛の要《かなめ》であるこの結界塔は、極めて頑丈に造られており、内部には二重の魔導機関が存在して不測の事態に備えてはいたのだが……塔ごと破壊する様な力を叩《たた》き付けられれば、さすがに壊れざるを得ない。

「よくやった、フェルミ達」

瓦礫《がれき》が雨の如く幾つも幾つも降ってくる。

そんな中で平然と立ちながら――一人の平凡な男が満足げに笑っていた。自分を押し潰《つぶ》す程の大きな瓦礫がすぐ横の地面に落ちて食い込んでも、微塵《みじん》も恐れる様子が無い。

「ふふ。うふふ。さすがの護国鬼神もこれで終わり」

呟《つぶや》くその上に、魔導機神〈アラモゴード〉の腕が落ちてくる。

その衝撃で吹き飛ばされ、流血して瓦礫に埋まりながら――

「迂遠《うえん》な搦《から》め手の策を幾重にも施すのは面倒であったけれど。部品単位で試作型〈ブルーダ・ニューブ〉を一年掛けて運び込み、自動で組み立てる術式を用意して、人形共にその為の場所を用意させて……ああ。本当に面倒だった。だけどこれでようやく作戦の第二段階に入れる。やれ嬉しや——ウォルトン千年の平穏もまた今宵《こよい》、終わるねえ！」
しかし——瀕死《ひんし》になりながらも男はやはり愉《たの》しげに笑っていた。

第五章　戦乱舞踏

大急ぎで王都防衛騎士団の詰め所に戻ったマリエルを出迎えたのは、飛び交う怒号と騒然たる空気と——そして狼狽《ろうばい》する団長や上官達だった。

「と、塔が、塔が、結界塔が……」

「駄目だ、もう駄目だ、一緒に護国鬼神まで……！」

「魔導兵器も護国鬼神も跡形も無く……！」

意味も無く詰め所の中を右往左往する団長や上官達。

彼等の中に割って入ってマリエルは声を上げた。

「落ち着いてくださいッ！」

ついでに詰め所の壁を思いっきりぶん殴る。みっともなく右往左往していた騎士達はぴたりと動きを止めてマリエルの方を振り向いた。

一瞬の沈黙の後——

「キュヴィア、キュヴィア三等騎士！」

「無事だったか!? というか、大変だ、護国鬼神が！」

「あぁっ、新居を買ったばかりなのに！」

などと再び動揺の表情でそれぞれ勝手に喋《しゃべ》り始める。

良くも悪くも平和の長いウォルトン王国においては、騎士の出世も武勲よりは年功序列の傾向が強い。実戦を――生きるか死ぬかの戦場を経験していない者も少なくないのだ。

彼等は、自分が生まれる前からトリニティアを守っていた結界塔と護国鬼神の双方が同時に失われた事で、浮き足立っていた――というか取り乱しまくっていた。

「ああああああもうっ！」

マリエルは改めて近くを通りかかった団長の襟首を摑んで引っ張った。

「結界塔が護国鬼神と共に爆発して崩落したのは、確認された事実なんですか⁉」

「え、いや、でも皆《みんな》言って――」

「だからその皆って誰なんですか！」

子供か！　と思わず喚《わめ》きそうになるのを堪《こら》えてマリエルは団長を前後に揺さぶった。

他の者達はともかく、マリエルは護国鬼神を――レオを、そして彼が駆る魔導機神〈アラモゴード〉を間近に見ている。あの、そこに居るだけで周囲の空気を歪ませかねない程の膨大な力を秘めたサムライが、死んだ、などとは到底信じられなかった。

「た……大変ですっ‼」

「さっきからずっと大変だあっ！」

駆け込んできた別の騎士に、団長が悲鳴じみた声でそう返す。

「結界塔周辺の状況調査に向かった騎士と魔術師、賢者達から報告が！　爆発したのとは別に、十体の拠点攻略用と思《おぼ》しき魔導兵器が、王都外縁部から侵入中とのことっ！」

「ああああああああああ、やっぱりおしまいじゃあああ⁉」

尚更に甲高い悲鳴を上げる団長達。

挙げ句に――

「本当に護国鬼神はやられちまったのか⁉」

「本当は生きてて、逃げちまったんじゃねえのか⁉」

「なにが護国鬼神だ！　肝心な時に訳に立たない！」

誰かの叫びをきっかけに、燃え上がる――護国鬼神への批判。

多くの者が恐怖と不安から、現状を招いた『責任』を押しつける相手を求めていた。かつては批判めいた言葉など口にする事も恐れられていた護国鬼神だが、いざ、死んだと聞かされると、恐れが反転してレオを責める言葉が次々と噴き出してくる。

（な……情けないっ……！）

同じ騎士の職にある者達の醜態をこれ以上見ているのは、マリエルには耐え難かった。

「落ち着いて！　くださいっ！」

腰の剣を引き抜いて、そのまま手近にあった事務机にこれを振り下ろす。手入れを怠らなかった愛剣と、修練を欠かさなかったマリエルの身体は、見事な一撃に結実して、机を両断していた。

がたん、と転がる机の残骸《ざんがい》。さすがに一同はぎょっとした様子で動きを止めていた。

「過去に例が無い事態に動揺するのは分かります……私だって正直怖いです……が！」

突きつけた剣の先にいるのは、護国鬼神が逃げたのではと口にした騎士。

「護国鬼神を……レオ様を愚弄《ぐろう》する発言だけは、この私が断じて許しません！」

「……何が許されねえだ！　大体奴がヘマさえしなければ、塔を破壊される事もなかっただろう!?　俺達みたいな普通の人間だけで、あの化け物をどうやって止めればいい!?」

「普通の人間だけで……？　馬鹿を言わないで！　レオ様も普通の人間です！　むしろ、我々よりもずっと……ずっと過酷な環境で、ごく普通の人間が得られる筈《はず》の幸せも得られぬまま、護国鬼神としての重荷を背負わされてきた人です！」

マリエルの叫びに——男達が静まりかえった。

「我々は何者です？　その腰に下げている剣はただの飾りですか？　たしかに状況は悪いです……それも、数百年に一度と言っても過言ではない非常事態。ですが、だからといって我々が狼狽《うろた》えてどうするんです!?　恥ずかしいと思わないのですか!?」

誰も何も答えない。その場に留《とど》まったまま、近くの者同士が目配せするだけだ。

「……人間として生き、妻や子供と今日まで幸せに暮らしてこられたのも、全ては彼の犠牲の上に成り立っていたんですよ！　だからこそ！　今こそ我々が立ち上がり、護国鬼神だけでなく我々王都防衛騎士団も、民を守る盾となることを皆に示しましょう‼」

「示すって言われても……なぁ？」

騎士の一人がぼそりとそう言った。

「具体的にどうしようっていうんだ。勝ち目なんかないぞ。それとも何か策でもあるのか？　護国鬼神の代わりになるような、策が」

「そ……それは……」

永い平和で緩みきった騎士達の性根は、言葉だけで叩き直せる筈も無い。

「死んだらそれで終わりだろ？　上手《うま》く王都を守れたとしても、護国鬼神不在のままじゃあまたこういう状態になるんじゃねえか？」

「そうだ！　だったら、最初から逃げた方がいいんじゃないか？」

「俺、明後日《あさって》が娘の誕生日なんだ……！」

「私は実家に年老いた母と二匹の愛犬が……」

「名誉ある死とか、そんなん嬉《うれ》しくも無いだろう」

口々に言い訳を重ねる騎士達。

（駄目だ……私みたいな、武勲も実績も無い新米騎士では、浮き足立った彼らの心をまとめるなんて無理だ……）

せめて——自分に彼等を納得させるだけの求心力《カリスマ》が有れば。誰もが名を聞けば納得せざるを得ないような、そんな何かがあれば、少しは状況を改善できるのに。

己の無力が悔しい。

未曾有《みぞう》の危機を目の前にしながら、誰もが自分のことしか考えない。いや。生命の危機を感じて逃げ腰になるのは生き物として当然だ。彼等も騎士である以前に一人の人間であるのだから。

(私にもレオ様のような力が……せめて、せめて彼の様な、圧倒的な力が少しでもこの身体に宿っていれば……)

皆を納得させられるものが。

(ん？　宿って……いれば……？)

自分の言葉を脳裏で繰り返すマリエル。

そして——

(い、いや、いくら何でもそれは……ああ、しかし、でも)

急に動揺して赤面するマリエル。

騎士達が、騎士である以前に一人の人間である様に、マリエルもまた騎士である以前に一人の乙女である訳で。耳まで真っ赤にしながら——しかし彼女はその思いつきを口にするしかなかった。

「……たしかに護国鬼神はあの爆発で死んだかもしれません！」

マリエルは剣を床に突き立てて叫ぶ。

（嘘も方便！　そう、これは、正しい嘘っ！　嘘をつくの、マリエル・キュヴィア！）

後で世間から散々後ろ指指される事になるだろうが、その全てを受け入れる覚悟があればーー出来る。この王都を守る為に、清廉潔白、馬鹿正直をモットーにしてきたマリエル・キュヴィア一世一代の大法螺《おおぼら》を……！

「でも、全ての希望が絶たれたわけではないのです！」

「……？　キュヴィア三等騎士、それは……どういう意味だ？」

「我々にはまだ希望があります……まだ小さくか弱いながらも、新たなる希望が……！」

「新たなる……希望……!?」

「そう、私の……ここに……！」

言ってマリエルは両手で自分の腹部を押さえてみせる。

「新たな護国鬼神が宿っているのです……!!」

凛《りん》と前を向いたままそう叫ぶマリエル。

正直、恥ずかしさで顔が破裂しそうだった…………が。

「宿ってって……まさか!?」

「キュヴィア三等騎士の……え？」

「ええええええ！？」

詰め所を揺るがす様な驚愕《きょうがく》の叫びが迸《ほとばし》る。

次の瞬間、騎士達は慌てた様子でマリエルの周りに集まってきた。

「ちょっ……キュヴィア……お前、まさか……いつの間に⁉」

「え？　何？　本当に⁉」

「嘘だろ⁉　いつの間に護国鬼神とそんな仲に――」

「おお……ありがたやありがたや……」

「馬鹿な、キュヴィア三等騎士、俺はお前をそんな子に育てた覚えはありませんよ！」

などと――拝む奴やら、血相を変えて詰め寄る奴やら、何やら。

「私も貴方《あなた》に育てられた覚えはないです！」

そう叫んでから、マリエルは団長の方に眼を向ける。

何やら風呂敷包《ふろしきづつ》みを抱えて逃げる算段をしていたらしい団長は、ぼそりとその包みを足下に落として――呆然《ほうぜん》と言った。

「キュヴィア三等騎士……君は……」

「団長は御存知ですよね、私が……」

と言いかけて、マリエルは気付いた。

彼女がレオの婚約者としてアラモゴード城を団長と共に訪れたのは、十日前である。その直後に、マリエルがレオとそういう関係になったとしても、さすがに十日で身籠《みご》もった、と堂々と宣言できる筈も無く。団長に自分の大法螺を補強する言葉を求めたのはむしろ間違いだった——と思ったのだが。

「そうか、随分とあっさり護国鬼神の婚約者候補に名乗り出たと思ったら、実はずっと以前からそういう仲だったのか……!?」

「え？　………あ、ええ、はい！　もう以前から、すっかり、ええ！」

とんでもない勘違いだが、この際、乗っかっておくしかない。

「そうか……護国鬼神は未《ま》だ……」

「希望が潰《つい》えた訳ではないんだ……！」

冷静に考えれば色々おかしいのだが、元より逆境で色々錯乱気味だった騎士達は、マリエルの口からの出任せにころっと騙《だま》されてくれた。

「マリエル・キュヴィア……いや、アラモゴード夫人」

「え？　ふ、夫人？」

団長以下、騎士達が揃《そろ》ってマリエルの前に集まってくる。

「次なる護国鬼神の御母堂となられる御方！　御命令を！」

「え？　あ、えっと、あの、まずは臣民の避難誘導……」

「承りました！」

と率先して叫ぶのは——あろう事か団長である。

「貴女《あなた》は後方で指揮を！　お腹の護国鬼神に万が一の事があってはいけません！」

「あ……えと、はい」

最下位の三等騎士に対して、君主に忠誠を示すかの如く、膝《ひざ》をついてそう言う騎士達。

色々とマリエルは頭を抱えたくなったが、とりあえず事が終わるまでは大法螺はそのまま維持しておかねばなるまい。

マリエルは深く深呼吸をしてから剣を高らかに掲げてみせた。

「それでは……皆の者、剣を手に取られませい！　我が夫レオ・アラモゴードの仇《かたき》を討ち！　かつ王国の臣民を守り！　生まれ来る我が子、次の護国鬼神の守るべきウォルトン王国を遺《のこ》す為！」

（……ああ、ごめんなさい、レオ様、勝手に亡き者にしちゃってますけど！　私は生きておられると信じてます……！）

胸の中で詫《わ》びるマリエル。

「おおっ……！」

マリエルの飛ばした檄《げき》に、騎士達が応《こた》えて吼《ほ》えた。

轟音《ごうおん》と共に屋敷が一つ崩れ去る。

それだけでは足りぬとばかりに電光が瓦礫《がれき》の上を這《は》い回り、爆発炎上させる。どれだけ立派な貴族の屋敷でも、基本的にトリニティア内のそれは、城塞《じょうさい》ではない。大型兵器の攻撃を受ければ簡単に壊れるし、構造材には可燃物も多い。

「…………順調、順調、ふひ」

〈ブルーダ・ニューブ〉と同じ形状の、十体の魔導兵器は、悠然と都市中央部を目指して侵攻していた。

その巨体で建物を壊し、電光で焼き払う。

先の〈ブルーダ・ニューブ〉としている事はほぼ同じだが、散発的な攻撃だった前回と異なり、十体が並んで侵攻している現在、まるで箒《ほうき》で塵《ちり》を掃くかの様に、王都の景観が消されていく。

このままだと遠からず千年王都と謳《うた》われたトリニティアは更地にされてしまうだろう。

「壮観、実に壮観。我が帝国の悲願、ここに成れり。ふひ」

その様子を眺めながら、密《ひそ》やかに笑うのは——腰の曲がった老婆である。老人と子供は本来ならば真っ先に避難している筈だが、老婆は逃げるでもなく、隠れるでもなく、にたりにたりと嗤《わら》いながら王都が潰《つぶ》れていくのを眺めていた。

言うまでも無く――エルピオ・ハイペリオンの使い魔、いや、肉人形の一体である。

「唯一障害になりそうな護国鬼神はもういない……」

天高く舞い上がる黒煙はますますその勢いを増し、時折、鼻を突く臭いと共に、死の香りをこちらに届けてくる。燃えているのは、建物の木材か、家具か、街路樹か、さもなくば――逃げ遅れた人間か。

「ふひ。平和が永すぎたな、ウォルトン王国。ふひひ、絶対の守りなどというものは、必ず、慢心と油断を生む。むしろ絶対であるからこそ、それは永遠たり得ない」

両手を広げて諸々《もろもろ》の焼ける臭いを吸い込みながら、ネプツニス帝国の軍師が送り込んだ破壊工作用の人形は、低く笑った。

「さあさ皆様お立ち会い。ウォルトン王国、滅亡喜劇の始まりにございまする」

老婆は、何処にも居ない観客に向けて、一礼した。

●

「無理に相手の撃破を試みる必要はありません！」

機輪馬で現場に向かいながらマリエルは魔導伝信で他の騎士達にそう告げる。

「とにかく相手の注意を我々に引きつけて、一人でも多くの臣民が避難する時間を稼いでください!!」

建物などは所詮《しょせん》、容《い》れ物だ。

中身が――人々が生きていれば、街は滅んだ事にはならない。

たとえ何人死傷者が出ようと最後に一人でも立っていれば自分達の勝ち……などと強引な理屈をこねる積もりはマリエルには無かったが、まさか拠点攻略用の大型魔導兵器と真っ向から戦う訳にもいくまい。

「キュヴィア――いえ、アラモゴード夫人!!　無理をなさらないでください!!　どうか後方へ！　大切な御身体なのですぞ!!」

先行する彼女に追従する騎士達。中には団長も交じっているが、もう完全に全体の指揮はマリエルに任せて――というか丸投げしている様だった。

無責任と思わないでもないが、この土壇場で逃げずに踏み留《とど》まってくれただけでも御の字である。永い平和で騎士達の士気は緩みまくっていたとはいえ、腐り果ててはいなかった、という事だろう。それだけでもマリエルは嬉《うれ》しく思う。

（ああ、でももう、完全に身重の未亡人扱いです……）

事が終わった後での申し開きを考えると気が重いが、それはそれとして――

（何とかあの巨大兵器の群れを足止めしなければ……！）

単純な打撃力では連中を足止めするのに足りない。

時間を稼ぐだけでいい。稼げば——臣民は避難できるだろうし、何より、辺境区に展開中の、王国側の大型魔導兵器も魔術転移でこの危機に急行してくる可能性が有る。複数の大型魔導兵器同士の衝突は、当然、街を破壊するだろうが——

（ネプツニスの兵器……ネプツニスの……）

あのフェルミを使ってレオを暗殺しようとした卑劣な奴等。

レオの両親も毒殺したという——

（…………そうか）

マリエルの脳裏に閃《ひらめ》くものが在った。

彼女は甲冑《かっちゅう》の兜《かぶと》に仕込んである魔導伝信の動作形式を切り替えて、『拡声』を選択。同時に暴徒鎮圧に使われる『変声』の術式を追加起動させた。

完全に『似せる』のは難しくとも、これで誤魔化しがきけば——

（大丈夫、私ならやれる、思い出せ、レオ様の口ぶり！）

今のマリエルは甲冑の兜を被《かぶ》ったままで、その素顔は見えない。

ならば甲冑の識別章や番号が見えない限り、中身が誰かは分からない筈《はず》で——

『カカカ！　カ……カカ！　カ……カ！』

試しに哄笑《こうしょう》を一つ。

いける。暴徒鎮圧用の声を『威嚇的に』変質させる魔術式のお陰で、思った以上に似てくれた。あるいはレオもあの仮面にこの種の術式を組み込んでいたのかもしれない。

『カカカ！　カ……カカ！　カ……カ！』

辺りに響き渡る――不敵な哄笑。

それまで黙々と破壊行為に専念していた〈ブルーダ・ニューブ〉達が一斉に動きを止めて、しかもマリエルの方を振り返ってくるのが見えた。

やはりだ。やはりあの連中は――護国鬼神を無視できない！

（咄嗟《とっさ》の思いつきだったけれど……予想以上の効果！）

『カカカカカ！　不細工なネプツニスの兵器共め！　我が死んだと思ったか？　我を除《の》けて、これからは乱暴狼藉《ろうぜき》、全て自由とでも思ったか？　カカ、残念、我は此処《ここ》に生きて在る！　貴様等を殺してばらして晒《さら》して並べるその為に！』

「あ、アラモゴード夫人⁉」

追従していた騎士達が驚いて声を上げるが、こちらは拡声状態ではないので、〈ブルーダ・ニューブ〉達には伝わっていないだろう。

咄嗟に魔導伝信を切り替えて、マリエルは言った。

「私がアレをまとめて引きつけます！　皆《みんな》は臣民の誘導を！」

「無茶《むちゃ》な!?　貴女の身体には、護国鬼神殿の子が――」

周囲の騎士達は慌ててマリエルを止めようとするが、彼女は機輪馬の速度を上げて一団から離れていく。

護国鬼神が騎士達と仲良く併走していては説得力に欠けるだろう。

残虐にして孤高の魔術戦士、それが護国鬼神であろうから。

『カカカ！　さあ、かかってくるが良い！』

元々あの時に失うはずだった命だ。

レオに拾って貰《もら》ったこの命、レオの身代わりとして使い尽くせるなら、それで一人でも多くの臣民を守れるなら、それは騎士としても、護国鬼神の『妻』としても、本望だ。

『カカカ！　どうしたどうした！　我はここだぞ!?　早《はよ》うっ！　早うっ！　護国鬼神を討って名をあげようという猛者《もさ》はおらんのか？　でかいのは身体だけか!?』

大通りを走りながら更に挑発を繰り返すマリエル。その甲斐《かい》あってか、一体、また一体と巨大魔導兵器が向きを変え、こちらに向かってくる――

「――!?」

だが次の瞬間。

複数の〈ブルーダ・ニューブ〉が放った稲妻が、マリエルの周囲に降り注いだ。勿論《もちろん》、機動甲冑に稲妻避《よ》けの祝福処置や、絶縁処置は施してあるが、それは直撃を防ぐ為だけのものであり――

「あっ……!?」

目の前で爆発的に燃え上がる街路樹。

その炎の光にマリエルは眼が眩《くら》んでいた。

「…………ッ！」

転倒の衝撃に息を詰まらせるマリエル。

視界が白く濁ったままで、周囲を確認する余裕は無いが、巨大な物体が近づいてくる音と震動は、鎧《よろい》越しにはっきりと感じられた。

まずい。このままでは踏み潰される――

「……ここまで……なの……？」

ゆっくりと光を取り戻していく彼女の視界に、近づいてきた〈ブルーダ・ニューブ〉達の姿が映り込む。巨大魔導兵器の落とす影が幾重にも重なって、のしかかってきた。

駄目だ。逃げられない。

相手を追いつめた事に歓喜することも、罵《ののし》ることもなくただ無言で、佇《たたず》みマリエルを囲む〈ブルーダ・ニューブ〉達。文字通りに必殺の攻撃が来る直前の――ぞっとする程に不自然な静寂が、辺りにわだかまった。

「……レオ様……」

咄嗟にマリエルはそう呟《つぶや》いていた。

出来る事なら本当に彼の子を産みたかった。そんな事を考えながら、マリエルは〈ブルーダ・ニューブ〉達が一斉にその腕を振り上げるのを見つめて――

『カカカカカ……!!』

不意に響く――聞き覚えのある、哄笑。

特徴的で、禍々《まがまが》しく、何処か芝居がかってわざとらしい、声。

（……幻聴？）

死を覚悟した自分の感覚が生み出した幻か。

だが〈ブルーダ・ニューブ〉達も動きを止めていた。まるでその声に戸惑うかの様に。

そして――

『あいや暫《しば》くッ！　暫くぅうう――ッ!!』

そんな声と共に濃さを増す影。

（……え？　影？）

咄嗟に頭上を、のしかかる巨大兵器達の更に向こう側、蒼天《そうてん》を見上げるマリエル。

そこに――巨大な鳥が舞っていた。

いや。違う。あれは――

（飛翔《ひしょう》機!?）

魔導機関の力で空を飛ぶ乗り物。

あまりに魔力の消費が激しい上に、都市部では落下物だの建築物との衝突の危険だのが指摘されて、運用が禁止されている――代物なのだが。

一瞬にしてマリエルの視界を横切って消える飛翔機。

だが空中に一点、黒い何かを残して――

「――え」

何処か間の抜けた声を漏らすマリエル。

まさか。そう思った。

だが……そのまさかだった。

『カカカカカカッ!!』

落ちてくる。墜《お》ちてくる。高々と哄笑をあげながら。

『代役、御苦労ッ！』

そう言いながら、独特の意匠の黒い機動甲冑を帯びた護国鬼神は、轟音《ごうおん》と共に〈ブルーダ・ニューブ〉の一体に、その頭部に、着地していた。

いや。違う。蹴っていた。

――轟《ゴオ》ォォオオンッ!!

鋼鉄をたたき合わせるかの如き音が辺りに響き、あろう事か、ネプツニス帝国の白と赤の巨大魔導兵器は、隣に居た仲間を巻き込みながら横倒しになった。

まるで見えない巨大な鉄槌《てっつい》でぶん殴られたかの様に。

恐らく、落下の最中《さなか》に、加速なり質量増加なりの魔術を併用していたのだろう。体積にすれば自身の百分の一、いや千分の一にも満たない単騎の鎧武者に、〈ブルーダ・ニューブ〉は蹴り倒されていたのである。

続けて護国鬼神はひょいと一転して身軽な動作で〈ブルーダ・ニューブ〉の上から飛び降りると、地を蹴ってマリエルの所に駆けつける。倒れたままの彼女を機動甲冑ごと抱き上げると、改めて大声で彼は――笑った。

「このへたくそな偽者め！　影武者ならもっと上手《うま》くやらんか！　もっと格調高く！　カカカ、だがもう我が来たからにはお役御免、後でたっぷりと説教をくれてやるから、安全な所に隠れてぶるぶると震えておれ！」

傲岸不遜《ごうがんふそん》、冷酷非情、まさしくこれぞ護国鬼神。

「…………レオ様！」

やっぱり生きていた。

感極まって抱き付くマリエル。甲冑同士がぶつかって、抱擁とは思えない硬い音を立てたが、まあそれはさておき。

「心配したんですよ⁉　説教するのは私の方です！」

拡声の術式は切って、代わりに兜と兜を接触させてそう告げるマリエル。

「え？　あ、そ、それはごめん」

と呟く様に返してくる護国鬼神――いや、レオ。

マリエルと甲冑の重さなどまるで感じていないが如く、颶風《ぐふう》にも似た速度と軽やかさで、〈ブルーダ・ニューブ〉達の足下を駆け抜ける。彼我の大きさが違い過ぎて、魔導兵器達は、レオの動きを追いきれない。

「フェルミも無事なんですか？」

「ああ。傷一つ負ってない」

その言葉にマリエルは安堵《あんど》の溜息《ためいき》をつく。

「でもどうして――」

「説明は後でする。立てるなら、自分で逃げてくれ。俺はここでまだやることがある」

そう言うレオの肩越しに――身を起こした〈ブルーダ・ニューブ〉二体と、他の数体もこちらに向き直るのが見えた。

●

まさしく間一髪。それがレオの印象だった。

（マリエルも無茶をするよな……）

そんな自称レオ・アラモゴードの婚約者を抱きかかえて走りながら、仮面の下でこっそり溜息をつくレオ。

ヒュン、と空気を切り裂く音が背後から迫ってくる。

振り返る事すらせずにレオは――マリエルを抱いたまま跳躍。空中で身を捻《ひね》りながら片手で刀を鞘《さや》から抜いてこれを掲げる。

腕の振りではなく自身の空中における回転を用いて――正しくは自分とマリエル、二人分の体重から生み出される勢いを利用して、レオは飛んで来た鋼の糸を叩《たた》き斬っていた。

「――おおっ⁉」

と――レオの殆《ほとん》ど奇術じみた空中剣技に、感嘆の声が上がる。

眼を向ければ機輪馬に乗った騎士達の姿が視界の端に映った。

丁度いい。レオは着地するとそちらに駆け寄って、マリエルを彼等に託した。

「彼女を頼む」

「はっ！　心得ました、護国鬼神殿！」

と騎士達は姿勢を正してそう叫ぶ。

「必ずや奥方とその身の裡《うち》の御子様は我等がお守りいたします！」

「……え」

「さすがは護国鬼神、己の妻と子を守る為にあの世より舞い戻ってこられるとは……！」

「え？　え？　妻と――え？　子？」

何を言っているのだ、この騎士達は。

「ああ、いや、その、レオ様、これは、その、危急につき、仕方なく、私、ええと」

とマリエルが真っ赤になって何事か口ごもっていたが――

「――！　レオ様、後ろっ！」

彼女が悲鳴じみた声で叫ぶ。

レオの背後から〈ブルーダ・ニューブ〉の一体がその巨大な、巨大すぎる程の腕を拳《こぶし》の形に握って突き出してきたからだ。魔術による増幅を掛けられたその威力はまさしく破城槌――家屋を一撃で微塵《みじん》に粉砕し、大地に大穴を穿《うが》つ。勿論、人間などまともに喰《く》らえば即死どころか、肉片となって飛び散るしか無かろう。

大質量の拳打《けんだ》が大気を抉《えぐ》り轟音と共に迫る――が。

「うるせえええええええええええええッ！」

振り向きざまに太刀を一閃《いっせん》。レオの一撃を食らった〈ブルーダ・ニューブ〉の腕は、一瞬にして肘《ひじ》の辺りまで切り裂かれていた。

強制的に肘から先を『二本』に増やされた〈ブルーダ・ニューブ〉は、重量配分をしくじったか、斜めに傾いで近くに在った瓦礫《がれき》の山に突っ込む。もうもうと塵煙《じんえん》が舞い上がり、細かな瓦礫やら何やらが飛んで来た。

「………………」

さすがにマリエルや騎士達もその出鱈目《でたらめ》な威力に啞然《あぜん》として凍り付く。

「……魔導機神とか要らないんじゃ……？」

生身でもレオならばあの〈ブルーダ・ニューブ〉を解体しかねない。場合によっては機動甲冑や太刀すら要らないのかも。

「斬鉄《ざんてつ》は疲れるんだよ！　こんなもん生身で相手してたら手間掛かりすぎで日が暮れるわっ！　それよりマリエル、なんだよ子供って⁉」

「いえ、ですから、その」

騎士達の物問いたげな視線を受けて慌てるマリエル。

「接吻《せっぷん》もしてないのに子供なんざ出来てたまるかっ！　俺が童貞だからって適当な噂流し

てんじゃねえぞ!?　マリエル、帰ったらしっかり説明して貰《もら》うからな!!」

そう言い残してレオは再び〈ブルーダ・ニューブ〉の群れに向けて駆け出していた。

そして――

太刀を片手に、吼《ほ》える。

「〈アラモゴード〉ッ!!」

次の瞬間、大きく旋回して戻ってきていた飛翔機が――空中でその翼を折り畳み、風を孕《はら》む為の外装皮膜を巻き取り、可変構造体を素早く組み替える。

文字通りに瞬く間、鳥の如き形態だったそれは、細身の、導管と導索を全身に筋肉の如く巻き付けた、人型に変化していた。

ドン！　と音を立ててレオと〈ブルーダ・ニューブ〉達の間に着地する巨大な人型。

跪《ひざまず》くその巨体を脚から尻《しり》へ、尻から背中へと一気に駆け上がり、背中側の装甲を開いて解放されていた御者座へとレオはその身を滑り込ませた。

「おかえりなさいまし」

「おかえりなさい、御主人様」

と言って内部で出迎えるのは、ハリエット人形と、そしてフェルミだった。

そう。これは魔導機神〈アラモゴード〉だ。フェルミの〈ブルーダ・ニューブ〉と共に爆散したかに見えたが、実際には外装……というか一次装甲を自ら吹っ飛ばしただけの事である。子細に残骸《ざんがい》を調べれば中身が無い事に気付かれたかもしれないが、一時的な目眩《めくら》ましならこれで充分だった。

元々一次装甲は消耗品であり、敵の攻撃を自ら破裂して逸《そ》らす為の爆薬を仕込んだ反応装甲《リアクティブアーマー》である為、これを敢《あ》えて使い、〈ブルーダ・ニューブ〉の爆風と衝撃を相殺しつつも、傍目《はため》には爆散したかの様に見せかけただけである。

「さて、フェルミ。揺れるぞ、しっかり摑《つか》まってろ」

「は……はいっ、御主人様」

頷《うなず》いてレオにしがみつくフェルミ。

「若様。交換用の一次装甲、魔術陣への配置が終わりました。いつでもどうぞ」

「疾《と》く疾く来たれ我が鎧《よろい》、疾く疾く出《いで》よ我が鋼、千里の隔たりを一歩に変えて、戦場に馳《は》せ参じんが為！」

ハリエット人形に言われてレオは、素早く呪文詠唱。大質量の魔術転移を実現すべく、あちこちで祈禱車が高速回転し、魔術と通常物理の摩擦が異音を生む。

ずずずずと、まさに何かが擦《こす》れる様な音と共に〈アラモゴード〉の影から出現した一次装甲は、まるで獲物に絡み付く蛇の様に、自ら動いて〈アラモゴード〉の各部にはまった。

先に〈ブルーダ・ニューブ〉が倒れてまきあげた塵煙が未《いま》だ晴れぬ間の——文字通りに瞬く間の戦支度。

「しかし若様……」

ハリエット人形が腕を『×』印にしながら、いや、短い腕を組みながら、言った。

「反応装甲をお使いになるのはいいとしても。もう少し上手く扱っていただければ、こんな面倒な事にはなりませなんだものを」

「しょうがないだろ、咄嗟《とっさ》の事だったんだから⁉」

とレオが言うのは、結界塔の事である。

「先代ならば綺麗《きれい》に爆発の威力を相殺、結界塔の破壊を防いでおられましたものを」

「あ、あの、御主人様……ごめんなさい……私……が……私達の……」

フェルミが眼を瞬《しばたた》かせながらレオの顔を見上げてくる。

「お前は関係ない。悪くない。謝るな」

とレオは言った。

フェルミから、あの〈ブルーダ・ニューブ〉の中に『もう一人のフェルミ』が埋め込まれていた事も、あの自爆もその『もう一人のフェルミ』がしたという事も、聞いている。

フェルミにしてみれば、自分の半身がした事だから、という意味も有って謝っているのだろうが――

「あの時は俺とお前が死なない様にするだけで精一杯だった。仕方ない、誰も悪くない」

「確かに壊れた施設は修繕出来ますが、人の命となるとそうは参りませんね。ご自身とフエルミを庇《かば》う為に結界塔を守り切れなかったのは、まあ仕方の無い事です」

とハリエットも言ってくる。

「なので若様？」

ハリエット人形は器用に眼鏡をくい、とあげて言った。

「ちゃっちゃと責任とって後始末してくださいね」

「本当、人使い荒いよな、お前⁉」

「とてもとても面倒臭くて大変な〈アラモゴード〉の整備は誰がしているとお思いで？」

「ううっ……」

「……御主人様！」

今ひとつ緊張感の無いやりとりをしている主従の会話に、フェルミの悲鳴じみた声が割り込む。外の状況を映す水晶板に、こちらに向かって突進してくる〈ブルーダ・ニューブ〉達の姿が映っていた。

●

護国鬼神――いや魔導機神〈アラモゴード〉。
この巨大人型魔導兵器が護国鬼神と同じ名を冠されているのは、別に伊達《だて》でも酔狂でもないという。大量の魔術式を搭載し、膨大な魔力を以《もっ》て動くその巨体は、しかし、基本的に『独自の機能』というものを持たない。

それは正しく護国鬼神の鎧であり、その延長でしかない。

外装に取り付けられている反応装甲はさておき……その本体、即ち人型の巨体に詰まっている魔導機関は、徹頭徹尾、サムライの戦技を拡大再現する為のものでしかないのだ。

逆に言えばレオ・アラモゴードに可能な技は全て〈アラモゴード〉も可能となる。しかも十倍もの巨体であるにもかかわらず、ほぼ等しい速度で。

「…………」

マリエル達は充分に離れた位置から呆然《ぼうぜん》とその様子を眺めていた。

〈アラモゴード〉が……〈ブルーダ・ニューブ〉の群れを一方的に蹂躙《じゅうりん》する様を。護国鬼神は事ある毎に『戦』を口にするが、それはもう『戦い』と呼べる様なものではない。

ほぼ一方的な殺戮《さつりく》だった。

『カカカカッ！　そおれまずは一匹ッ！』

ガッ！　と音を立てて機神の爪先に装備されている『爪』が地面に食い込む。

地響きを立てて背後から襲い掛かってきた一体に対して、半回転して振り向きながら右の裏拳を叩き付ける〈アラモゴード〉。打撃戦用の、分厚い鋼鉄の塊の様な手甲が、横手から〈ブルーダ・ニューブ〉の異形の頭部に食い込み、一瞬の遅滞も無く振り抜いていた。

手甲の打撃で強引に剝がされた白と赤の装甲が宙に舞い、『皮《は》』を剝がされた内部の生体組織から、驟雨《しゅうう》の様に血が——正しくは魔力循環用の霊液が撒《ま》き散らされる。

大きく姿勢を崩す〈ブルーダ・ニューブ〉に、しかし〈アラモゴード〉は更に追撃。五指を折り畳んだ掌底《しょうてい》をすくい上げる様にして、その巨体のど真ん中に叩き込む。

あろう事か、〈ブルーダ・ニューブ〉の巨体は僅《わず》かに浮いて、再び地面に落下。衝撃で生体組織があちこち破裂して、更に大量の霊液が降り注ぐ。

これでけりはついた——と判断したか、〈アラモゴード〉は身を沈めつつ足払いで一回転。左右から襲い掛かった二体の〈ブルーダ・ニューブ〉の姿勢を崩し——跳躍。

人間の十倍にも達するとはとても思えない程、軽やかに巨体が舞い、巨大兵器の頭上を越えて背後に着地。姿勢を崩してたたらを踏むその背中にまた掌底を叩き込む。

二体の〈ブルーダ・ニューブ〉が絡まり合う様にして倒れたその瞬間、また跳躍した〈アラモゴード〉は、まるで己の足で串刺《くしざ》しにせんとするかの様な速度で全重量を乗せての蹴《け》り下ろし。

爪先と踵《かかと》に装備された『爪』が巨大魔導兵器に食い込んだ。

衝撃で地面に亀裂が走り、やはり二体の〈ブルーダ・ニューブ〉は折り重なる様になりながら、全身に生じた裂傷から深紅の霊液を迸《ほとばし》らせる。

痙攣《けいれん》しているところを見ると、もう活動不能の状態だろう。

『カカカ！　二匹と三匹ッ！』

瞬く間に三体を片付けると、哄笑《こうしょう》を迸らせながら、更に残りの敵に向かう魔導機神。

『足りん！　全く、足りん！　血を湧かせ！　肉を躍らせよ！　いざ、いざ、いざ！』

〈ブルーダ・ニューブ〉達が一斉に稲妻を放つが、魔導機神の動きが速すぎて、電光はいずれも見当違いの場所を焼き焦がすだけだった。むしろ、稲妻を放って動きが止まり、無防備になったところへ〈アラモゴード〉が突っ込んで、更に二体が瞬く間に葬られた。

だが――

「……何故、護国鬼神は剣を抜かない？」

騎士の一人が怪訝《けげん》そうにそう呟《つぶや》くのが、マリエルの耳に届いた。

そう。〈アラモゴード〉は――レオは、斬塁刀を未だに抜いていない。この程度の敵に抜く程の事も無い、という事なのか。それとも他に何か理由が有るのか。

「まさかレオ様……」

フェルミが乗っていたのと同型の魔導兵器。つまり――

『カカカカッ！　さあ、次に死ぬのはどいつだっ!?』

高々と嗤《わら》いながら、また一体、〈アラモゴード〉の蹴りと掌底を喰《く》らって沈む〈ブルーダ・ニューブ〉。痙攣しながら最初の一体が身を起こそうとするが、しかしこれまた〈アラモゴード〉に蹴り飛ばされて地を這《は》った。

八体目。九体目。そして十体目。立て続けに打撃技で〈ブルーダ・ニューブ〉達を黙らせると、レオは荒い息をつきながら言った。

「これで最後か？」

「恐らくは」

とハリエット人形が頷く。

「御主人様……あの」

フェルミが不安げにレオの顔を見上げながら言った。

「どうして……剣を……使わないんですか……？」

「うん？　ああ、まあ、それは……」

油断無く地に這わせた十体の様子を見ながらレオは言う。

「若様は思春期なのです。武器など無くても俺って強いんだぜ、などと女の子の前で幼稚な腕っ節自慢がしたいだけなのです。察してお上げなさい、フェルミ」

「え？　あ……はい」

「ちゃうわっ！」

そう吼《ほ》えてから、レオは微妙に表情を歪《ゆが》めて言った。

「剣では手加減がしにくいんだよ。乱戦の状態だと特にな。ついうっかり、胴体を輪切りにとかしかねん」

「手加減……？」

「ああ、つまり——というかフェルミ、目を瞑《つぶ》っていろ。ここから先はちとえぐいぞ」

そう言ってレオは、〈アラモゴード〉を倒れて痙攣している〈ブルーダ・ニューブ〉の一体の傍らに跪《ひざまず》かせる。鋼鉄の機神はその腕を伸ばして、ネプツニスの魔導兵器を掴み、引き寄せ、そして——

「ふんっ！」

短い呼気と共に五指を揃えた抜き手が、装甲の隙間から〈ブルーダ・ニューブ〉の体内に突き込まれる。改めてまた赤い霊液が噴き上がり、生体組織が痙攣した。

「ここか？　ここか？　それとも——あ、これか」

ぐしゃりぐしゃりと壮絶な音を立てながら相手の体内を掻《か》き回す〈アラモゴード〉。やがてその手は、白い球体を強引に引きずり出していた。

「御主人様、それは……」

「目を瞑っていろって言ったろうに。ああ。御者殻だろうな、フェルミのやつよりもかなり小さいが。自爆しちまった最初の一体も、奥にこれがあったんだろうな」

血管や筋の様に導管や導索が繋《つな》がった白い『臓器』。

フェルミの時と同様なら、そこに、御者が——フェルミと同様に、体細胞から取り出した核を使って生み出された複製が組み込まれている筈《はず》だった。

「なんと若様——」

ハリエット人形が『うわ、びっくりした！』と言わんばかりに仰《の》け反って言った。

「この十体の魔導兵器の御者全員を、助けるお積もりで!?」

「ああ。その積もりだ」

「御主人様……」

フェルミが目を瞬かせてレオを見つめる。

「つまりどうせなら家政婦を、いえ、肉奴隷を十一人に増やしたいと!?」

「ああ、その積もり——じゃねえっ!!」

レオはハリエット人形を思いっきりぶん殴っていたが、元々ぬいぐるみの様な柔らかい代物な上に、ぶら下げられた状態なので、本人（?）は全く平気そうだった。

「それ程までに若様の性欲が滾《たぎ》っていたとは……この執事ハリエット・ホプキンス、一生の不覚にございます。そうですか。つまり若様は十一人の肉奴隷に囲まれて、●●●が乾く暇も無い性活を送りたいと……！」

「黙れよお前はっ!?　フェルミが聞いて——」

「●●●？」

「ぐはうっ⁉」

不思議そうにフェルミが呟く卑猥《ひわい》な言葉に精神的大打撃を受けて仰け反るレオ。御者の動きを忠実に反映して、〈アラモゴード〉までが仰け反っていたが、それはさておき。

「女の子が●●●とか言っちゃ駄目ですっ！」

「え？　あ、は、はい」

「それとハリエット！　お前も――」

と言いかけて。

「…………」

レオは仮面の下で眉《まゆ》を顰《ひそ》めて唸《うな》った。

「御主人様？」

と首を傾げるのはフェルミだけで、ハリエットもレオが何に気付いたのか分かっている様子で口を差し挟んでこない。

「…………こいつは」

〈アラモゴード〉の指が白い御者殻をやや強引に開く。

卵を割るかの様にして、その中から出てきたのは――

「…………！」

息を呑《の》むフェルミ。

それは、高粘度の霊液にまみれた、剝《む》き出しの脳と、神経系、骨髄の一部だった。それだけだ。他には無い。何も無い。手も。足も。目も。耳も。鼻も。脳が機能する、必要最低限の部分だけを残して、全てが取り払われていた。

「…………ッ⁉」

びくりとフェルミが身を震わせる。

「い……いやっ……やめてっ……いやぁっ……」

「フェルミ⁉」

「——恐らくは」

身を捩《よじ》って震える奴隷の少女を見下ろしながら、ハリエット人形が静かな口調で言った。

「双子の共鳴、なのでしょう。元より双子には強い魔術回路が生じるといいます。フェルミ達の場合は双子どころか十二ツ子ですが、一定の距離に近づけば嫌でも影響を受けるのでしょう。しかも相手が、強烈な思念を放っていれば——それに、飲み込まれる事も」

「あ……ああ……あ……」

フェルミが震えながらレオの顔に手を伸ばし——爪を立てる。かりかりと、フェルミの指の爪が、レオの仮面を引っ搔く。弱々しく、しかし、何度も何度も。

「……しね……ごこく……きしん……」

涙を流しながらフェルミは言った。

「おまえを……ころすために……わたしたちは……おまえの……せいで……おまえ……」

フェルミの可憐《かれん》な唇から陰々滅々と紡ぎ出される呪詛《じゅそ》めいた言葉。

いや。それはまさしく呪詛そのものだろう。フェルミの『姉妹』達が繰り返し繰り返しすり込まれた『存在理由』――それを呪いと言わずして何というのか。

「…………」

レオは――動かない。

フェルミの指先が仮面の眼窩《がんか》に引っかかり、レオの顔から護国鬼神の仮面が剝がれ落ちる。更にフェルミの爪はレオの頬を掻いて、浅くではあるがその肉と皮を抉《えぐ》った。

「……全部、そうなのか。脳と神経のみ取り出すだけじゃ飽き足らず……」

ただひたすら目標に対する憎悪を植え付ける――考えうる無駄を全て排除し、ネプツニスの軍師達にとって理想的な形に仕上げた結果がこれなのだろう。

「このフェルミは若様を油断させる為にそのままの身体でありましたが、いわば、こちらが例外――なのでしょう。理論上は霊液を介して魔導機関に生体組織を直結した方が、効率は良いですし」

「……しね……しねしねしね……ごこくきしん……しね……しねしね……しね……」

延々と『姉妹』の思念に搦《から》め捕られてレオの頬を爪で抉りながら呪いの言葉を繰り返す

フェルミ。レオの頰から、左右の目のすぐ下から、一筋ずつの血が――まるで涙の様に滑り落ちて、顎《あご》から滴った。

「ごしゅじん……さま……」

繰り返される呪詛の隙間から、フェルミが辛うじて言葉を発する。

「……ごしゅじん……さま……ああ……あああ」

「……確かめる」

「ご随意に」

ハリエットは止めなかった。

そして――

「――!?」

〈アラモゴード〉が風を呼ぶ勢いで半回転。

レオは背後に転がっていた筈の、何番機かも定かではない〈ブルーダ・ニューブ〉の一体が立ち上がるのを見た。

無論、『とどめ』を刺していないのだから、それ自体は驚く事ではない。

だが――

――轟《ゴオ》ォウッ！

牙《きば》持つ花の様に四つに開かれたその顎から、奇怪な咆吼が迸《ほとばし》る。

次の瞬間、その〈ブルーダ・ニューブ〉は背中の羽をぶるりと震わせたかと思うと、周囲に転がっていた他の〈ブルーダ・ニューブ〉に向けて『糸』を射出していた。

次々と『糸』が巨大魔導兵器に突き刺さる。

そして次の瞬間、それらは猛烈な勢いで巻き取られていた。

「まさかこいつ……!?」

建物を崩し、地面を抉りながら、引きずられていく〈ブルーダ・ニューブ〉達。それらが一カ所に集まったかと思うと、最初に立ち上がった〈ブルーダ・ニューブ〉はその巨大な、虫の様な顎を開いて、次々と、仲間を…………喰《く》らい始めた。

「お……おい!?」

さすがのレオも驚きの声を上げる。

だが――猛烈な勢いで仲間の肉を喰らった巨大魔導兵器は、ぶるぶると身を震わせながら、変形を、いや、変身を始めた。

「……解体の際の資料を見る限り」

ハリエットが静かな口調で言った。

「〈ブルーダ・ニューブ〉は元々、生体兵器としての割合が大きく、その肉体も実は大量の『個』をまとめた群体の様なものであるらしく。だからこそ、このトリニティアにばらばらに部品として運び込み、あるいは中で『養殖』して、最初の一体を作り上げたのでしょう。要するにアレはもともと、部品単位で分解組み立てが自由自在――」

「積み木かよ」

と呻《うめ》く様に呟《つぶや》くレオ。

二人がそんな言葉を交わしている間にも、それは――〈ブルーダ・ニューブ〉だったものは形を変え続けて。

「……で、巨大化か」

着け直した仮面の下で眼を細めて言うレオ。

そう。〈アラモゴード〉の前に立ちはだかるのは、今や、山の様に大きな姿に肥大した〈ブルーダ・ニューブ〉だった。元より〈ブルーダ・ニューブ〉は巨大だが、今は元の身の丈の倍にも達する巨体へと変化していた。

こうなればもう〈アラモゴード〉でもとても格闘できる規模ではない。

人間が象に挑もうとするのに等しかった。

「ごしゅじん……さま……」

喘《あえ》ぎながらフェルミがレオを呼ぶ。

護国鬼神は、傍らの奴隷少女を一瞥《いちべつ》し――

「待ってろ。すぐ、楽にしてやる」

ひどく冷徹な声で、そう言った。

●

〈アラモゴード〉が走る。

背中の刀に手を掛けて、今にもそれを抜き放たんとするかの様な姿勢のまま、己の何倍もの重量を備えているであろう怪物に向けて。


～～～～～～～～～～～～ッ!!


〈ブルーダ・ニューブ〉が吼《ほ》えた。

その頭部の角が光り輝き、次の瞬間、〈アラモゴード〉に向けて何筋もの稲妻が降り注ぐ。途方も無い威力のそれは、触れた地面を抉り、建物をへし折り、ありとあらゆるものを瞬間的に炎上させた。

取り込んだ『フェルミ達』の魔力を全て使っているのだろう。

単純に考えても以前の十倍の出力の雷撃である。如何《いか》に〈アラモゴード〉であろうと触れればただでは済まない。

だが……

『臨兵闘者皆陣列在前ッ！』

迸るレオの——これは呪文詠唱の声か。

轟音《ごうおん》と共に抜き放たれる〈アラモゴード〉の斬塁刀《ざんるいとう》。その剣身は円を描く様にして虚空を切り裂き、その斬撃の通りに風景が歪《ゆが》んだ。

稲妻は急激にその進路を曲げられ、まるで斬塁刀の斬撃に搦め捕られたかの様に、虚空へと誘導され、放散される。

真空絶縁。

魔術を込められた斬塁刀が、文字通りに空を斬って作り出した真空の層。それは薄いながらも絶縁効果を発揮し——その抵抗故に電流は真っ直ぐ進む事が出来なくなる。斬累刀そのものではなくその斬撃が作り出した真空が、稲妻を搦め捕ったのだ。

『カカカッ！　阿呆《あほう》ッ！　どれだけ大きかろうが所詮《しよせん》稲妻は稲妻、最初に通じなかったものが、今通じる道理など無かろうよッ！』

最初は斬累刀を避雷針としたが、今度は真空で絶縁する事で、稲妻を誘導したのだ。

『次はどんな芸を見せてくれる⁉』

そうレオの声で叫ぶ〈アラモゴード〉に向けて、巨大な、これまた十倍の重量を持つ腕が叩《たた》き込まれる。電撃が駄目なら打撃、というのは至極真っ当な考えだろうが——

『カカカッ！　芸無しめ！』

斬累刀が唸《うな》る。

次の瞬間、巨大〈ブルーダ・ニューブ〉の腕は、〈アラモゴード〉の斬撃を喰らって肘《ひじ》の辺りまでを切り裂かれていた。巨大になったとて、これもまた、先にレオが経験済みの攻撃である。それが通用する筈《はず》も無い——が。

『——!?』

次の瞬間、みちみちと音を立てて〈ブルーダ・ニューブ〉の『疵《きず》』が『閉じる』。

元々集合体——群体であった〈ブルーダ・ニューブ〉は、魔術による高速修復と同時に、分解結合を自ら繰り返す事で、自己修復が可能だ。いわば蚊柱に剣を叩き付ける様なもので……多少『削る』事は出来ても、全体への影響は殆《ほとん》ど無い。

『なるほど、芸無しと呼ぶは些《いささ》か早計——』

やかましい、と言わんばかりに、もう一方の腕が〈アラモゴード〉に叩き付けられる。

〈アラモゴード〉の巨体が軽々と舞った。

だが……

『カカッ！』

しかしそのまま地面へと無様に叩き付けられる様な事は無く、機神は身を捻《ひね》って地響き

ーブ〉へと突進していた。一瞬の停滞も無く、その黒い巨体は地を蹴《け》って巨大〈ブルーダ・ニュ

打撃を喰らったと見えた瞬間、同じ方向に自ら跳ぶ事で、威力の殆どを受け流していた

のである。多少のへこみ歪みはあちこちに見えるが、〈アラモゴード〉は尚《なお》も健在だ。

くどい——とばかりに再び突き出される巨腕の一撃。

だが今度はあっさりとこれを身を沈めて避《よ》けると、〈アラモゴード〉は——

『悦《よろこ》びに噎《むせ》び泣けいッ！　我が奥義、見せるのはこれが初めてぞッ！』

刺突の形で放たれる一撃。

それは巨大〈ブルーダ・ニューブ〉の胴体に突き刺さった。

無論、群体である〈ブルーダ・ニューブ〉にとってそんな一撃など、さして痛痒《つうよう》ではな

い……筈だったのだが。

『憤ッ！』

次の瞬間——〈ブルーダ・ニューブ〉は、爆散していた。

『斬鉄ならぬ砕鉄よ、護国鬼神の奥義によって葬られたと、あの世に渡りて自慢するが良

いわっ！』

刺突の型に込めた超振動により、触れたものを悉《ことごと》く粉砕し、分子間の結合力を弱め、

最後に発勁《はっけい》の一撃で四方八方に吹き飛ばす。刀でありながら斬撃ではなく爆砕を可能とし

た、これが護国鬼神の奥義──『微塵《みじん》の太刀』。

〈ブルーダ・ニューブ〉の胴体部分はばらばらに分解され、あちこちに飛散──最後にその異形の頭部が落ちてくる。

これを掲げた斬累刀によって突き刺す〈アラモゴード〉。

『首級獲《くびと》ったり──カカカカカ！』

そうして──得意げに討ったばかりの敵の首を掲げた護国鬼神の哄笑《こうしょう》が、トリニティア全体に響き渡った。

●

首級の解体はレオ自らが行った。

〈アラモゴード〉が掲げるそれに、斬累刀を使って駆け寄ると、自ら刀を振るって皮を、肉を、骨を、斬り飛ばしていく。

程無くして頭部に内蔵されていた九個の御者殻が露《あら》わになった。

それは即ち先のものと合わせて十人の『フェルミの姉妹』達だ。魔導兵器の中枢であり魔力供給源。これを切り離されれば、残りはただの肉でしかない。

ただ──

「なあ、ハリエット……俺は護国鬼神失格だな」

斬累刀の刀身の上に立ち——ぼそりと呟く様な口調で、そんな事を言うレオ。

彼は今、護国鬼神の仮面を外して左手に提げていた。

「残虐無道、冷酷非情、それが護国鬼神だってんなら……こういう場面でも眉《まゆ》一つ動かさずに対処せにゃならんのだろうけどな」

「……若様」

「やっぱ、辛《つら》いわ」

「……お察しします」

〈アラモゴード〉の中からハリエット人形が言う。

「せめて、一瞬で楽にしてやるからな……それがせめてもの餞《はなむけ》だ」

刀を口にくわえると、レオは左右の手の指を複雑に組み合わせて、印を切る。

「臨兵闘者皆陳列在前——」

魔術儀式。

短い単語と動作に圧縮された魔術式がレオの意識を核にして発動——爆炎を生じさせた。

白い閃光《せんこう》の中で、まるで蒸発するかの様に粉微塵《こなみじん》になって消えていく『姉妹』達。文字通りにそれは瞬く間で、後にはただ——灰色の煙が立ち上っていくのが見えただけだった。

「風に乗って天に還《かえ》るがよい」

護国鬼神の仮面を改めて着け直しながらレオはそう告げる。

〈アラモゴード〉の中に戻るとフェルミが震えながらレオを見つめていた。

「……ごしゅじん……さま……」

「引くだろ、こんなの」

歯を剝《む》いて獰猛《どうもう》な笑みを浮かべながら——取り繕いながらレオはそう言った。

「さっきハリエットが言った通り、フェルミの姉妹まで引き取っちゃって、全員まとめて俺のモノ、みたいな——誰からもド顰蹙《ひんしゅく》買いそうな事も考えたんだけどな、ちらっと」

言ってレオは肩を竦《すく》めた。

「でもそっちの方が救いがあったよ。お前だって一人より、同じ境遇の姉妹が一杯居て、皆《みんな》でわいわいやれた方が、寂しくなくて良かったんだろう……って何言ってんだ、俺は」

獰猛な笑顔が——無理に帯びた仮面がゆるりと溶けて消える。

自分が今、護国鬼神としてフェルミに喋《しゃべ》っているのか、ただの一個人レオ・アラモゴードとして喋っているのか、もう分からなかった。

兵器として作られた少女達。

ただ標的たる相手を殺す事だけを、その為に必要な憎悪と殺意だけをすり込まれて——

だがレオには彼女等を哀れむ資格はない。

四九代目護国鬼神——生まれた時から残虐無双の殺戮《さつりく》者たる事を決定づけられていたレ

オと、彼女等の間に、どれだけの違いがあろうか。

「東方じゃ――俺のご先祖の国じゃ、死者はこうやって焼いて、灰にして、煙と共に天に還すってのが普通の弔い方なんだそうだ。彼女等にとってこれが最善の慰みになったかどうかは知らないが、他に何が出来る訳でもなし……」

レオは長い溜息《ためいき》をつく。

「本当、俺って殺して壊す事しか出来ないのなぁ」

「……そんな事、ないです」

言ってフェルミはレオの胸にしがみつく。

二人の背後では――何故か力なくぶら下がっただけのハリエット人形が、揺れていた。

●

「んん～？」

双眼鏡を片手にその男は首を傾げた。

護国鬼神の『戦場』となった現場から、少し離れた場所に在る、建物の屋根の上だ。決して他の建築物よりも高くはないが、屋根の上に登ればとりあえず『戦場』の様子を見渡す事が出来る。

「これはこれは。してやられたかな、私とした事が」

と男は首を振る。何処か芝居がかった白々しい仕草だが……平凡な顔付き、体つきのその男は、それ位やってもやはり目立ちはしない。

「爆発で死んだと見せかけていただけか。こちらが思っていた以上に四九代目はしたたかだねえ。まあ次の作戦、次の次の作戦、次の次の次の作戦も、既に準備に入っているけれど。少々、細部の調整と練り直しが必要かな」

そう言いながら、彼は小さな水晶球をコロリと掌《てのひら》の上で転がしてみせる。その内には今回の一件で得られた護国鬼神関連の情報が記録されていた。これを本国に持ち帰れば次はもっと効果的な作戦が立てられる筈だ。

男は光に透かす様にしてこれを眺めてから、ひょいと気軽な動作で投げ捨てる。

水晶球は光を反射しながら落ちていき――しかし地面に激突して割れる寸前、地を滑る様にして近づいてきた一羽の鴉《からす》が、これをくわえていた。鴉は一際大きく羽ばたいて姿勢制御、空中で大きく弧を描いて方向を変え、飛び去っていく。

「これが得られただけでも今回は良しとしよう。あとは……ん？」

肩越しに男は背後を振り返る。そこには――一切の脈絡も必然性も周囲との調和も無く、燕尾服《えんびふく》の執事が飄然《ひょうぜん》と立っていた。

「誰かと思えば。お前は護国鬼神の執事……」

「ハリエット・ホプキンスでございます」

と一礼する美麗な執事。

「お名前をお聞かせいただければと思います。今回の馬鹿騒ぎの立案者殿」

「嫌だね。名乗って呪いでも掛けられたらたまらない」

「そうですか、仕方有りませんね、エルピオ・ハイペリオン」

澄ました声でハリエットはそう言った。

「………………」

黙り込む男を前にハリエットは空を振り仰ぎながらこう続ける。

「先代を暗殺されてから十年以上。貴方《あなた》に報いというものを受けて戴《いただ》く機会をようやく得る事が出来ました」

言って前に出るハリエット。

「ほう。どうするのかな。殺す？　この哀れな人形を？」

「貴方のやり口は存じ上げておりますよ。よくね」

「……ほう？」

「貴方も進歩がない。普通なら魔術回路の『糸』を付けて操るところを、ここトリニティアでは結界をまたいで魔術が使えないので、他人の脳に自分の仮想人格を埋め込んで、自律型の人形として——いえ分身として使う。それ自体は、見事な技術、同じ人形遣いとしては賞賛に値しますが」

　ハリエットは腕を伸ばして男の首を掴《つか》んだ。

　男は薄笑いを浮かべたまま、逃げようとする様子も無い。

「ですが結界は、貴方の計画で壊れてしまいました。まあすぐに修理される筈《はず》ですが、とりあえず今日一日位はこのままでしょうよ」

「………ん？」

「つまり、こちら側からこの『人形』に干渉し、強制的に魔術回路を開いて貴方に繋《つな》ぐ事も出来るのですよ、今ならね」

　無表情なハリエットの顔……その口元だけに酷薄な笑みが浮かぶ。

「──！」

　愕然《がくぜん》として男は、『人形』は暴れるが、ハリエットの腕は相手の首を掴んだままびくともしない。長身だが細身の身体の何処にこんな力が？　と誰もが驚く程の腕力を発揮しながら、ハリエットは淡々とした口調でこう告げた。

「さあ。拷問のお時間です」

「ぎっ……げ……」

「引き籠《こ》もりの若様に、社会復帰のきっかけを作ってくれた事には御礼を言いますが、貴方は同時に私の可愛いレオ様を随分と虐《いじ》めてくれました」

きらりとハリエットの眼鏡が酷薄な風に煌《きら》めいた。

「あの方を虐めていいのは私だけです。その道理を破った罪は万死に値します。よって死よりも苦しい目に遭って戴きましょう」

大きく頷《うなず》いて見せながらハリエットはこう言った。

「魔術回路から脳内に侵入して、神経中枢を仮想的に焼き続ける魔術式。勿論《もちろん》、物理的に焼く訳ではないので、燃え尽きる事はありません、いつまでもいつまでも、貴方が『いっそ殺せ』と泣き叫んでも、延々と続ける事が出来ますよ、愉《たの》しいですね」

「…………」

既に男はびくんびくんと痙攣《けいれん》していて、悲鳴すら出せず、途切れ途切れに呼吸を続けているだけだ。ハリエットの言葉を聞いているかどうかも怪しい。

ハリエットが手を放すと、男は痙攣しながら屋根から転がり落ちて、消えた。一瞬遅れてどすんと地面に落ちる音がする。

「さて。これで終わり——という訳にはいかないでしょうね」

珍しく溜息をついてハリエットは燕尾服の襟元を直すと、その場から立ち去っていった。

●

護国鬼神の朝は早――……くはない。別に。

非常時となれば真夜中だろうが入浴中だろうが出陣せねばならない反面、基本的に通勤が有る訳でもなし、護国鬼神には試験も学校も無いので、その気になれば『成長期』を理由にいつまでも寝ていられるのである。

勿論、あんまり惰眠を貪《むさぼ》りすぎていると、執事が氷水をぶっかけにやってくるのだが。

「ん…………」

その日――レオ・アラモゴードは不思議と早めに目が覚めた。

何かが違う。身体が妙に重い。特に胸の辺り。

これは一体…………？　と瞼《まぶた》を開いて自分の胸元に視線を向けると、先《ま》ず柔らかそうな金髪が目に入った。

「……え」

寝ぼけながらも手を伸ばして触ってみると、やっぱり柔らかい。さらさらだ。指の間に髪を通して動かしてみると、実に滑りが良くて気持ちが良い――のだがそれはさておき。

「…………ってフェルミ!?」

元・戦争奴隷で現・家政婦の少女はレオの胸の上に乗っかってすやすやと眠っている。

レオの位置からは彼女のつむじしか見えないのだが、寝息は安定していて穏やかだ。

しかしいつの間に来ていつの間にレオの寝台に潜り込んだのか。

改めて見てみるとレオの左腕は起きる前からずっとフェルミを抱き締めている――というかフェルミの背中に掌を添えている。寝間着のはだけた裸の胸から、そして掌から、直《じか》に伝わってくる少女の体温と柔らかさ。フェルミはやっぱり素っ裸だった。

「…………」

短く呻《うめ》いてフェルミが身じろぎする。

わずかに彼女の身体が浮いて、相変わらず白く滑らかな肌、うっすらと見える鎖骨、そしてそこから視線を下に落とせば桜色の愛らしい――

「……おお……おおおお…………」

朝というか起き抜けという事もあり、フェルミの身体の下でレオの愚息は色々と言い訳の利かない状態になっていて、ちっとも大人しくしてくれない。

(ええと、ええと、そもそも、名目は奴隷として俺の所に引き取ったんだし、その、これって好き勝手にしてもいいんだよな？　いいんだよな？　フェルミも嫌がってないから、俺の寝台に潜り込んでるんだろうし……！)

殺気も害意も無かったからこそ、レオのサムライとしての感覚も反応しなかったのだろうが――フェルミが今も刺客としての仕掛けを内側に抱えていたら、殺されても分からなかった所である。護国鬼神としては失格と言わざるを得ない訳だが――まあそれはさておき。胸にあたる柔らかな肉の感覚や、その中央にある小さな乳（省略）の事を思えばささやかな問題である。多分。

「……御主人様……」

譫言《うわごと》の様な口調でそう呟《つぶや》きながら、フェルミは瞬《まばた》きを何度か繰り返して――身を起こす。

腕立て伏せの様な体勢で、当然、その胸とか臍《へそ》とかその下とかも丸見えである。

「フェ、フェルミ……！　お前！」

「……御主人様？」

小鳥の様に首を傾げてフェルミがレオを見下ろしてくる。

（あ、なんかフェルミに見下ろされるのってちょっと新鮮――じゃなくて！）

「御主人様……聞いてください」

フェルミは少し目を伏せてそう言った。

「え。な、なんでしょう」

「私は……奴隷ですらなくて……お父さんとお母さんの間に生まれてきた人間でもなくて……覚えている昔の事も……殆《ほとん》どは私自身の話じゃなくて……別の私の体験をそのまま写しただけで……」

ぽつぽつと溜息《ためいき》をこぼす様に話すフェルミ。

俯《うつむ》いているせいでまたレオからは彼女の頭頂部しか見えなくなっている。今の彼女がどんな表情を浮かべているのかは、レオからは確認出来ない。

「私は何から何まで……嘘ばっかりで……御主人様を油断させて、御主人様を殺す為に生み出された、それだけの存在で……でも」

フェルミはレオの手を掴むと、自分の胸元にその掌を導く。

動揺するレオはされるがまま――掌にフェルミの膨らみかけの柔肉の感触が伝わってきて、『おうっ⁉』と何処かの海生哺乳類《ほにゆうるい》みたいな声を漏らしていたが。

「ごめんなさい……私……もう少し生きていたい……です……」

乳房の奥で慎ましげに脈打つ心臓を感じる。

何もかも嘘まみれの人工物、それが自分なのだとフェルミは言う。

だが……それでも此処《ここ》に在る命は紛れもない本物で。

「い……生きていればいいだろ。好きなだけ」

「…………」

フェルミは束の間、目を不思議そうに瞬《しばたた》かせていたが。

「私、御主人様の一部になりたいです。御主人様と一つになりたいです」

笑うでもなく泣くでもなく、ひどくひたむきな眼差《まなざ》しでレオを見つめながらフェルミはそう言った。

「…………それが……駄目なら……」

フェルミは再びレオの胸に顔を埋《うず》めながら言った。

「ずっと一緒に……御主人様のお傍にずっとずっと……一緒にいたい……です……何度でも御主人様に『フェルミ』って呼んで貰《もら》いたいです……」

「それは、フェルミ――」

この数日、きっと彼女はそんな事ばかり考えて自分の中の気持ちを整理し続けてきたのだろう。それは、自分を成す全てが崩壊した中で、たった一つ残った――

「そういう風に命じられたからとか、言われたからとか、ではないです……ないと思います……これは……本当に、多分、たった一つだけの、私の、本当の事……」

「フェルミ――」

「何だってします……何だって出来ます……だから御主人様……」

「……」

潤んだ瞳《ひとみ》に見つめられて硬直するレオ。

思えば『吊《つ》り橋効果』の術式が機能して効果を発揮する前に、護国鬼神はこの奴隷少女に一目惚《ひとめぼ》れしていたのではないか。

周りが言う様に、幸薄そうだから嗜虐《しぎゃく》心をそそるとか、尖《とが》り耳が物珍しいからとか、ありそうでなさそうな感じの胸がいいとか、そういう話でもなく。

恐らくは――何か自分に近しいものを感じて。

始まりはどうでもいい。生まれなんて関係ない。

ただ——今この瞬間にも続く何か、響き合う何かが、全てで。

だからとっくに、むしろ少女が恋をするよりも先に、少年は恋に落ちていたのだろう。

ごく普通に、ごく当たり前に。

「御主人様……」

「フェルミ……」

見つめ合う護国鬼神と奴隷少女。

そして——

「おはようございます若様。この執事ハリエット・ホプキンスが爽《さわ》やかな朝を告げに参りまし——…………」

といつもの如く何の断りも無く、扉を開けてレオの部屋に踏み込んできたハリエットが、そこで立ち止まる。

「…………」

「…………」

硬直しているレオとフェルミ。

ハリエットは——まるで彫像の様に表情一つ揺らがさずそこに立ちながら、腕だけを動かしてもの凄《すご》い勢いで扉を閉める。バタン、と音がして閉まった扉の向こうから、マリエルの声が聞こえてきた。

「ハリエットさん⁉　ハリエットさん⁉　どうしたんですか、私も、未来の妻として、レオ様に朝の御挨拶《ごあいさつ》――」

更にどんどんと扉を叩《たた》く音が聞こえてくるが。

「……若様」

「なんだよ」

「ここは私に任せて先にイけ――です」

眼鏡を煌めかせ、握り拳《こぶし》から親指を立ててハリエットは言った。

「何処にも行かねえよ！」

フェルミに毛布を被《かぶ》せながら喚《わめ》くレオ。

「一度、言ってみたかったんですよね」

「それ、言った後で死ぬのまで一組《セット》だぞ。ちゃんと死ねよ。いいな？」

「若様はそんなに私を亡き者にしたいので？」

「ああ、そう出来たら俺の人生、平穏なんだろうけどなあ！」

…………

護国鬼神レオ・アラモゴード。

この半月余りで、彼の生活は大きく変化していた。

水晶板や印刷物の向こう側、漫画や動画劇の中にのみ見いだしていた様な――異性に囲まれての、騒がしい日々。

多分、しばらくはこんな生活が続くのだろう。

護国鬼神と奴隷少女の出会いが生み出した、それは、奇跡なのかもしれない。邪悪な軍師の企《たくら》みによって始まったその出来事ではあっても――いや、だからこそ。

奇跡とは大抵が、憎悪や悲嘆の果て、誰もが膝《ひざ》をつく絶望の後に来るものなのだから。

普通でない少年と少女には、暗殺計画から始まる恋が有っても悪くないだろう。

レオはそう思――

「レオ様っ！　あ、なんですか、妻に黙ってそんな！　浮気《うわき》ですか⁉　結婚前から浮気なんですか⁉」

扉を蹴破《けやぶ》って入って来たマリエルが、フェルミを指さして叫ぶ。

「結婚してないから浮気じゃないだろ⁉　というかマリエル、この間の『護国鬼神の子がお腹に居るのです』事件の釈明、まだ聞いてないぞ⁉」

「遅いか早いかの違いでしょう⁉」

「ちょ、お前、なんか性格《キャラ》変わってない⁉」

「真面目にやってても埒《らち》があかないとハリエットさんに教わりましたので！」

「やっぱりお前かハリエット‼」

「では若様。私は執事としての仕事が沢山ありますのでこれにて」

「はりえっとおおおおおおおおおおっ!?」

…………そういう訳で。

引き籠《こ》もりの護国鬼神レオ・アラモゴードの青春は、とりあえず、なし崩し的に始まった様だった。

あとがき

どうも、小説屋の榊です。

スニーカー文庫にてはお久しぶり。

前回の『永き聖戦の後に』から打って変わってコメディ分量多めの変則ファンタジーであります。まあ私の書くものですから、どす黒い設定は随所にあったりしますが、それはそれ！　これはこれ！　陰鬱《いんうつ》な展開を引きずる様な話でもないので、お気楽に読んでいただければと。

元々は――最近としては珍しく、何か言われる前に私の方から企画を提示したのですが。

「昏《くら》い眼をした奴隷のエルフ少女を引き取って、いちゃいちゃする話とかどうでしょうか。最近割と流行《はや》ってるみたいですし」

「奴隷少女ですか。流行ってるんですか？」

「流行ってます。マイブームってやつです」

「それ貴方の中だけって意味ですよ榊さん」

「どうせだから俺TUEEEもやっちゃいますよ」

「ほう。よさげですね」

「ただオーソドックスに奴隷市場で奴隷エルフ買ってくるとかやると、なんというか、主人公が奴隷制度容認している形になって若干、良く無い気がして……特に主人公が社会体制とかもぶっ壊せるレベルの超人だったりすると、余計にこう、もやもやするのですよね」

「企画の趣旨自ら全否定してどうすんですか」

「閃《ひらめ》きました。これはもうアレですね。戦争捕虜を奴隷として手に入れるパターンですね」

「そんなのパターン化する程に類例があるんですか？　ひょっとして流行ってるとか？」

「ええ。マイブームってやつです」

「…………」

などという担当編集氏との打ち合わせの結果、私の熱意を認めて貰《もら》って本作の執筆となったのでありました。

…………………………………………………本当ですよ？

ただ――「奴隷少女を引き取ってのゆるふわイチャイチャライフ」を堪能する話の筈《はず》が。

なんかこう……他作品と差別化するにあたって、どうせならモチベーションあがるようにといろいろ弄《いじ》くり回した結果、メカは出るわ怪獣は出るわ主人公は仮面で秘密の最強戦士だわと、日曜の朝に特撮番組としてやっていてもおかしくないものになってしまいました（言い過ぎ）。

まあいつも通りの榊一郎と思っていただければ。

ともあれ――そうした趣味に走った結果、イラストレーターの茨乃師とは別に、メカデザインの専門家をお呼びする事となってしまい、私が拙作『棺姫のチャイカ』のアニメの際に御世話になったメカ／ガジェット・デザイナーであるところの片貝文洋師に御足労願う事になりました。

片貝さんには知り合いのよしみでかなり無理を言って（特にスケジュール的に）デザインしていただいたのですが、オリジナルの人型メカを描いていただけたのは、大変嬉《うれ》しゅうございましたです。しかも敵まで……！

また主人公の為人《ひととなり》をどうするのかってのでしばらく悩んでおったのですが、同業の神野オキナ師に相談した結果、色々あってこのような形に。

ちなみに「護国鬼神」という通り名（？）は神野さんの発案です。割と話の流れ上で適当に思いついたみたいな感じでしたが、なんか独特の語感が気に入ってそのまま使わせていただく事に。

キャラとしては主人公のレオも、ヒロインの奴隷エルフ少女のフェルミも、サブの女騎士マリエルや執事のハリエットも実にお気に入りです。書いていて愉《たの》しいというか。それぞれ殆《ほとん》ど勢いで決めたキャラ性ですが、割と私としては書きやすいキャラクター達です。しかも、茨乃さんの描かれるキャラがやたら可愛いので（レオすらも！）、二巻以降、もっと全員掘り下げて可愛く描けそうな気がしまする。フェルミは勿論《もちろん》なのですが、個人的にはマリエルのデザインもツボでありました。

茨乃先生、担当編集のI氏、神野オキナ氏、片貝文洋先生、皆様、ありがとうございます。

皆様のご助力あっての本作であります。

なんだかんだで諸事情あって、本になるまで一年以上掛かってしまった本作ですが、キャラと世界観ががっちり定まれば続きを書くのはそう難しくないので、ちゃきちゃき頑張りまする。そういう訳で読者の皆様には、どうか是非とも御購読をよろしくとお願いしておきます！

ではまた次の本でお会いしましょう。２０１９／７／23　榊一郎

いつか仮面《かめん》を脱《ぬ》ぐ為《ため》に
～嗤《わら》う鬼神《きしん》と夢見《ゆめみ》る奴隷《どれい》～

著　榊《さかき》 一郎《いちろう》

角川スニーカー文庫　21786

2019年9月1日　初版発行

発行者　三坂泰二

発　行　株式会社KADOKAWA
〒102-8177 東京都千代田区富士見2-13-3
電話　0570-002-301（ナビダイヤル）

印刷所　株式会社暁印刷
製本所　株式会社ビルディング・ブックセンター

●お問い合わせ
https://www.kadokawa.co.jp/（「お問い合わせ」へお進みください）
※内容によっては、お答えできない場合があります。
※サポートは日本国内のみとさせていただきます。
※Japanese text only

Printed in Japan　ISBN 978-4-04-108381-9　C0193

★ご意見、ご感想をお送りください★
〒102-8078 東京都千代田区富士見 1-8-19
株式会社KADOKAWA　角川スニーカー文庫編集部気付
「榊 一郎」先生
「茨乃」先生

［スニーカー文庫公式サイト］ザ・スニーカーWEB　https://sneakerbunko.jp/

角川文庫発刊に際して

角　川　源　義

第二次世界大戦の敗北は、軍事力の敗北であった以上に、私たちの若い文化力の敗退であった。私たちの文化が戦争に対して如何に無力であり、単なるあだ花に過ぎなかったかを、私たちは身を以て体験し痛感した。西洋近代文化の摂取にとって、明治以後八十年の歳月は決して短かすぎたとは言えない。にもかかわらず、近代文化の伝統を確立し、自由な批判と柔軟な良識に富む文化層として自らを形成することに私たちは失敗して来た。そしてこれは、各層への文化の普及滲透を任務とする出版人の責任でもあった。

一九四五年以来、私たちは再び振出しに戻り、第一歩から踏み出すことを余儀なくされた。これは大きな不幸ではあるが、反面、これまでの混沌・未熟・歪曲の中にあった我が国の文化に秩序と確たる基礎を齎らすためには絶好の機会でもある。角川書店は、このような祖国の文化的危機にあたり、微力をも顧みず再建の礎石たるべき抱負と決意とをもって出発したが、ここに創立以来の念願を果すべく角川文庫を発刊する。これまで刊行されたあらゆる全集叢書文庫類の長所と短所とを検討し、古今東西の不朽の典籍を、良心的編集のもとに、廉価に、そして書架にふさわしい美本として、多くのひとびとに提供しようとする。しかし私たちは徒らに百科全書的な知識のジレッタントを作ることを目的とせず、あくまで祖国の文化に秩序と再建への道を示し、この文庫を角川書店の栄ある事業として、今後永久に継続発展せしめ、学芸と教養との殿堂として大成せんことを期したい。多くの読書子の愛情ある忠言と支持とによって、この希望と抱負とを完遂せしめられんことを願う。

一九四九年五月三日

世界最高の暗殺者、異世界貴族に転生する
The world's best assassin
To reincarnate in a different world aristocrat
月夜 涙 画 れい亜
“伝説の暗殺者”、異世界で無双
最強×無敵の
アサシンズ・ファンタジー──！
特設サイトはコチラ！
世界一の暗殺者が、暗殺貴族の長男に転生した。現代であらゆる暗殺を可能にした知識と経験、そして暗殺者一族の秘術と魔法。その全てが相乗効果をうみ、彼は史上並び立つ者がいない暗殺者へと成長していく!!
スニーカー文庫

スーパーカブ

トネ・コーケン
イラスト：博

ひとりぼっちの女の子と、世界で最も優れたバイクの、青春。

山梨の高校に通う女の子、小熊。両親も友達も趣味もない、何もない日々を送る彼女は、中古のスーパーカブを手に入れる。初めてのバイク通学。ガス欠。寄り道。それだけのことでちょっと冒険をした気分。仄かな変化に満足する小熊だが、同級生の礼子に話しかけられ――「わたしもバイクで通学してるんだ。見る?」

シリーズ好評発売中!
Super Cub

スニーカー文庫

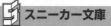

スニーカー大賞
作品募集中!!!
イラスト／BUNBUN
募はWEB&カクヨムにて!
締切4月1日
大賞
200万円
優秀賞 50万円
特別賞 20万円
細はザ・スニWEBへ https://sneakerbunko.jp/award/